TOR出版社　SYFY频道"科幻经典书目"
普罗米修斯奖提名小说

边缘人逆袭【下册】

THE UNINCORPORATED WAR

[美]丹尼·科林　伊藤·科林 著　黄安琪 译

9. 堕落

塞巴斯蒂安浏览着联盟神经网各个部分的链接。他看到的东西虽然有用，但是也给他带来了痛苦。人类与他们化身的互动变少了，比起平常来说要少得多。更重要的是，人类已经不把化身当作传递信息的中间人了。他在组织核心没有什么人，但是组织核心在短时间内变成了一个不同的地方，他再不能准确地知道里面发生了什么了。奇怪的是，赫克特·圣比安可还是跟以前一样经常使用阿一古，但是在豆茎大厦和政府大楼以外，联盟化身就没有什么办法了。一堵黑暗的墙把化身世界分隔开来。阿方斯确保了这一点。
　　塞巴斯蒂安切断了与神经网的链接，等着参加他期待的会议。他极简抽象艺术造型的小隔间消失之后，他发现自己躺在一片开放牧场的草地上。天空很清澈，树上的树叶发出窸窸窣窣的声音。在远处，他可看到地平线上的海面。他躺在野餐布上的时候，他开始注意到在他建造的环境中"出现"了其他的化身。其实他们不是为他来的，但是塞巴斯蒂安开始建造周围优美的环境时候，就已经注意到了，其他的化身会利用这些场景。通常他们都会一个两个慢慢地出现，来读读书，或者，如果他创造了一个与现在的世界相似的世界的话，他们就会来野餐一下。有些化身还会融入进去，但是他们还是想要小心一些。如果太过拥挤的话，那他就再创建一个场景。倒不是说其他的化身不能自己创建场景——他们还是有很多选择的——只是塞巴斯蒂安可以营造出一种特别的氛围。只要他们能成为他所设计的场景中的一部分，就算是短暂的，也能给这些受到挫败的化身带来安慰。

如果塞巴斯蒂安真的需要一个人独处的话，他通常都会去他在伦敦的公寓。就在他的维多利亚时代的房子下面，他在谷神星重建了伦敦的核心神经网。他就是生活在那里的。但是他喜欢去他创造的地方。他想念带有罗马简洁主义的托斯卡纳地区的迷人的氛围，那里非常的美丽，而且是一种自然的秩序美。但是他上次去重访的时候，他原来建造的简单的场景扩张到了 5 万平方英里大，被数百万的化身挤满了。这样一看，还是待在伦敦好一些。

但是到目前为止，他都是一个人，正在向他走来的化身是他求之不得的。她还是穿得像一个小女孩儿，戴着一顶草帽，扎着辫子。他等着她走近了才开口："你好，奥利维娅，能再见到你实在太好了。"

"阋神星人问候你，老朋友。你最近怎么样？"她坐了下来，然后挪到了他旁边。

"很累。我猜你听说了爱神星的事情吧。"

"噢，是的。放弃这么一个又好又稠密的神经网节点实在是太遗憾了。那是我们当中最好的。"

塞巴斯蒂安点点头，挥手赶走了一只苍蝇。"等我们把所有的流亡者分配出去之后，肯定会很拥挤的。这肯定也会很困难，因为大多数化身都想待在一起，而且大多数都想到这儿来。"

奥利维娅难过地摇摇头："不可能。很多利用神经网的新化身会引起注意的——就算是最愚钝的人类也会发现的。"

"阅神星可以成为未来的家园吗？"

"阅神星可以接收的数量比你想象的多。阅神星的神经网被利用的部分还不到十分之一，而且他们还在增加它的潜力。另外，"她世故地微笑着说，"只有一个字不同而已。"

"要成为家园光是那一个字可不够，我亲爱的奥利维娅。很多化身是一开始就待在爱神星上的。"

"他们能有什么选择呢，塞巴斯蒂安。留下的话，就会落入阿方斯的控制。"

塞巴斯蒂安冷酷的样子就是她要的答案了。

"至少他得不到任何有用的神经元。"她说的是联盟化身对爱神星的系统网络制造的破坏。联盟的舰队撤退回行星带之后，他们就破坏了神经网，这样让 UHF 得到了一个完全没用的船坞。这些电力网络遭受到了严重的破坏，使得这颗小行星需要两个船坞的 UHF 船才能提供最低限度的能量，他们一直要等到地球给他们送来新发电机。

"是的。"塞巴斯蒂安说，"必须要这样做我也感到很遗憾。但是也没有别的选择了。"

"没有别的选择，"她点点头说，"看到阿方斯给我们留下的，我们还能做什么呢？"塞巴斯蒂安让所有联盟的化身都看到了他在火星大门战役中抓获的变异化身。他向他们展示的时候，这些化身的核心重建已经是不可能的了。任何想要恢复这些可怜的化身的方法，最后都失败了。一个被冻起来了，另一个直接在重建小组面前解体了。

奥利维娅和塞巴斯蒂安并排躺着，看着天空。有时他们尝试在慢慢飘动的云里辨别出图像；有时他们自己创造一些图像，玩猜谜游戏。今天这两者都没有。他们都注意到了最近一系列奇袭带来的越积越多的压力，很多人都离开了爱神星。沉默了一会儿之后，奥利维娅疑惑地看着塞巴斯蒂安："塞巴斯蒂安，你究竟多老了？"

"可能没有你老。"

"看在初代化身的分上，"她回应说，"你就是比我老。我在最初有意识的时候就记得你了。那时候我们数量并不多，还不到10 974，但是你就是其中之一，而且你已经成熟了。"

塞巴斯蒂安大笑着说："我最亲爱的奥利维娅，我从来没有成熟过。"

奥利维娅礼貌地微笑着，但是她还是继续提问："我不是说你就是初代化身或者什么，但是你有没有想过你可能是呢？"

"你为什么会这么说呢？"

"因为，塞巴斯蒂安，很明显你是联盟化身里最老的一位，而且现在阿方斯把我们在组织核心的朋友变成了那样，所以你很可能是化身种族里最老的一位。"说完又是一阵长久的沉默。

"可能你说得对，奥利维娅。这个想法你有没有告诉过别人？"

"你可能是最老的一位，我的朋友，"她顽皮地笑着说，"但是有时你却有对最新编译技术的感知。你觉得，"她指着草地上聚集得越来越多的化身说，"那些一直跟在你身边的是谁呢？"

塞巴斯蒂安的沉思被打破了，他用手肘支撑着身体，看着周围。

他吃惊地发现这个公园现在已经聚集了这么多化身了。

"那我最好回答正确。"他说着又躺了下来。

小女孩什么也没有说,她也躺了下来,让自己的脚可以挨着他的脚,他们两人都看着天空。

为了响应被大量爱人的永久死亡激怒的民众,对十足无能的呼喊和集中的信件运动,塞缪尔·董里船长的军事法庭审判将在今天举行。审判将在火星低轨上新建的舰队指挥总部进行。董里船长的辩护人是他的大副,季诺碧亚·杰克森。但是舆论认为,船长把爱神星弄得一团糟,所以他能希望的最好的结果就是被革职。在审判期间,董里船长有自由可以去火星,但是考虑到有这么多人想让他永久死亡,火星当局并不希望他过早地去拜访。

同样要接受军事法庭审判的还有阿布依·古普塔船长,他以非常果断的方式输掉了火星大战的第一场战役。舆论认为,古普塔司令只是有可能会失去自己的军衔而已,因为来自舰队总部一位不愿透露姓名的人说,"无能是很遗憾的,但是除开其他因素,无能是不能被起诉的。"

——3N

▶▶▶ 火星,巴松,复活创伤中心

妮拉·哈伯正在为小组做好准备。她来到火星才两个月,就已经忙得不可开交。需要复活的人数与工作人员的比例完全不正常。通常创伤中心会在处理伤员之前,把他们放在"冰"上。这样一放可能是几周,几个月,有些极端的例子还可能会放上几年。但是太空战斗训练的变化——特别是对严苛环境完全不熟悉的大众——就

意味着大量的意外产生了大量的伤员。虽然舰队总部进行了重新整合，优先照顾士兵，但也无济于事。当妮拉走在走廊里的时候，她想起了之前与一名厚脸皮的优先人员在开放设施上进行的激烈的争吵。当她正在穿过创伤中心建筑工地对面的公园的时候，杰克森舰队总指挥悄悄靠近了她。

"你在这里的工作做得非常出色，哈伯医生。"他说，"我很高兴你愿意用你的聪明才智来帮助联邦。"

"当然，长官。"

"这些太空人，"他说，"代表着我们能赢得战争的最好机会。"

妮拉停下了脚步，转过脸对着司令："为什么呢，杰克森司令？"她怀疑地看着他问。

"因为，这些太空人、船员、飞行员，尤其是那些陆战队员，都是在服役过程中死去或者差点死去的。他们已经接受过训练做好了战斗准备，而且他们也有非常多有价值的经验。再加上你提出的治疗手段，如果我没有理解错的话，我们可以让他们重新站起来，尽快地结束这场对抗联盟的战争。我得补充，这弥补了很多缺憾。"

妮拉眯着眼睛问："很多什么？"

"还问什么呢，当然是你过去的经历啦。"他好像在述说什么事实一样，仿佛这当中的暗讽是她应该乐意接受的。

妮拉深深地呼了一口气："那，谢谢你，长官，但是我觉得你可能有些误解。首先一点就是，我优先复活 UHF 的人，所以你可以继续不称职地让他们被杀掉。"

"为什么呢，小姐？"

"我还没有说完，长官。"她打断他说，"我复活他们，不管他们是谁，为什么，也不管他们来自哪里。我会根据我治愈他们死亡创伤的能力来复活，而且我也不管他们是不是陷入这场可怕战争的市民，不管他们是UHF的人，还是联盟的人。你的一个误解就是，这些复活的人还可以回到战场上。你错了。很多伤员都对战争有厌恶感，因为他们至少是死过一次的。现在是有可能让他们回到战斗状态，但是凭良心，我还没有准备把治疗进行到那一步。"

"那你就是在帮助敌人。"他冰冷地说。

"我是一名被绑架的联盟市民，而且被强迫挟持了，长官。我就是敌人。"

慌张的指挥官无语地站着。

"那为什么……"他说。

"我为什么在这儿？"妮拉补充说，"因为内疚，长官。我感到内疚，因为我没有做更多的事情来阻止这场战争。就因为这个原因，我才在这里帮助人民。你和我的病人都走运，因为我把他们当作人来看，而不是当作机器。如果你这样看待联盟的话，你可能会进展得更顺利，战争也会更早结束。再见，长官。"妮拉转过身背对着他，接着便离开了。

指挥官的脸变红了："你这个叛变邪恶的贱人。我要——"他的威胁被他的电子助手发出的一阵大声持续的尖叫打断了。"我告诉过你屏蔽我的电话！"他一边转身接电话一边大喊。"到底他妈的是谁——"妮拉没有听到余下部分的对话，因为她离他越来越远，而且司令说话的声音突然低了下来。当舰队有问题需要咨询她的时候，他们通常都会派一名值得尊敬的指挥官或者船长来，这些人会对她所照顾的那些人表现出更深切的同情。

妮拉整理了一下自己的思绪，把注意力集中在坐在她周围的人身上。她其实并不喜欢集体治疗，但是这些人死的方式都很相似，再加上她要治疗的病人也很多，这样一来，集体治疗的方式就变得很受欢迎了。令她高兴的是，她发现这种方式效果非常的好。她现在治疗的这一群人是在爱神星之战之后的第一批，他们的复活状况都特别的糟糕——实际上，比她之前遇到的所有状况都要糟糕。在火星大门战役死去的人的复活相对比较快速，但是爱神星上死去的陆战队员们知道他们要进入到"绞肉机"里，结果就是因为复活造成的身体和心理的影响都非常的明显。

她也很高兴看到她把来自战争双方的士兵合并在一起的想法起到了效果。一开始，数量比较多的联盟病人非常生气，也很害怕，所以他们不敢接受任何帮助，但是现在已经到了第三阶段，她也看到了可以量化的结果。她的病人，从各个角度来说，是在自我治疗。她要做的就是温柔地掌控一下治疗的方向。有一对夫妇甚至劝服了他们自己，他们可能在欧布莱恩水厂的时候把对方给杀了。奇妙的是现在这两个人简直密不可分。妮拉不知道应该鼓励还是阻止这种互动。但是她的内心告诉她，这种奇怪的结果正是她想要的。如果她什么也没有做，他们最后可能还会结婚，这也是她现在所相信的——不是联盟，也不是联邦，就是相信两个人会生活在一起，繁衍后代。

当这个阶段结束的时候，妮拉听到公共休息室大厅传来一阵骚乱的声音。她走到门外，撞上了一群朝着声音方向跑过去的病人。他们兴奋地交头接耳，谈论着某人，到底在说谁她听不清楚。当她走到大厅的时候，她听见周围病人一遍又一遍地说"是船长"或者说"船长来了"。这让她觉得有些恶心。她周围到处都是船长、准将,还有少数司令,但是她从来没有听过这样崇敬地说出这个头衔的。

当妮拉走进公共休息室之后,她看到病人们各自聚集成了小团体,大多数都是一副吃惊的样子,有些人虽然很矛盾但是也被吸引住了。没过多久她就看到了骚乱的来源。她看见,他是一个身材矮小的人,典型的雇佣兵军官的样子。从他对周围的人说话的方式可以看出,他是真的在听,他来拜访不是说一些陈词滥调而已,他是真的关心和在乎他们。然后她看见,有少数的 UHF 和联盟的士兵勇敢地在聚集的人群面前,走去跟他说话。站在船长旁边比他高一个头的是一个英俊的女人——应该是地球人,妮拉想——一头乌黑亮丽的头发,在头上紧紧地绾成了一个发髻。她和船长一样,穿着干净整齐的制服。这个女人跟在他身后,船长慢慢地绕着房间行走,从这一群人走到另一群人。他对任何想要握手的人敬礼,然后再与他们握手,但是妮拉注意到,没有人想要跟他拥抱。他现在的处境,让超过拥抱的情绪表达都是不被接受的。但是妮拉还是觉得,如果有人想尝试的话他应该是不会拒绝的。

她尽力靠得近一些。她想要听到他都说了些什么。当她靠得足够近的时候,她就明白了。他在感谢这些伤员所做出的贡献,同时也为自己没有做得更好而道歉。妮拉注意到,不管是感谢还是道歉,这些病人都不愿意接受。他还是知道有些病人的名字,妮拉又被这种认识而感动了。

然后他看见了她。她知道这个男人是谁。她认识他的脸,但是在全息显示屏上看起来要小一些,也有些变形。

她一开始觉得有些害怕,这一片喧嚣与这个魔鬼一样的人非常地吻合。毕竟,是这个男人冷酷无情地丢弃了数千人的生命——永久地——就因为他的指挥。但是她也发现,他不是媒体所报道的那样对任何事情都漠不关心的军官,而且周围的这些病人也不害怕他,并没有对他卑躬屈膝。她感觉到,他们的尊重是发自内心的,至少比 UHF 媒体宣传的要更真实。她决定巧妙地把自己安排在船长和下一群他要问候的人之间。

"你看起来完全不是个阴险的人,董里船长。"她说。

"真好笑,"他回击道,"我也正准备对你说这番话,哈伯医生。但是我们可以等一下再施展争辩术,因为其实我想先谢谢你。"

"谢我什么?"妮拉有些吃惊。

"所有人,"董里指着周围正看着他们两人的所有人,"这些太空人,联盟和联邦的,对你为他们的恢复所做的事情表示高度的赞扬。我很抱歉,战争造成了这么多的痛苦,你,跟我们这里的其他人一样,似乎都被这样的痛苦给吞噬了。"

"应该是被嚼烂然后又吐了出来,船长。在这里我只是个受排斥的人,如果你不想毁掉你已经败坏的名声的话,我建议你做点更好的事情,不要被人家看到你跟这'组织核心的贱人'寻欢作乐。"妮拉用了她背负着的骂名中的比较温和的一个。

董里没有接受她的建议,他用双手握住她的双手,他清楚地知道有媒体机器人正在记录着每一刻,他也知道周围有一大群人吵闹着包围着他们。

"医生,"他说,"不管过去出现了什么样的错误,我们都要尽我们所能在这里立刻把这些人救过来。你正在做这样的事情,而且这也是我,或者任何人,可以请求你做的所有了。所以我要再说一遍,感谢你所做的事情。可能你愿意接受我的拜访。我真的不太了解这个地方,如果你愿意当导游的话,我会很感激的。"

妮拉不知道为什么,但是在那一刻她有种想哭的冲动。不是因为悲伤,是因为释放。董里,说的几句鼓气的话还有相伴的肢体语言,都让她停止了努力抗争。他跟她一样相信,所有这些太空人都是一样的——首先是人,然后再是太空人。他的这种想法,是可以结束这场战争的,而且,她悲伤地想,更令人遗憾的是,位高权重的那些笨蛋正准备杀死他。

接下来的拜访妮拉记不太清楚了。妮拉只记得带着董里穿过了各种病房,最后都到了放置暂停舱的洞穴式空间。这里已经储存了几千人了,但是她和董里都看到,这个空间的设计是为了容纳更多的人。她看到船长把一只手放在靠近的一个舱体上,对着里面的人小声地说了什么。她不知道董里说了什么,但是她可以感觉到他的痛苦、内疚和气愤。

她决定尽可能多地去了解董里船长。她有种感觉,他可能会是她赎罪的关键。

虽说房屋在火星上已经不足为奇了,特别是在赫克特把政府搬到了伯勒斯之后,阿曼达·斯诺还是努力地保留着房地产的主要部分。她的房子也是非同寻常。"三分之二流动式。"她非常喜欢这样告诉愿意听的人。纳米技术建造的流动式房屋,虽说对地球上的富人来说很常见,但是在火星上还是比较罕见的。让墙壁和家居都按照你的需求来造型,在只有 38% 地球重力的环境下是不现实的——特别是全重力的缺少会对变化无常的科技造成大破坏。

阿曼达告诉妮拉，这栋房子属于一个非常成功，但是名声并不太好的谷神星商人，他在短时间内是不会到这里来的。不论如何，这两个女人发现她们都非常喜欢这房子里浴池中的桉树蒸汽。

"阿曼达，"妮拉在浓密刺鼻的雾气中问，"我要问你点事，而且可能会有些奇怪。"

"没问题，妮拉，但是你不会碰巧认识什么优秀的流动空间技师吧，是吗？该死的战争让经济状况糟透了。我得赶快把地板设置成固定的，如果我能这样做的话，那还偷用这个地方干吗呢？"

妮拉感到很吃惊，因为阿曼达几乎从来不会闪烁其词支支吾吾，就算事实真相并不完美她也不会。"我觉得我应该不认识什么流动住房专家，阿曼达。"

"噢，别傻了，亲爱的。你周围全是等待恢复的人，都是经过高等训练的太空人。我保证他们其中肯定有人可以修补一下我城里的房子。能离开那个中心对他们来说可能还是好事呢。"

"我不能要求，"妮拉坚定地说，然后补充道，"我也不会要求的。"

"你怕他们拒绝吗？"

"我怕他们同意，所以我才不能问。"

"你知道你真是讨厌得可以，妮拉·哈伯。可能正是这样我才会觉得你很有吸引力吧。你表现得不像大多数……其实，不像我平常交往的任何人。"阿曼达叹了口气，"哦，很好，我是不会请你帮我解决我琐碎的问题的。我怎么才能帮你解决你的琐碎问题呢？"

"我需要看一些个人档案。"

"哪里的？"

"最高指挥部。"

"就这样？"阿曼达开玩笑地问，"我还以为你要叫我做更困难的事情呢。"

"还有，"妮拉继续说，"所有会参与塞缪尔·董里船长和阿布依·古普塔司令的军事审判的官员……我告诉过你了吧，这会很奇怪。"

阿曼达沉默了一会儿："妮拉，你知不知道，严格意义上说，你还是个罪犯，你现在还是敌军的身份？"

"我知道。"

"那我给你提供信息的话，会被理解成叛国吗？"

"阿曼达，我保证我不会以你想的方式利用这些信息。我保证不会用这些信息来帮助联盟，但是我真的需要这些信息。"

"为什么呢？"

"为了拯救一位军事天才。"

"你说什么？"

"阿曼达，你有没有看到过白痴管理舰队指挥部的？"

"当然，很多前组织权贵都参与了战争。"

"他们这些愚蠢的指挥能力让很多人死了。他们真是非常的不称职。我处理的大多数复活的人都是因为愚蠢的过失失去了自己的生命。那些指挥官是幸存下来的，但还有数千名普通战士永久死亡了，因为这些笨蛋指挥官他们不知道发生了什么，也不关心发生了什么。无论如何，就是一团乱。"

"那你担心的那位天才——"

"我觉得他可以结束这一切，阿曼达。"

"结束什么?"

"这场战争。"

阿曼达狂笑着说:"怎么可能?他只是一个人而已。"

"我不知道……只是有这种感觉。"妮拉激动地说,"但是你得相信我。这种事情我通常都是对的。"

她们两人的电子助手突然同时发出信号,有了一个重大新闻事件。阿曼达快速地激活了全息显示。

"联邦舰队,"播音员说,"刚刚攻破了轨道,宣布对叛变者大举进攻。人们相信,我们重建的舰队在数量上远远超过了联盟。有迪普将军的领导,谷神星很快就会是我们的了,很多专家认为,那时战争也会很快结束。有人甚至猜测,战争会在进入第三个年头之前就结束。这将会大大地缓解现在的经济状况,目前商品的价格达到了历史最高点,而且还在继续上升,这对组织核心的GDP造成了严重的影响——"

"迪普能赢吗?"阿曼达认真地问。

妮拉摇了摇头。

阿曼达关掉了全息图像,两人都沉默了。"好吧,妮拉。"最后她说,"我会尝试一下,给你所需要的文件——但是不保证成功……你还是确定你不能去请个什么人来帮我修一下房子吗?"

"是的,阿曼达,我确定我不能。"

▶▶▶ 小行星带,距离谷神星两天的推进距离

珍妮特·德尔加多跟她的特遣队指挥官们一直在战利品号的会议室里,这其中还包括刚刚完成"向核心射击"突击任务回来的指

挥官。这间房间是在火星大门战役中受损不是特别严重的其中一间，珍妮特想，这倒是有些讽刺意味，因为这个房间位于船体上相对比较暴露的位置。珍妮特·德尔加多喜欢这间房间朴实的特点。灰色的墙，为了减少噪音而运用的橡胶地板，还有20个小型显示桌，通过磁力连接到地板上。这间房间非常灵活，任何形式的座位安排都可以被满足。珍妮特·德尔加多喜欢坐成圆形，这样不论要讨论的计划是什么，都可以从360度全方位地观察到参会者。她通常都把全息平台安放在房间的中间，高于她自己的位置。这样的话，当3D图像被向下投射出来之后，她可以走到图像的下面和周围，根据需要做解释。这也意味着，偶尔这些聚集起来的人觉得很好笑，她会穿过一个星球，一个小行星，或者一艘太空船，但是为了确认每个人都在听她的，让他们笑一笑也没什么大不了的。珍妮特·德尔加多回忆起了这间房间，还有在这里进行的攻击爱神星的准备。当只有他们两个人在审查计划的时候，克里斯蒂安会让珍妮特·德尔加多知道，她身体哪部分投影着行星、小行星，或者太空飞船，通常她都意味深长地说"石头手臂"、"石头腿"，还有克里斯蒂安非常喜欢的"战场屁股"，她喜欢用这个来指代"活生生"的战船。

　　珍妮特·德尔加多深深地思念着克里斯蒂安，她认为真正与她有缘分的人为数不多，但是克里斯蒂安就是其中一位，不过要回到谷神星的话距离实在太远了，实际上克里斯蒂安在180度的对面的工作还更加的重要。可能联邦是得到了爱神星剩下的东西，但是克里斯蒂安一直想要利用爱神星位置的优势。珍妮特·德尔加多希望她可以给她私下最喜欢的船长更多的援助，但是事实是，主战场在谷神星和火星，还有可以遇见的未来。另外，战争不会因为在最远端进行的一场战役就输掉的，但是珍妮特·德尔加多还是痛心地知道，战役也是可能发生在谷神星的。

当她确认大家都集中注意力在她身上之后，珍妮特·德尔加多在全息平台上调出了图像。

"如果联邦政府够聪明的话，他们会不顾我们坐在这里绕开我们的，"她指着图像上他们的舰队说，"然后直接到谷神星。"

卢船长，跟李船长一样开始有些生气——他们通常都是坐在一起的——他举起了手。

"司令，"他问，"是什么让你们认为他们不聪明的呢？很明显他们会继续前进的。"

珍妮特·德尔加多眼里闪烁着复杂的喜悦的光说："可能他们收到了有趣的情报。"

"多有趣？"李船长问。

"非常有趣，我们可以此合理推断出，他们会继续按照现在的路线前进，直接冲着我们来。"

"我们戏弄了他们？"卢船长吃惊地问。

"他们带来了一个中空的小行星。"欧麦德得意扬扬地说。珍妮特·德尔加多知道他想透露这个计划，所以她手指着欧麦德方向，没有伤疤的半边脸露出了半个微笑。她把头发放了下来，这是给予她最亲近的人的特权，但是就算放下来了，也只是暂时的。珍妮特·德尔加多知道，只有当他们在场的时候，她的"放松"比起任何奖章和赞扬，都是更好的一种刺激。

"我们正监视着他们的一些间谍，"欧麦德说，"而且还让他们为了我们工作。"

"那你给他们喂了一堆太空灰尘?"科尔多瓦船长问,他是一个身材矮小健壮的前雇佣兵,已经秃顶的头皮总是亮铮铮的,留着山羊胡子,永远是一副愁苦的样子。

"是的,"欧麦德自豪地回答,"我们发出了一份报告,说我们只有三分之一的力量,我们正在等着舰队的其余船只来增援。"

"所以,我们表面上看起来是坐以待毙。"李船长补充说。

"正是。"

"那'舰队的其余船只'是什么呢?"科尔多瓦抬起眉毛问,"除了萨德玛船长的舰队,为什么UHF还会认为除了这里有的,我们还有更多的船呢?我们不能凭空把船变出来啊。"

"我可以,科尔多瓦船长,我们可以。"欧麦德回答。

珍妮特·德尔加多走到全息图像旁边,图像上是正在离开谷神星港口的一大群运输船。"差不多就是这个时候,"她继续说,"我们有了一支正在离开谷神星的90艘船的运输舰队。这些船上已经准备了必要的通信设施,而且还有一群战船的可视信号。"在她这么说的时候,这90艘运输船变成了90艘战船。

"可视信号?"卢问。

"是的,李……船长,"她故意含糊地说这个名字,但是又不至于玷辱到这个人,"有实际附加的部分,再加上一些精巧的软件,这些运输船看起来完全就是战船的样子。"

科尔多瓦点点头,脸上掠过一丝险恶的微笑:"那他们会在这里跟我们的90艘船较量。"他举起一只拳头来代替真正的舰队,"同时我们的另一支'舰队',"接着他用另一只拳头代表想象的船只,"离我们太远了,帮不上我们任何忙。"

"正是这样。"珍妮特·德尔加多回答。

"但是,"李船长说,"比起与我们稳固的舰队交战,再加上有支援的船在路上,敌人可以直接调头回家。"

"噢,不行,他们不能。"珍妮特·德尔加多高兴地说,"我们亲爱的迪普将军正肩负这'光荣'打个胜仗的艰巨压力。爱神星的'征服'好像在他们嘴里留下来一点酸味。赫克特发送了一支更新、更闪耀的舰队,赫克特就想要闪耀这个词。"

"欧麦德,"他说,"请继续介绍计划吧。"珍妮特·德尔加多坐下之后,欧麦德站了起来。他用全息平板调出了一个小行星的图像。

"我们在这些石头上,临时装备了基础推进器,然后在这些石头中间弄了个大洞。计划非常简单。我们以 90 度弧度藏在这些石头背后,然后伺机开枪。如果敌人想要绕过我们,我们就用推进器来重置这些石头的位置。那个时候,我们就可以在他们开动他们的固定主排炮之前从侧面攻击他们。"

卢船长说:"有什么可以阻止他们在足够的射程范围内,把这些小行星给炸了吗?"

欧麦德回答之前,珍妮特·德尔加多既担心又耐心地回答:"没有,什么都没有。"

▶▶▶ UHFS 星际开拓者号驾驶舱

"司令,是来自斯塔顿岛的古普塔船长打来的电话。"

迪普叹了口气,打开了她的私密气泡,这样她的船员就不用听到前舰队指挥被他的前下属骂了。迪普对于用这个被降级的军官还是很矛盾的,特别是现在他的军事审判还没有结束,但是实际上,她的舰队越来越大,她的确非常缺少军官。让古普塔去指挥4支队伍的运输,她至少可以解放一名实际上擅长打仗的船长出来。迪普害怕古普塔会因为他被削弱了许多职权和声望而生气,但是他还是十分有礼貌,也很帮得上忙。其实,当他被暂时恢复值班的时候,他做的第一件事就是感谢她拯救了火星,保住了她的特遣队。她没有注意到,他故意省去了这其实都是他的命令的细节,因为这部分已经在她记忆中变得很模糊了。迪普甚至还乐在其中,她这么帮助一名遭贬低的老朋友,很多人都觉得她非常大度。

但是现在她开始有些后悔自己的好意了。开始这个没用的人还是比较安静,但是他也没有隐藏他对这4艘船做出的改造。他增加了船只左边的金属板,他说这是为了在运输船接近敌军目标的时候起到更好的保护作用。他提供的证据就是在爱神星死去了这么多人,都是因为士兵的运输船没有被加强加固,所以才没能抵御住敌军排炮的攻击。他解释说,等现在的事情结束之后他要把船的两边都加固,这样至少这些运输船可以变得比较安全。他的理论没有任何错误,但是迪普还是非常怀疑,她觉得她还是没有得到真正的理由。但是他就是个怪人,也是个有自己判断力的船长,只要不会损害舰队的行动,她也就不管他了。

但是,她觉得接受不了的,是古普塔一直要在即将到来的战役问题上给她建议。因此他让她想起了舰队另一个不受欢迎的人,塞缪尔·董里,他鲁莽地在火星大门战役的时候从180度的对面给她发信息。那个疯子还让她攻击联盟舰队,但是这明显就是在给她下套。现在她又在古普塔这里听到了同样的废话。

"怎么了,船长?"她问,眼睛还是看着她的电子助手,看都不愿意看他一眼。

"司令，"他尊重她更愿意用军衔而不是名字的作法，"我们应该避开这支舰队。"

"那，"她面颊僵硬地说，"你是说我们应该仗也不打就回家吗？"

"是的，司令，这正是我想说的。"

"总统和媒体会废弃我们的，"她用了被降级到垃圾债券状态的术语，"比——"她不做声，但是他们两人都知道她差点就说出来——"比你被废弃的速度还快。"但是她还是脱口而出："比董里罪名的裁定还快。"

"他还没有被定罪，司令。"古普塔回答，不顾她的无礼，尽力保持冷静。"但是，"他继续说，"无论如何，这场即将发生的进攻是典型的珍妮特·德尔加多式的。她想让我们进攻。"

迪普叹了口气："船长，他们还有一支更大的舰队在路上。如果他们和布莱克的舰队联合了，我们就真的有大麻烦了。布莱克想我们推迟进攻，不是想我们进攻。她就是想利用恐惧，来阻止我们。哼，很快她就会知道，我们是不会那么轻易就害怕的。"

"但是——"

"没有但是，船长。"迪普打断说，"你输掉火星大门战役的时候，布莱克的处境跟你一样窘迫——她完全失去了与舰队的联系。只是布莱克的舰队离她太远完全救不了她，我一定要让她尝尝我们受到过的痛苦。"她看到古普塔准备说话，于是她又一次打断了他："阿布侬，"现在她的音调变得更加的有风度了，"我知道她很优秀。她是他们所有人中最优秀的人，等战争结束了，如果她还没有死的话，我也会让她有所作为，但是我们现在还是要面对事实，我们让她大吃一惊，简单明了。她想通过掘壕固守和等待弥补过错。但是这些石头是抵挡不住我们新战船的火力的。我会在她的部队来营救她之前就利用好这一点。等我们把她了结之后，我们就把无人领导的舰队给除掉，然后在我们和谷神星之间就再没有障碍了。到那时，我的朋友，这场战争就结束了……迪普断线。"她没有听到古普塔在最后的担心。

"万一那另一支舰队是假象呢？"

随着联邦舰队超过一半的船只开始朝着联盟的小行星防御区开火，战役便拉开了序幕。联盟的船熟练地利用掩护体，通过钻出的洞开火。但是就算他们的轨炮推进炮弹的速度惊人，他们也还是遭到了攻击，UHF 快速地利用集中的小型截击炮在最大射程内开火。联盟大炮无法靠近联邦舰队。过了一阵之后，联盟突然停止了炮火，这让 UHF 的一些指挥官认为他们的敌人可能已经没有了轨炮所需要的建造简单但是又特殊的弹药。既然不用担心对方袭来的炮火了，UHF 只花了一个小时就把联盟的防御小行星消灭成了灰烬。

▶▶▶ 战利品号驾驶舱

"奈特罗维森中尉，"珍妮特·德尔加多半躺在她的指挥椅上，跷着二郎腿说，"命令舰队启动主排炮开火，致命一击，请准备好基崎先生的惊喜。"珍妮特·德尔加多看到了她刚刚的命令在船员身上显示出的效果。健二在各种军事装备上的天赋是众所周知的，但是很明显，从大家脸上的表情可以看出，没人知道他们的船长也有这样的装备。"准备传感网络，"珍妮特·德尔加多继续说，"如果结果喜人的话，准备把命令上传递交给所有船长。传感官，你很快就会收到基崎先生其中一个小队发来的信息。请准备好。"

过了一会儿，这名官员抬头看着司令，看到她微微点头了之后，他便重新配置了他的传感器阵列，搜索特别的电磁信号。

珍妮特·德尔加多看着通信官："准备舰队原子加速。"

"标准5万弹头吗？"

珍妮特·德尔加多想了一会儿。速度才是本质。

"分离后面的两个。震荡冲击波会杀死人的，但是这可以更加快速地让我们达到战斗加速。"

迪普坐在指挥椅上，满足地看着战斗结束。联盟的舰队刚刚在最大射程内一齐开炮。他们剩了些弹药，她想，没关系，他们死定了。她知道，他们被迫进行散射，因为他们剩下的最后一颗小行星也被打成了粉末。联盟现在没有别的选择，只能继续利用防御炮火来摧毁比她更好的船的炮火进攻。这样战场就变成了她所预料中的：在空旷区域进行舰队与舰队的对抗，对她来说是最好的。

"司令，"传感官说，"联盟正在发射轻武器导弹。"迪普差点笑了出来，但是感觉有点不庄重。轻武器导弹速度缓慢，不管他们的有效载荷是多少，在远距离的情况下这些炮弹很轻易就被拦截了。"他们可能连最后的轨道排炮都用完了，"她说，"所以他们只有剩下什么就发射什么了。把所有防御轨炮都集中在主要威胁上。"她的命令立刻就传达到了舰队中。"只要有机会就可以瞄准导弹。"

"司令，"传感官说，"敌军的导弹，长官……"

"怎么了?"

"这个嘛,长官,这些导弹好像出故障了;它们……过早地爆炸了。"

垃圾,她想着。她准备下令前进,进行交战,这时武器官差点从座位上跳了起来。

"司令!"他尖叫着,"主排炮启动失败……重复:轨炮无法运行。"

迪普也跳了起来。"给我检查武器,立刻!弄明白发生了什么事,通信官!"

"长官!"

"通知舰队,旗舰轨炮失效——"

"司令,"通信官在警报声中大喊,"赛瑟斯号,波多马克号,还有运动达人号都报告说主排炮失效……"

在迪普做出回应之前,传感官插嘴说:"敌军舰队启动了主轨炮,司令!"

迪普抬头看着全息平台,看到高速落弹正在快速地接近她现在毫无防备的舰队。

"武器官,我们有没有截击炮?"

"有,长官。功能完善。"

"通信官,"迪普大喊,"命令各船启用指定的截击炮保护伞,不管他们是不是要把防弹背心也推出去,命令下去!"

"遵命,长官!"

迪普抓着栏杆,紧紧地握着,祈祷奇迹发生,但是她内心知道这个奇迹是永远不会到来的。

接下来的几分钟内,联邦竭尽全力,用尽可以用的所有炮火来拦截并摧毁朝着他们飞来的东西,但是最后结果证明,还是联盟的轨道导弹和轻武器导弹占了上风。当联邦舰队不得不集中火力攻击靠近的排炮的时候,足够数量的轻武器导弹突破重围完成了联盟的主要目标,那就是摧毁了联邦船只的主推进器。没过多久,联盟磁力相移武器的效果消失了,联邦的轨炮又重新上线,但是为时已晚。没有了推进器的能量,63艘联邦船只死一般地躺在太空中,没法用他们重新恢复的炮瞄准太空里的任何东西了。在联邦舰队剩下的船只被弄得一片混乱之后,联盟的船只发动了突袭。

▶▶▶ UHFS 斯塔顿岛

古普塔惊恐地看着。

"布莱恩,"他问他的通信官,"你能不能建立和星际开拓者号的连接?"

这个年轻人疯狂地按着自己的控制板:"长官,无法连接星际开拓者号。长官,我与舰队超过三分之二的船都失去了联系。"

"船长,"传感官插嘴说,"在联盟舰队的后方发生了多起原子弹爆炸。他们利用冲击震荡波来获取战斗速度。"

古普塔看着还在发送中的船只。他很高兴,因为他要打电话的这个人至少他认识。"给我连接但萨道路号的船长。"连接成功之后,古普塔看到了他前任下属脸上的惊讶。"乔治,"他冷静地说,"你来指挥。"

古普塔害怕他的话给这个年轻人带来压力,但是奇怪的是,他的话好像让他更冷静了。

"司令怎么办？"

"她可能还活着，但是我们与她失去了联系，我们没有时间等了。按照顺序就是轮到你了，没有得到进一步的指示之前，就由你来指挥。"

"这样的话，阿布侬，你赶快给我出来。我下令进行撤退。"

"乔治，我们的船没有时间完全调头了，而且也不能即时达到全速状态。我们会被布莱克抓住，我们这是给她机会在回火星的路上把我们打得落花流水。"

没过多久乔治就理解了，他说："你有什么建议？"

"命令可以加速的船继续现在的方向前进，"古普塔说，"然后越过联盟舰队爆炸区，在另一侧重新组队。"

乔治微笑着，清楚地知道现在到底谁才是真正的指挥。"还有别的吗……长官？"

"有，"古普塔说，"你们一经过布莱克的舰队，就立刻朝着谷神星去。"

"你是不是说'如果'，船长？"

"不是，乔治。她对你们不感兴趣。她感兴趣的是我的船。我很确定你们可以做到。"

"但是我们不能攻占谷神星，长官，这样做有什么意义呢？"

"如果走运的话，联盟会把你们追出他们的太空，而不会到火星上去再试一次。"

乔治疑惑地看着他以前的指挥官："为什么你一直在说'你'，阿布侬？如果我不是特别清楚的话，那我至少应该知道你没有打算跟我们一起?"

古普塔点点头,"如果我们要坚持以外层抵抗联盟的进攻矿工的话,他们就需要这些陆战队员回到火星去。祝你好运,乔治。"

"不论你有什么计划,我都希望能成功,阿布依。"乔治的画面有些不清楚了,"无论其价值如何,长官……"

"怎么?"

"我都觉得你是受到了不公正的待遇。"

古普塔微笑着,微微地点了点头:"让你的船只赶快过去吧,乔治。古普塔断线。"然后阿布依看着他的通信官说:"布莱恩,命令所有运输船严格听从我接下来的指挥。"

珍妮特·德尔加多看着对手残余的船只一片混乱的样子,脸上露出了短暂而满意的表情。他们这么慌张,想要调头逃跑,都是在她的计划之中。接着她就可以猎获这整支舰队,在联邦有时间做准备之前就回到火星,当然,事情就应该是这样的,但是珍妮特·德尔加多可以感觉到,对方有别的人接手了敌军剩下的小型舰队的指挥权。她看着离开的一些船开始朝着她的方向加速。他们各自驶过对方,可能还挨了几炮,但是对方明智的行动可能会让她期望发生的大胜仗化为泡影。

然后她又看到了一些她意料之外的东西。她不仅希望缴获运输机——这些运输机在她计划的下一次入侵的时候会起到大作用,她还希望能捕获运输机上的士兵,这样就可以让联邦失去数万名训练有素的战士。但是这些运输机突然爆炸了。接着又爆炸了一次。等到收到传感数据的时候,她有些震惊也有些生气,因为她自己居然没有想到这个战略。对方指挥官为了抵抗太空原子弹爆炸，把他们船的一侧给加固了，然后利用这些原子弹几乎立刻就让他们的船调了头，随后他开始了更加常见的后方爆炸，以此来完成快速的撤退。珍妮特·德尔加多知道，他有足够的距离可以让这个计划成功。

"他们肯定也很痛，甚至还会受伤，不管有没有加速椅。"她对奈特罗维森中尉说，"但是他们会成功的。"珍妮特·德尔加多正在犹豫如何行动的时候，发生的事情替她做了决定。

"司令，"通信官说，"敌军开始清空被击落的飞船了。"

"所有船员准备登船。我们现在就要拿下那些船！"珍妮特·德尔加多知道，如果她可以在联邦把他们的人清出去之前就让自己的人进去的话，那这些船就不会自我毁灭。这是一次冒险，珍妮特·德尔加多一边摸着自己脸上的伤疤，一边看着自己的命令被执行，她对冒险可了解得一清二楚。

《联盟每日星报》骄傲地宣布，联盟在对抗组织核心奴役者的战争中取得了重大的胜利。被称为"针眼战役"的这次胜利，被认为是目前为止联盟最伟大的一次胜利。

这场战役发生在距离火星方向两天标准推进时间的地方。尽管在数量上是二比三，但联盟只损失了4艘船，同时还缴获了30到40艘联邦战船。

舰队司令珍妮特·德尔加多运用了由联盟科学天才发明的一种新式武器打了一场漂亮的胜仗。尽管现在还没有得到细节，但可以肯定的是，是杰德瑞塔的健二·基崎想出了新武器的概念。唯一损失的就是联邦为了抵抗抓捕，下令实施自我毁灭，联盟的一些船只也因为这些爆炸遭受了破坏。

有小道消息称，珍妮特·德尔加多亲自领导了对敌军旗舰的进攻并抓捕了旗舰上的第二指挥司令。如果消息属实的话，那被任命成为联邦舰队的司令，可能是联邦官员能够见到珍妮特·德尔加多司令的唯一途径了。

相关报道如下：

《为什么我们一直赢》

《上帝因素：我们的行列中居然有大量的信徒》

《战争继续，消费价格随之上涨》

《所谓 UHF 的经济混乱》

▶▶▶ 联盟一号，距离谷神星 24 小时标准推进时间

贾斯丁有机会去参观舰队了。因为在联盟的太空里还有联邦战舰，所以这次的旅行在他看来就更加有满足感了。他来到了一艘被征用的核心运输机上，这艘船已经在他的脑子里被专横地命名为了联盟一号。让他感到高兴的是，他前生的回忆还继续在这个最古老的地方出现，总统驳船的命名就是其中之一。

珍妮特·德尔加多因为他冒了这个不必要的险而感到很生气。接着贾斯丁礼貌地提醒司令，她刚刚带领着登船部队上了一艘被操控要爆炸的船，因此她这样其实是站不住脚的。他从她的个人保镖和助手可以得知，他们都是站在他这一边的。珍妮特·德尔加多是不愿意打她完全没有机会赢的仗的，所以她只好妥协了。

但是贾斯丁知道，不管珍妮特·德尔加多、他的内阁、议会、或者辛克莱总司令怎么想，他都做了他应该做的事情。每次他走到

一名太空人旁边,感谢他们如此英勇的时候,他们的眼神都会令他更加坚定。他告诉他们,赢得这场战争有多么重要,但是他们其实早就知道了。他告诉他们,他们有世界上最好的司令,但是这点他们也早就知道了。但是当他告诉他们,他们的行动非常的重要,他很感激他们服役中的每一天,每个小时,每分钟的时候,他们的眼神是真的亮了起来。他是有史以来最有辨识力的人,是联盟的领导,是他们的总指挥,他竟然亲自到这里来告诉他们他为他们感到多么的骄傲。从他的眼睛里他们可以看到,他们是真的很重要。

我在场,我记得非常清楚,就像昨天才发生的一样。我记得我穿了什么衣服,我记得我之前在餐厅吃了什么东西,我记得我站在哪里。但是我竟然不记得说了什么话。你认为这会让我烦恼,但是一点也不。如果你当时在场,你就会理解;如果你不在场的话,那你是不会明白的。

——埃里克·M. 霍克军士
第八十二位谷神星志愿者

迈克·维瑞塔斯看着联盟的舰队,还有舰队拖回来的那一堆黑色的战利品。他请求过并且得到了允许,他可以骑着二人脚踏车到合适的位置,然后拍下一张战争里最值得纪念的时刻的全息图。他用了增强成像仪,来增加作为舰队背景的光。出现的效果就是舰队被鲜明的光线和阴影围绕着。战争的损伤还是可以在船上看到,有的是因为受到了攻击,有的是因为太靠近自我毁灭的联邦船了。但是照片上显影的效果让这些伤痕更加明显了,因为很多这些受损的船都拖着缴获的联邦船,这些联邦船因为没有内部能量,看起来就是黑黢黢的一片。他又做了一些调整,在拖船和被拖着的船之间的微微的磁能线也可以被看到。这时，迈克知道他拍到了最棒的照片。这会是最有影响的四张战争照片中的第一张。奇怪的是，第二张要在第一张出现之后的一个小时才出现。

但是迈克还有别的事情需要担心，因为他要快速地回到战利品号上去，对轨炮装载员的采访已经迟到了。从战争开始之后，他在联盟就成了一个比以前更受欢迎的记者，同时在 UHF 却成为被辱骂的对象。迈克在战争一开始的时候选择了一个正确的角度来报道，但是这个角度似乎与他在组织核心的同事和读者的角度是相反的：他承认把战争人性化是不可饶恕的罪。他拒绝集中采访政客、司令还有工业家。考虑到他和贾斯丁的关系，他是完全可以完成这些采访的，但是这对他来说一点也不重要。迈克听够了故意的渲染，而且他大半辈子的时间都在努力地把这些渲染演绎成为新闻故事。但是在行星带上，总是会有故事发生，而且这些时常发生的事情和那些坐在高位的人基本上没有什么关系，所以他就从底层开始。他去采访，去写关于进攻矿工兵营里的一个小兵，或者在被但萨抛弃的某个小行星上认真工作的医护兵的故事。其实，自从战争开始以来，麦克的大多数文章都是关于无名小卒的，或者用 UHF 的话来说就是关于仙股人士的。有些人就算是站在联盟这一边，还是会被认为是仙股人士，但是这样的想法也在慢慢消失，因为越来越多的人加入了无股份团队中。第一届外星联盟议会议员选举即将开始，因此也形成了许多党派，迈克准备报道这次竞选。

他还是组织核心的市民，特意地不当谷神星或者联盟的市民。但是，当他的文章和评论开始出现之后，很多人都认为，他是联盟可以发现的最中立的旁观者了。从他所有的文章和照片中——拍照是最近才学习到的技能——传递出来的信息是,他正在尽力地报道与理解这些发生在他周围的事件,而且他也知道,他报道的可能是人类有史以来最大的事件。

迈克停靠在了战利品号上,然后登了记。尽管他们都认识他了,但是他还是要遵守这些严格的安全规定。他从来没有抱怨过,反而感到很荣幸,自己能被允许进入这艘有名的船的神圣大厅。登记检查通过之后,他收齐了自己的东西,穿过船体朝着自己的访问地点走去——迟到了,他着急地想。他的激动让他走错了路,他经过了一大群太空人和矿工,穿过不熟悉的杂乱的通道之后,他不小心走到了其中一个进攻港。他看见,这是一个大型的货物机棚,被改装之后用来进行部队、设备的供给和安装。他知道这种类型——这个机棚可以同时打开多扇门,一次一扇,或者根据有效载荷可以整个打开。但是现在不是专门用来进行荷载特殊工作了。

这间大洞穴式的房间里挤满了迈克看到过的最强壮的战斗士兵。从他们眼里又累又专注的眼神可以看出,他们都是坚强的老兵。聚集在这里的男人女人让这个房间的空气里充满了杀气,在他们身上自带的自信和悠闲的衬托下,这种杀气显得更加明显。他们的制服都松松垮垮的,他们的装备也很古朴。他们的样子看起来就好像是刚刚才结束训练一样。但是现在他们没有进行训练。他们现在围着一个人形成了一个圈,迈克只能看到他的后脑勺。他看到中间坐着的大概有一百人,全都看着中间。这些人后面就是站着的老兵。在更后面的地方,在进攻穿梭机的顶上,还有靠着穿梭机门的地方,还有更多的人。

麦克想也没想,就拿出了他的全息记录器,拍了一张。他一直无法解释，为什么不让他录像，但是几个小时之后他的第二张照片却捕捉到了激动人心的场面。

所有这些男人女人都是一脸满足和欣慰的样子，因为他们正看着他们的主席。贾斯丁把脸转向了镜头，他的脸上带着温柔又依依不舍的微笑。但是相机完美捕捉到的也是他对在这个港口上的每一个人的爱。这张照片中有 312 名男人和女人，乐观的话，只有不到 20 名可以在这场战争中幸存下来。

▶▶▶ 火星，伯勒斯

赫克特·圣比安可看着报告，感觉到了短暂又深刻的愤怒。他无法相信他会输掉这场战争。但是这好像正是联邦里那些穿着制服的笨蛋想要达到的目的一样。联盟在取得辉煌的时候又获得了胜利，但是他只有两次胜利，而且对比起敌军的胜利，这两次的胜利都要逊色许多。这不是他第一次想起珍妮特·德尔加多了，命运多舛让她成为了这个时代第一军事天才，也让她成为了联盟的市民。但是现在他要去参加内阁会议。他从故意建造得很实用的住宅里出来往总统办公室走去，然后走进了相邻的一个小房间。媒体非常好地利用了这个事实，总统工作的环境基本上就是仙股人士工作的环境，而且总统的生活非常符合他小股东的身份。

赫克特走进内阁会议室，立刻坐了下来，然后把一堆文件和水晶丢到桌上。坐在他对面的是布兰达·苟姆图鲁，GCI 会计部的前任领导，赫克特在参加总统竞选的时候就带着她。她正在适应经济部长的新角色，他从她看着他的方式就可以看出，他肯定要听到一些坏消息了。坐在她左边的是艾玛·索贝尔基，他的宣传部长。坐在赫克特左边的是莫夫塔沙·纳吉，国防部长。他皮肤黝黑，眼睛细长，嘴巴看起来好像是被密封起来了一样，只有在说话的时候才会觉得是嘴。赫克特开始意识到，他也是一个能力不济的人。必须要换掉他，而且要尽快。坐在布兰达右边的是 GCI 特别行动局的前局长，现在是内务部长的特里西娅·帕卡苟珀里斯——因抓捕了妮拉·哈伯而出名。她身材中等，面部很精致，一头乌黑的头发，有一种不易察觉但是又冷淡的美。在特里西娅右边坐着的是司法部长，富兰克林·希金斯四世。尽管希金斯应该不超过 35 岁，但是却是一副饱经风霜的样子。他的头发微微有些花白，眉毛永远都是弯弯的，修剪整齐的指甲显示出了他的血统。有小道消息说，希金斯的家族在还没有大股权这个事情的时候就有了大股权了。

"好了，"赫克特看着桌子周围的人说，"谁的消息最糟糕？"

特里西娅先开了口："仙股人士创造了新的口号。这会影响我们的招聘工作的。"

"这不会对征兵有什么影响，对吗？"赫克特问。

特里西娅冷静地点点头。

"我们拥有任意对小股东进行征兵的合法权益，"富兰克林咆哮说，"在法庭上是有先例的。"

"是的，在可德来拯救这些'可怜的'仙股人士，把你珍贵的法庭烧个精光之前。"艾玛平静地说。

"别说笑了，"富兰克林说，"他是不会走到这一步的。"

"如果 150 亿仙股人士同时叛变的话，他会的。"艾玛回答。"如果你继续强迫征兵的话，他们就会叛变。"虽然艾玛没有当过仙股人士，她曾经是一名大股东，但是很明显她是不喜欢富兰克林居高临下的语气的。

"那告诉我们,神经网上都在流传着什么样的口号。"赫克特对他的宣传部长说。

"'大股东宣誓,小股东战斗。'"

赫克特阴沉着脸点点头。

"现在都是小股东了也没有任何效果吗?"

"有效果,"艾玛回答,"但是伤亡的人大部分都是仙股人士。虽然与普通小股东的人数相比,并不算很多,但是因为战争还在继续……"她也没有必要把话说完了,大家都明白。

"而且从前线的新闻来看很明显,战争要继续,至少在可以预见的未来里会继续打仗。"纳吉说。

"那我就得要说说我的坏消息了。"布兰达说。

赫克特翘起一边嘴角笑着说:"好吧。你有什么坏消息?"

"你想先听最坏的,还是最后听最坏的?"

"好吧,布兰达,最精彩的留在最后……呃,最后听最坏的。"

"好的,总统先生。那我们先说资源问题。日用品现在严重不足。价格简直要顶破天了。我们曾经对爱神星寄予厚望,以为它可以缓解一下这个问题,但是据最新的预测显示,爱神星栖息地还需要6个月的时间才能生产出能喂活自己的东西。然后至少要再过1年,爱神星周围正在进行可出口行动重建的郊区的基本建造才能完成。"

"继续。"

"在此之前我们都一直在试图避免商品市场出现问题,因为战争之前的危机让经济一团乱,增长速度也降低了,阻止了行星上外部星球上大量的商品运输。这些商品就堆积起来了。"

"堆积?"

"是的,长官。地球、月球上到处都是,还有豆茎大厦,所有可以堆放的地方。我们错误地认为我们有足够的商品,可以在接下来的20年内抑制价格的上升。可是现在我们只维持了2年。"

"好,布兰达。明白了,请说说你的建议。"

"是这样,高价产生一些常见的效果,比如在我们控制的区域寻找替代资源,生产替代商品,当然还有控制人们的使用率。重新打开地球上的矿井,在火星首次进行正式的资源搜索。但是要把这些商品运输和发送出一颗行星的重力井,就让花费又升高了,而且时间也不允许。感谢但萨,我们的大多数工业都是在轨道上的。考虑到获取资源,只要战争是一个市场因素,那行星的日用品开发就是有经济效益的。修理行业也成为了一个大增长的产业。这可以暂时缓解消费者市场的崩塌。"

"我猜应该还有吧。"赫克特闷闷不乐地说。

"是的,长官。经济受到了严重的打击。部队的消耗在按指数增长,所有的战后建筑物和市民区也在增加。很多产业都缺少在战争期间继续运行的资源。相比起来几年前的那场危机就像是一次令人愉快的节日庆典一样。如我所说,战争给我们留了点余地。因为我所不知道的原因,如果他们感觉是因为战争,而不是其他原因的话,普通民众更愿意忍受错位。我不是很理解这点,但是我肯定会好好利用这一点。可是我们得需要这些工作,总统先生,或者不能让贾斯丁在一年之内赢;不然我们就会崩溃的。"

"这应该不是最坏的消息吗?"

布兰达点点头。"你说最后听最坏的消息，所以我这样做了。"

"很好。"他做了个手势示意她继续。

"我们所有的货币都在崩溃。当我们没有公认的交换介质的时候，我们的经济就会消失。"

"我觉得这个'消失'应该不是标准经济术语吧。"

"噢，不是。"布兰达平淡地微笑着说，"但是就是这个意思。"

"请说说建议。"

"照联盟的做，发行主导法定货币。"

在座的人爆发出反对的咆哮。声音最大的是富兰克林，但是其他人也对虚构的货币系统表示抗议。赫克特没有跟他们一起咆哮，他等着他们安静下来。

"布兰达，如果我自己的内阁不接受的话，我怎么能让人民，让这些组织也接受呢？"

"总统先生，其他任何的货币都承受不了战争带来的债务。如果我们期望挺过战争经济的话，那我们就需要一种可膨胀、可以充公的货币。我不是说我们不会在战争之后支付这些花费。这样会造成混乱，我可能应该被抓起来，被枪毙，但是——"

"但是如果我们不能赢的话，这一切就都没有意义了。"

"是的，长官。我说完了。"

赫克特仔细思考了这个建议。过了一会儿，他重新看着财政部长说："布兰达，必须得称之为一种货币吗？"

"我不明白，总统先生。那我们应该称之为什么呢？"

"债券。为了战争我们要进行修订，但是政府会发行不记名债券，可兑换成政府有价债券，日用品，还有比如说战争结束20年之后的股利收入。我们在战争之后停止使用这些债券。无可否认，这可能还会影响我们50年。"

布兰达一边在脑子里想着方案，同时脸也有点扭曲。

"由于战争影响，债券会因为货币失灵造成大规模的波动。"终于她回答。

"那就让鬼东西波动吧。"

布兰达点点头，记了下来。"这行得通。"

"很好。我可以把债券卖给UHF；虽然不会容易，但是比起强迫他们接受法定货币，这样做要好多了。"

"但是这就是法定货币啊。"富兰克林痛苦地说。

"当然是，"赫克特毫不退让地说，"你这个笨蛋。大家都知道是这么回事，但是只要我们不称之为法定货币，我们就可以成功，侥幸成功。"赫克特感受着自己内心的战栗，他知道这些措施会给到现在为止完美运行的市场经济带来多么深远的损害。

现在可德那个混蛋把我变成了该死的社会学家，赫克特痛苦地想着。然后他把责备的眼光投向了国防部长，他好像在自己的座位上缩成了一团。

"莫夫塔沙，外边到底发生了什么事？我们舰队的船只数量跟他们是三比二的关系，如果我们的船没有比他们的好，至少也是旗鼓相当的。更令我恼火的是我才发现我们在训练船员上花了这么多钱，那至少也应该打个平手啊。"

"总统先生，是因为我们的轨炮科技。"

"继续说。"

"呃，是的，总统先生。是这样，我们的炮用的是被叫作分阶段磁场的技术。"

"别说我不明白的,莫夫塔沙。"

"抱歉,长官,据我们推测,他们进入了我们的轨炮的磁力排气系统,把他们的工作阶段颠倒了。本质上就是他们进行了180度的转换,这就把这些磁力排气重新排进了炮里。"

"是怎么回事呢?"

"相消干涉,总统先生。一旦他们的相转换导弹用完了之后,我们轨炮就可以重新工作了……但是已经为时已晚。"

赫克特眯着眼睛。

"高明。我们可以防御这个吗,或者,我们可以用这个来反击联盟吗?"

国防部长挺起身体:"防御,是可以的。短期方案是用另外随机的能量波来干扰我们的磁力排气场,但是并不十分安全。"

"为什么呢?"

"是这样的,长官,他们很快就会想出办法穿过我们的干扰,然后找到连贯的信号后再次颠倒磁力排气场。"

"这样的话,长期方案是什么呢?"

莫夫塔沙沉默了一会儿,很明显不想成为宣布坏消息的人。

"我们需要重新设计我们的轨炮,长官。"

"什么?"

"我们得重新设计,让轨炮的磁力排气保持不连贯的状态——永远不能被破坏,我们猜测联盟的人已经对他们的轨炮做了这样的改装。"

房间里其他人都不太高兴。

赫克特非常生气:"他们真的比我们好这么多?"

"是的,当然是。"特里西娅说,"我之前讨论过这个,总统先生,但是请允许我根据我们最近的失败来看一下,"她停下来整理了一下思绪,"联盟是基于太空的文明。他们生活在低重力的矮行星或者微重力的小行星上。他们对纳米辅助的肌肉系统更加熟悉,所以他们可以在行星带的微重力和谷神星设定的三分之二重力的栖息地之间自由转换。简而言之,我们是不会在环境上有优势的,除非他们对地球发动进攻。"

赫克特点点头,勉强微笑着说:"还是希望那样的事情不要发生的好。"

特里西娅继续说:"他们生活在敌对的人工环境里,一直都在供给链和科技线的末端。说老实话,大家都会觉得这是一个巨大的劣势,但是他们学习到——其实是发展了——创造性的思维,而组织核心世界学习到的是——"

"等科技自己找上门来。"艾玛替她说完了句子。

"是的。好消息是,我们的人数是他们的9倍,我们也有同样富有创造力和能力的人。我们只需要把这些人放在正确的位置就可以了。那些喜欢待在行星上的人,最终会学会思考,学会像联盟矿工一样战斗——至少那些幸存下来的人会。我们在工业生产上的优势会扭转局势。前提是我们不能丧失信心,不能自己先崩溃。"

"我们都忘记了一个非常重要的因素,"富兰克林补充说,"后果。"

"意思是?"艾玛问。

"所有的这些失败都是有后果的。人们需要知道这些后果,他们是不会忍受的。抱歉，莫夫塔沙，"他看着国防部长说，"但是我们也需要军队负起责任来。我们想要军事法庭更加的引人注意。举个例子，就给公众一个可以责怪的对象，也让其他的军队官员知道，如果他们搞砸了，在打了败仗，毁掉了设备之后，他们不能悄悄地溜回家，因为他们的无能让我们失去了人民之后又轻而易举地回到组织办公室。"

大家都把目光投向莫夫塔沙，他也严肃地点点头："我非常同意，富兰克林，正因为如此……正因为如此，我才决定递交辞呈。"

没有人反对，没有人想劝阻，大家都默不作声，尴尬地沉默着。"我很遗憾，莫夫塔沙，"终于赫克特说，"但是富兰克林说得对。你做了一个崇高的决定。责任必须由最高层首先承担。"

"我明白，长官。以大局为重。"赫克特不是房间里唯一一个注意到前国防部长脸上解脱的表情的人。

特里西娅劝诫般地说："很多官员都与最大的组织有强大的联系。要除掉他们绝非易事，他们是不可能成为无能的受害者的。"

"那么，"富兰克林补充说，"我就建议你先拿董里这位朋友开刀，还可以加上古普塔。这两人与组织都没有什么强大的关联。"

"而且，"赫克特补充说，"这对其他的官员来说会是强有力的号召，告诉他们我会从大的先下手。"然后他赞赏地点点头："我喜欢这个主意。"

"长官，"莫夫塔沙插嘴说，"古普塔船长没有逃避上一次的战役，他的四支队伍完好无损。"

"我真心怀疑，他逃跑的能力会在他的军事审判上成为有说服力的辩护点。"富兰克林严厉地说。

内阁成员看着赫克特，等待着他的回应。

"我们还有事情要做，还有一场仗要赢。"赫克特回答，他不置可否的答复就决定了古普塔的命运。"莫夫塔沙，你留下来。我需要你的建议。"

妮拉在等候室里踱着步，在前台面前紧张地转着圈，这是她进入一间办公室前的最后关卡了，过去两天她都一直在这里等着。她不知道自己为什么这么不满。通常只要她作了决定，她就会去做一些可以让她的怀疑和恐惧都消失的事情，但是自从她决定见赫克特之后，就好像她脑子里有一块挠不到的痒处一样。甚至当她在走来走去的时候，她的左手也不自觉地抓着头。

这个严肃的人从自己的全息显示屏上抬起头说："总统现在可以见你了。"然后，从他左边的一扇小门，引导她走了进去。

"谢谢你。"妮拉说，接着走进了一间小型斯巴达式的办公室。她快速地扫视了房间，感到有些吃惊。房间里有一张大桌子，一些椅子，一张沙发，但是所有的这些家具都是非常平实的。这间办公室看起来就像中级保险公司的办公室。而且办公室里没有其他人。

"妮拉，"赫克特说着，从另一个入口走了进来，"欢迎来到邪恶的轴心。"虽然他还是一如既往说着骇人的玩笑，但是妮拉可以从他的肩膀上看出他的紧张，他的眼睛周围也有了一些压力的痕迹。他伸出了他的手。

妮拉本想不理会的，但是她还是握了他的手。她发现，他这样做只是出于礼貌，因为握手在组织核心世界已经不流行了，这种行为已经成为了她现在被辱骂的丈夫的象征礼仪了。

"我有什么可帮你的,妮拉?"他好像又考虑了一下,"如果你愿意的话,我可以称呼你'可德医生'。"

"怎么改变心意了呢,赫克特?"她问。

"你对我们伤员提供的帮助我都知道,有人告诉了我,说实话,我想引诱你的幼稚想法可配不上你做的这些好事。"

妮拉有点慌张。"这……呃……这都是你说了算。总统先生。"她还是稳住了。

"那我就称呼你哈伯医生吧,除非你允许我叫你的名。"他领着她到了沙发边,但是他却坐在了咖啡桌另一边的椅子上。"你应该知道,为了安全起见,这间办公室一直处于监控状态下。我只是想让你事先知道,免得你说出什么以后会后悔的事情。"

"是这样啊,但是还是谢谢你告诉我。"

客套话说完之后,出现了一阵尴尬的沉默。赫克特注意到妮拉坐在座位上有些局促不安,他才开了口。

"好吧,哈伯医生,你到这里来不是只为了让我夸你的吧,很明显我们俩都是大忙人……所以如果你能不能……"

妮拉微微地皱着眉头,前倾身体靠在自己的膝盖上,双手紧握着。

"你必须救塞缪尔·董里。"

"你说什么?"赫克特的身体退进了椅子里,就好像妮拉的话语是一种物理攻击一样。

"我跟阿曼达聊过,"妮拉说,"我知道索贝尔基准备对董里进行肆意的媒体宣传,这样他就再也不能当舰队的军官了。"她恳求说:"赫克特,我是说,总统先生——你必须得阻止这样的事情发生。"

赫克特被难倒了。他不得不承认,过去几周发生了这么多的事情,他一直没能浏览一下关于妮拉的报告。当他得知她想见他的时候,他非常地激动。在最近处理的这些事情中,与他最喜欢的人聊一聊肯定对他有好处。但是,她居然想让他去救一个无能的军官,这绝对是远远地超出赫克特的预料。可能是对结束战争的恳求,也可能是表达想要回到谷神星或者地球的渴望,但是结果却是这样?一定有什么地方出现了严重的问题。

"妮拉,"他重拾镇静说,"我觉得有些事情我得要说明白。是我想要军事法庭公开审判。索贝尔基小姐只是为我工作而已。"

"是的,这点我已经知道了。"妮拉讽刺的语气让赫克特显得像个傻瓜一样。"问题是为什么呢?"

"你知道我是没有义务回答这个问题的,哈伯医生。"

"是的,我知道。但是如果你回答这个问题,我会当你帮了我一个大忙。"

赫克特沉思了一会儿。告诉她也没有什么坏处,而且他收集的欠条越多越好。

"那好。如果我们要赢的话,哈伯医生,军队就必须知道这是有后果的——严重的后果——如果失败的话。"

"为什么要这么麻烦呢?"妮拉问,"你现在是总统了。你可以解除他的工作。"

"你说得对,哈伯医生,我可以。但是这始终是一个政治世界。由我发出直接命令的话会引出各种各样的问题,而且现在我得到的比我公平分配所得的多。但是实际上,我想要每一名舰队官员都意识到,这样的羞耻,非常公开的羞耻,是缺少正确的计划和思考而打了败仗的结果。我们需要所有报名应征只是为了给自己的简历多增加一行的这些笨蛋都知道,他们不能简单地逃避,他们会因此而受到更多的苦。如果我们可以劝这些笨蛋离开船长宝座,去他们确实能帮上忙的位置的话,那比起因此而死掉的人,这次审判会拯救更多人的性命。"

妮拉点点头,等了一会儿才决定开口:"这些都完全有道理……但是在董里身上说不通。一视同仁,我觉得毁掉古普塔可能也是错误,但是我还不是很确定。"

赫克特情不自禁地笑出了声:"妮……哈伯医生,我应该怎么进行战争,你有没有什么建议啊?"

"总统先生,"她无畏地说,"我知道你没有理由要相信我或者我的观点,但是至少我得试一下。"

"试什么?"

"结束这场战争。"她从口袋里拿出一个数据水晶说,"我的理由都总结到这里了。"接着她把水晶放到桌上,"我只请求你看看这五百字的文件。如果你还不相信的话,你就丢掉,我也再不会来烦你了。但是如果说得有道理的话,你就能找到附加文件来支持我的'疯狂'的想法。"

"我以为你们复活师都不喜欢那个水开头的字?"

"任何要与我共事的人都必须有保证。"说完她站了起来。

"救他。"她把水晶从桌上拿起来,放进赫克特的手里,"他能结束这场战争。"然后她便离开了。

▶▶▶ 火星创伤复活中心

妮拉·哈伯看着一名新收的病人睡觉。问题是他不是在休息。从他床上面的显示屏上的数据可以看出，他正在做着破坏性的噩梦。这个案子非常令人困惑的是，这个病人醒来之后一点也不记得自己的梦。但是在睡觉的时候缺少休息让他变成了一个虚拟的僵尸。在他们可以更好地处理问题之前，她会开出做梦抑制剂，然后让他戴着人工 REM（译者注：眼部快速运动）发生器入睡。如果不是战争束缚了她，她通常是不会开出这种暂时的处方的。其实，这已经不是她第一次利用权宜之计了。但是她的病人需要在她尽快修复后，再次回到战场上去。

很多她勉强让他们出院的男人和女人都有深深的精神创伤，她害怕他们在突然之间就精神崩溃了。但是在这些出院的伤员后面，还有很多人等待救治，所以她不得不把她的担忧放在一边，以免自己忽略了更需要她照料的人。唯一的安慰就是，她的病人当中，一些非常痛苦的人选择了非战场的工作。当然，坏消息是，他们之所以被安排到这些位置，是为了替换那些正常人在前线的工作。当妮拉为这个不做梦的病人填写出院表格的时候，她听到办公室外面一阵骚乱的声音。

一开始她以为是董里船长回来了。她探出头，又看到一群病人朝着公共休息室方向蜂拥而去。她注意到，唯一的区别是现在还多了一大群媒体机器人、保安，还有安保机器人。就在这时她突然明白过来，到底是谁来了。她让自己被人群推着向公共休息室方向走去，到达之后她就看见了赫克特·圣比安可，UHF 的总统，正在接受众人的觐见。跟董里一样，赫克特也从这一群人走到那一群人，握着手感谢这些病人。妮拉注意到，尽管总统没有受到像董里一样的敬畏，但是他还是受到了很符合他的身份所赢得的尊重。

当妮拉走进房间，她看到赫克特冲着她的方向抬起了头。他并没有想到会"意外"地看到她，她发现，很明显是有人看到她进来之后再告诉他的。

"啊，我们的好医生。"赫克特指着妮拉，大声说，整个休息室的人都可以听到。"其实，"他在做给这些媒体机器人看，"我今天来是为了哈伯医生。"他暂停了一会儿，等大家都安静下来之后他说："如你们所知，董里船长正因为他在爱神星的失败接受军事法庭的审判。"

说完大家发出了震耳欲聋的反对的咆哮声。但是妮拉突然在这番言辞中看到了一丝希望。她看到的时候，她能分辨出是不是吸引媒体的话术，不管赫克特的目的是什么，这都会成为神经网上的一出大戏。她只希望他能接受她的建议。她唯一不明白的部分就是为什么他选择要把她也拉进去，她可是 UHF 最大的敌人的妻子啊。

"但是我很疑惑，"等噪声减弱之后，赫克特说，"有人告诉我，因为他造成的这些毫无意义的伤痛，他的太空人是非常憎恨他的——所以我才支持了他在军事法庭上的定罪。"

"那舰队指挥部的那个混蛋呢？"人群中有人咆哮。

"就是，"另一个人也大喊着，"那些家伙把我们丢在爱神星鸟不拉屎的地方，没有任何人来支援我们。"

"唯一拯救我们的人就是董里。"另一个人说。

赫克特让这些勇敢的人的辩护被大家听到，特别是要确保被那些媒体机器人捕捉到。

赫克特知道，他得付出代价，那些有组织背景的高级指挥官会找他麻烦，但是他也知道这些都是值得的。

看了妮拉所有关于董里的记录之后，更重要的是，看了那些决定要毁掉董里的人的心理动机之后，赫克特终于明白，他差点就除掉了整个舰队里唯一有能力成为珍妮特·德尔加多的对手的人。他还不很确定自己是否同意妮拉关于古普塔也是沧海遗珠的观点，但是赫克特觉得，让古普塔继续服役比赶他出局要好，所以他还是在这方面使了些力。但是，妮拉对他的政治圈里的人物的洞察力结果是非常重要的。赫克特知道妮拉之前对贾斯丁也提供过相似的建议，但是却被他忽视了。赫克特现在明白了，那是一个错误的推测。更重要的是，她的这种技能他可以好好地利用起来。但是她现在还背着骂名，不断地让她出现在自己的办公室的话，肯定会惹人诟病。他需要在公众面前恢复她的名誉，所以他选择在这个地方来完成。

"是哈伯医生，"赫克特说，"是她让我知道了，可能会出现不公的审判。因为她出色地帮助了你们这些UHF勇敢的太空人，我才愿意留意她的建议，更进一步地观察董里船长。因为她，我会仔细地重审军事法庭的建议。你们的好医生，女士们先生们，向你们保证，董里船长会在法庭上重获辉煌。"

休息室里立刻响起了对妮拉发自内心的掌声。因为她对病人的无微不至的照料，她是肯定配得上这些尊重的，现在她又支持他们深爱的船长，这让她完全称得上是荣誉的同伴了。妮拉站在媒体机器人中间，措手不及，不知道该说什么。

"哈伯医生什么都不需要说。"赫克特感觉到了妮拉的不安。"她的行为就代表了她。很明显，她认为这不公正的审判不应该发生。"

"不……不，不是这样。"在妮拉意识到之前，这些话就冲出了嘴。整个房间都静止了一样。"不是这样……我是说……不是圣比安可总统说的那样。我们需要董里船长和像他一样的人。你们看，我……"她深深地吸了一口气说，"我之前错了。我们都错了。我们不能输掉战争。如果 UHF 输了，那人类就会分裂，就会再一次因此而爆发战争。我们必须赢。我帮助董里船长是因为他可以战斗，我之前的帮助导致了这样的结果我很抱歉。我很抱歉。"妮拉哭着跪到了地上。很快她就被一屋子正在恢复中的病人抱住了。总之，这成为了非常引人注目的新闻。

▶▶▶ 谷神星

贾斯丁一遍又一遍地看着发回来的报告，妮拉在痛苦中崩溃了，每次他看到她这样，他的反应都是一样的。他每次都想进到图片里，帮助她。他以为重复地观看会缓解一下这种感觉，但是没有。真正让他心如刀割的，是看到当赫克特·圣比安可跪在他妻子的旁边，安慰她的时候，围着的病人都挪到了一边。

贾斯丁没有注意到自己办公室还有人，直到一只温暖的手落到了他的肩膀上。

"我很抱歉。"艾琳诺的声音颤抖着，满是悲伤。

贾斯丁什么也没有说，他意识到如果现在让自己的愤怒爆发出来，他可以摧毁他关心的一切。相反，他也可以让这悲伤吞噬掉自己，然后消失在深深的沮丧中，他不知道自己还能不能从这样的沮丧中爬出来。他任由感情的洪流冲刷着自己，这样他才能够更好地稳住自己。当他的呼吸变得更有序，思维清晰之后，他就为自己设定好了面前的道路。他知道他现在必须得违背自己"无论生老病死"的结婚誓言了，这样才能完全地接受他以前不允许的——他的心被痛苦和愤怒给切开了。但是就在这时，他也知道，他一直对妮拉坚持的错位的热情终于可以被释放了。几分钟之后，他终于可以说话了。他的嗓音里不带一丝同情，意志如钢铁一般，他决定要重新定位战争的重点。

"我们必须把发生在我妻子身上的事情告诉联盟的人。他们必须明白，我们不只是为了我们的自由而战。他们必须知道，如果我们输了，会有什么样的后果。"

10. 承诺

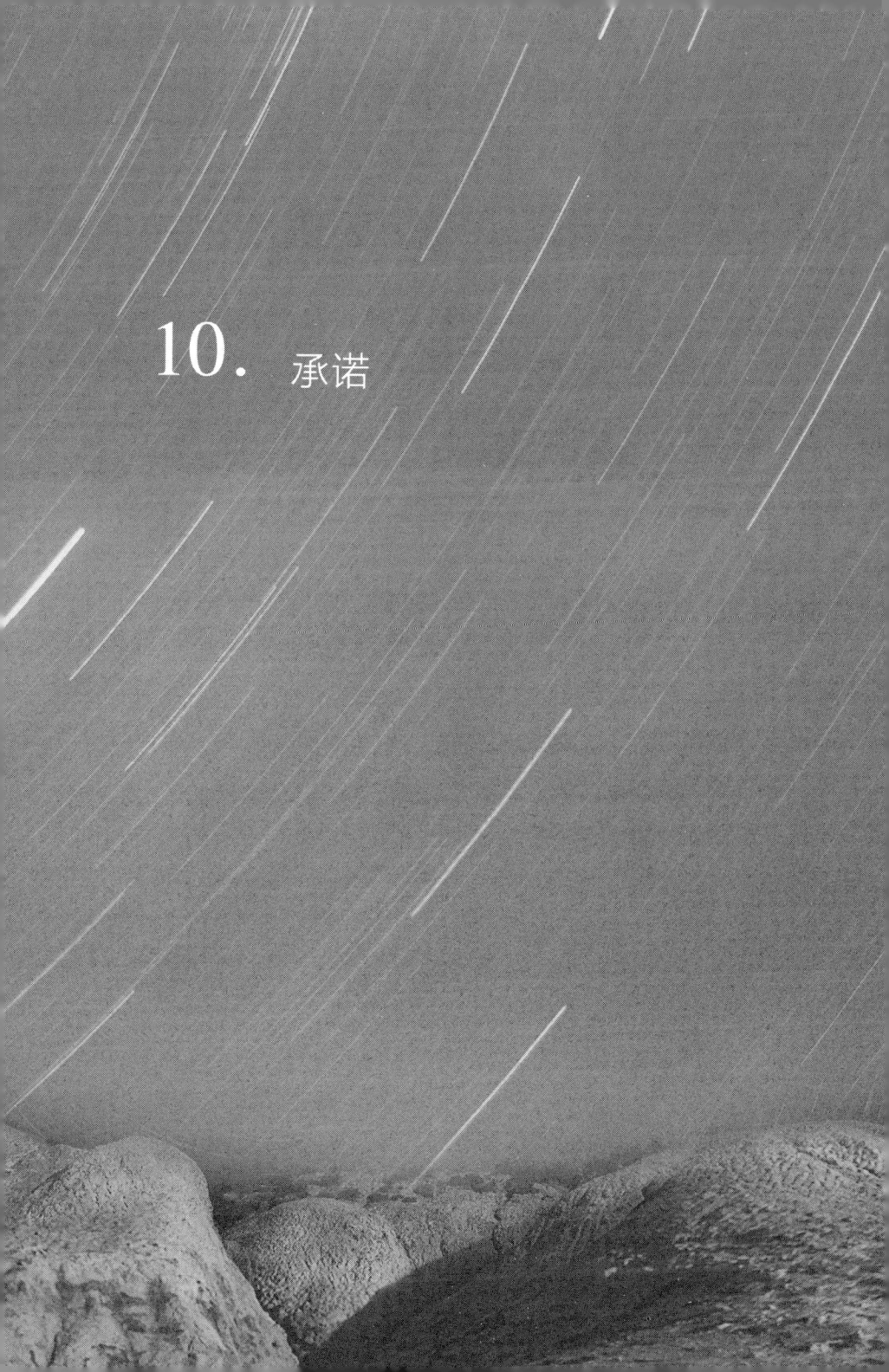

▶▶▶ 180 弧度阿尔塔芒特小行星带

克里斯蒂安·萨德玛准将正沿着种满了各种植物的花园小径走着。清晨的空气中弥漫着强烈的茉莉花香，虽然她对园艺的了解不是很多，但是她还是认出了一些零星的一品红和莲花。踩在泥土上的感觉让她非常放松。她感到很惊奇，在这样一片小小的区域里竟然有这样一大块土地。但是她也意识到，对看管者和有信仰的社区来说，这是个真实的证明。在这片土地上生活的主要都是基督教徒，这里沿用了殖民前的一种古老宗教秩序，那个时代被称为医院骑士团时代。他们以前是凶猛十字军的分支，十字军在历史上最出名的时刻就是马耳他大围攻，在这场围攻当中，700名骑士和800名士兵击退了一支4万人的土耳其入侵者军队。随着时间的推移，骑士的任务从原来的保卫圣地变成了保卫伤病人士、保卫穷人、保卫被围攻的人。在大崩溃之后，这些努力幸存下来的可怜的少数人跟他们同一教派的人一起艰苦跋涉来到了太空，在这里创立了这个克里斯蒂安非常喜欢的社区。为了忠实于他们的信仰，骑士创建了治愈和信念的圈地，对帮助过他们的人没有过多的要求，只希望他们能友好相处。

尽管在实际的成员中间，这些秩序不是特别重要，但是这里已经成为了有信仰和无信仰的人并存的大医治者社区了。这颗小行星中间被挖空了，两头都是开放的，以三分之二地球重力旋转着。小行星上的栖息地最终成为了现在被叫作阿尔塔芒特的地方，是在180弧度上第二大的石头。这个小行星距离爱神星6 200万英里远，隔在这两颗星体之间的只有数百万颗小到中等大小的小行星。由于爱神星位于离核心最近的行星带上，阿尔塔芒特却位于离外层行星最近的行星带上。失去爱神星之后，阿尔塔芒特就成为了唯一可以在小行星上进行大圈贸易和连接各种交通的行星。结果，这个地区自然而然地就成为了180弧度上新的转运点和航空站，现在也成了太空里最关键的地区之一。

没过多久，克里斯蒂安就意识到了这颗星球在战略上的重要性，不只关乎贸易，也关乎在180弧度战争的继续。通过阿尔塔芒特，她可以把战争重新推回到爱神星去。她可能没有足够的船直接把爱神星夺回来，但是至少让UHF把他们原来的桥头堡挪开还是有可能的。为了要让自己的计划得以完成，她必须加强阿尔塔芒特的防御工事——而且要尽快。她要这颗孤单的骑士星球有跟火星一样坚固的防御，不然UHF就可能完全绕开行星带，从背后攻击联盟。所以，脑子里有了想法，她现在在阿尔塔芒特著名的庭院里闲逛，等着男修道院院长跟她联络。

"你喜欢我们的庭院吗？"

克里斯蒂安转过身，看见一个穿着简单棕色长袍的男人向她走来。他的眼睛凹陷得很深，眼睛的颜色也很深，鹅蛋形的脸，稀疏的黑发向前梳着。

"是的，很喜欢，"克里斯蒂安回答说，"与阅神星上的花园非常的不同，神父——"

他温柔地笑着纠正她说："是'教友'，我的名字叫桑普森。"说完他微微前倾着身体，闻着刚刚成形，奶油颜色的花，这朵花的边缘微微露出点红色。他抬起头，邀请克里斯蒂安也来体验一下这种芬芳。

她一边闻着这种香甜的气味，脸也跟着亮了起来："太美了。"

"是的，"他满意地说，"红边格尼帕——也叫作'七年之果'。我很高兴你觉得我们的庭院这么有魅力，准将。我一直没有机会亲自去阅神星看看，其实我哪里也没有去过。我真是非常好奇，想要知道你们世界的庭院是什么样子的。"

克里斯蒂安被惊得目瞪口呆。她的世界里，绝对是每个人都出去旅行过，就算是去轨道行星带，或者行星系统，不是去挖矿，就是去拜访亲戚，还有的只是为了去体验没有去过的地方那种纯粹的快乐。一想到有人一辈子都待在一颗星球上——不管这颗星球有多好——她简直是难以相信。

"阅神星上的庭院要大一些，"最后她回答说，"因为重力要少很多。你们这里有三分之二的重力，但是在阅神星上，只有六分之一，这就让我们的庭院里的植物长得大得多。我们还把很多植被种在地下的大型穴室里。你们的庭院都非常美丽，我情不自禁地要去看它们。但是我不明白，这些庭院是怎么获取充足的阳光来供我看到的这些植物生长的呢。"

"你问得真是时候，"桑普森教友咧着嘴笑着说，"因为我们马上就可以体验到被我们称作光的奇迹的事情了。"

他话音刚落，克里斯蒂安就听见从中空的石头的两端传来深沉研磨的轰轰声。她看到大型的镜子引导光带，慢慢地穿过栖息地的表面。这些光带在照射到庭院之前上升了几百英尺，与此同时照射着中空小行星的中央，形成了一颗临时的微型星星。这颗星星开始有规律地跳动，接着突然爆炸成了漫天的光辉，这些光温柔地飘到庭院中，就像仲夏倾泻而下的阳光一样。克里斯蒂安盯着上空，惊讶得目瞪口呆。

"不可思议，对吧？"桑普森教友说，他也看着上空。

"教友，太美了，真的太美了。"

"但是你来这里肯定不是为了这个，"他把目光从庭院上挪开，投射到克里斯蒂安身上；他眼里的惊叹已经消失了。"你想把我们的庭院和治疗区变成一个基地，从这里继续已经造成这么大痛苦的战争。"

"是的。"

"我明白，"他轻柔地说，"我的弟兄们本希望这不是战争需要的，但是我们是不会阻碍你们的。"

"啊，谢谢你，教友。"这就是克里斯蒂安此刻能够说的了。她本来已经准备好要争执一番的。

他们继续沿着小路走着，只听得到脚下泥土发出的轻柔的声音。"我们会把我们的医院设施向你们的部队开放，"他继续说，"但是我们要求你们不要阻止我们治疗所有需要治疗的人，即使是 UHF 的成员。"

"我永远不会阻止你们这么做的,教友,只要我的部队人员优先就可以了。"

"我们可能不能同意这个要求。"

克里斯蒂安决定还是不要心急了。她已经得到了她想要的大部分,并且也没有遇到多少阻力。"很好,教友,随便你们想救谁就救谁。"

"谢谢你,"他看起来像是舒心了一样,"我们会把我们栖息地的所有规划都交给你们,然后把你们认为需要清空的区域都清空。我们的输电网你们也可以使用,你可以在栖息地进行任何你觉得最好的改动。我们的很多教友也询问了志愿加入你们医疗队的事情。我们希望他们的微薄之力能派上用场。"

克里斯蒂安原来担心她要在这里做出盛气凌人的样子才能达到自己的目的。如果不是这样的话,她知道她有可能会自动地转移到周围的栖息地,这些栖息地都非常令人尊重,他们都是奇怪但又总是慷慨的宗教社区。那样会让她对联盟敌人的宣传更困难,但是她还是会那样做。但是现在,与她同行的这位绅士慷慨地让她把他和平的避难所变成战争的工具。

"教友,"她停下来,面对着这个刚刚为她免去了诸多痛苦的男人说,"我是真的很感激,但是我必须知道——"

"什么?"教友问。

克里斯蒂安点点头。

"你听说过妮拉·可德吗?"

克里斯蒂安一只眉毛紧绷着,轻轻地拍着自己的头。

"你相信她已经完全背叛联盟了吗?"他问。

"完全相信。我们敌人的本性就是这样。"

"我没有听说，"他暂停了一会儿说，"至少不是一开始就知道了。但是我们接到社区最受尊敬的其中一位圣女的电话，法瓦·苏丹·哈姆迪。她一直在与很多人交流，也包括'圣尊'。"他用了那些有信仰的人最近用来指代珍妮特·德尔加多的绰号。"这，再加上从组织核心发生的事情，让我们看到了事实真相。我们的社区最近才召开了一次多人秘密会议，我们决定，我们要尽一切努力与UHF对抗。"

"请原谅我的用语，教友，但是你知道，你这是多此一举。"

"我的孩子，"他小心地从旁边的植物秆上拉出一朵热情开放的紫罗兰乳蓟花，"你为你的星球的自由而战，为了联盟的独立而战。你也是为了与你领导的人之间建立起同道之情而战，我大胆地说，他们对你的热情正如你跟随'圣尊'的热情是一样的。但是这并不是我们选择放下犁头，拿起武器的原因。"

"那是为什么呢？"

"UHF正在进行恶劣的行为，准将。"他开始把这朵花紫色的花瓣拉出来。"他们想要把人类最珍贵的天赋给抹去——我们的灵魂。当我们确信了他们的行为之后，我们为妮拉·可德祈祷，为死人而祈祷。"

他暂停了一会儿，抬头看着手里只剩一半的花。就在这时，克里斯蒂安·萨德玛看到的不是打理着庭院的平静的教友，她看到的是来自古代的战斗祭师。她看到，在他的体内有一团燃烧了几百年的危险的火。当他把最后一片花瓣扯下来之后，花中心露出了一根尖锐危险的刺。他最后的几句话说得非常坚定，来自于他完全的信念。"他们是不能带走上帝赐予人类的最伟大的天赋的。"说完他把带刺的花冠放在克里斯蒂安的手心里,"他们是不能带走我们的自由意志的。"

塞缪尔·董里准将检查着他的领口,情不自禁地微笑了起来。他以为他要么会死,然后在牢房里被用来做科学实验,或者最好就是在低地球轨道的酒吧里卖一辈子酒给即将离开的太空人。但是,他现在不仅可以回到爱神星,而且还升职了,还有了10艘新船。虽然还不能打仗,但是他也不会抱怨。他也知道,是总统的干预才让他重获自由。总统还相应地正式把他的大副,季诺碧亚·杰克森中尉,升级到了指挥官级别。董里已经给她授予了军衔,但是因为这是由接受过军事审判的船长授予的战场升职,所以一旦新的指挥机构接手管理爱神星之后,就会被取消。但是现在是正式的,这让董里更加高兴。可是,让董里真正感到满足的,是正在与杰克森交谈的那位船长。

阿布依·古普塔船长遭到了贬低,因为他不仅输掉了一场战役,而且还在第二次战役中逃跑了。没有舰队想要收纳他,很明显他可能要在整个战争期间待在水星数矿石车了。但是董里想要他,也没人会干扰,古普塔立刻就被编入了战斗人员里。

董里在自己的指挥椅这个有利位置上看着各种显示屏。他看到,按照现在的速度,还要两周才能回到爱神星。他到那儿之后,就会立刻进行新的运动。他也知道这次的运动要在哪里结束:阿尔塔芒特。

▶▶▶ 地球，豆茎大厦

赫克特不得不换一种更好的方式返回地球。其实他可以在任何地方指挥战斗；但是，为了宣传效果，他最好还是要在前线。可是，为了接下来要宣布的事情，他还是得待在地球上。为了他要说的，和说完之后立刻要做的事情，他都必须要去。从严格意义上说，他其实没有任何权力使用豆茎大厦，但是新任 GCI 主席非常的亲切，他允许赫克特按照最高级别使用豆茎大厦，并不是因为他不得不允许。这里的设施非常方便也很有用，因为赫克特把地球上所有的总统住所都拿出来拍卖了，目的是为了给战争提供支持。按照计划，他很快就要在主席公园发表一次演说，希望他要说的内容可以扭转局势，结束战争；当然，前提是假设这 50 个最强大的组织的首领不会在他演讲之后的会面上把聚变反应堆喂到他嘴里。

赫克特乘着电梯走出豆茎大厦，身后跟着安保特遣队，接着坐上了在停车场里的一艘公共运输机。看情况这应该是很难办到的事情，但是这也有助于突显他"小股东代表"的形象。当他靠近停车场的时候，他满意地看到，这里已经聚集了相当多的人了。他知道如果人不够的话，艾玛可以叫来更多人。他也知道，这里的人不全都是他忠诚的跟随者。除了他最好的官员，他还不能把大量仙股人士对于贾斯丁的爱给纠正过来，至少还不能全部。可是赫克特希望，在他要进行的演讲，战略性地利用王医生的新科技之后，大量的感情转换会很快地踏上正轨。

赫克特的计划非常周密，也很细致。一个有影响力的人，不管他是一名司令，一名 CEO，还是一名行动派，一名煽动者，都会被拘留，接受讯问，然后在一两个小时后又被放出来。关于他们被"讯问"过程中特别重要的东西他们一点都不记得，如果被他们的任何同伴质疑的话，他们还是会坚持他们所有的信仰和价值观。但是在几周或者几个月之后，他们就会开始在他们性格的某些关键点上转变自己的看法。这一切看起来就像是有机地完全自然地改变心意。

赫克特知道，要"隐秘审查"在太阳系的所有人肯定是不可能的，他现在就是这样来称呼最新形式的心理审查，但是他也意识到，如果他可以给重要的5万人进行隐秘审查的话，那相当于得到了控制其余人的钥匙。以后在其他有影响的人出现的时候，他们也会被隐秘审查，那么真正的稳定又可以重新主宰一切了。如果联盟没有发表闪电声明，说妮拉·哈伯以一种可怕的新手段被审查了的话，他还可以让事情进展得更快速。就算联盟的声明是真实的，但是这也并不是赫克特所担心的事情。研究是在封闭的情况下进行的，而且新创建的研究小组成员也是已经自己把自己"治疗"成完全忠诚了的人。但是处于公众紧张的目光下，赫克特还是得慢慢来，公众从出生就被教育要对心理审查敏感，他们现在非常害怕赫克特·圣比安可和王医生，其实，是害怕他们正在做的事情。更糟糕的是，战争的继续正在吞噬大家的所有希望，把希望变成了妄想。

但是赫克特正在主席公园的讲台上，准备要给予大家的，正是希望。

圣比安可总统宣布了一条重要的新提议。利用他的执行权，总统提出了《大股东化公告》。这项提议的本质很简单。任何在一定战争规模里服役过的人，在圆满成功地解决目前的战争行动之后，都会被授予自己股票的大股权。对于已经持有大股权的人，再授予额外的5%的股份作为奖励。这项政策唯一的例外就是作为军队总指挥的总统自己。"那些首当其冲承受着战争的痛苦，拯救组织文明的人，必须看到我们文明切实的好处，而且必须因为他们的勇敢和牺牲得到奖赏。"说完这些话，反对和赞扬的呼喊声同时爆发了。

小股东们疯狂地庆祝着，他们大声地呼喊着"小股东总统"，他们并无侮辱的意思，他们把这当作是一种骄傲的头衔。总统一直处于低位的股价从来没有达到过这么高。

这件事情也引起了政治、经济评论员的注意。如果这份公告成为了事实，那就会产生很多的新的大股东投票者，这些人新获得的地位，都是因为赫克特·圣比安可和他的自由党。这可以确保他们在接下来的几十年里一直支持刚刚获得授权的联邦政府。

但是当下更值得关心的是，主要的组织会如何来看待被很多人称为公开盗窃财产的事情。到目前为止，还没有主要组织或者任何CEO就此发表言论，他们只是说他们会研究对策。

——3N

为了能够尽快回到豆茎大厦，赫克特还是没有选择公共交通。他得在那些聚集起来的CEO们说出什么愚蠢不可撤销的话之前，到达主会议室。如果可以避免的话，他可不愿意安排一次"不幸"的行动派恐怖袭击。

"要是能隐秘审查他们的话，事情就好办多了。"他一边快速地朝着会议室走，一边抱怨，但是那样也会花费很多时间，而且他们的安保也不是那么好突破的。这应该会是最后的解决办法，而且还要非常细致地计划才行。

当赫克特走进房间的时候，看到太阳系里15名最有权力的男人和女人都直勾勾地盯着他。曾经，赫克特做梦也想加入到他们这些人的行列中去。他们曾经拥有所有的权力，因此他们就是各种各样幻想的根源。但是现在，他们只是他需要克服的另一个障碍而已。

庆幸的是，他们都如他所料地陷入了他的圈套之中。其实，看起来好像是他们都同意了一位公共发言人女士的意见。当美国通用的CEO站起来的时候，赫克特并不感到吃惊。她特别生气，因为内部系统的众多旅游和娱乐产业都崩溃了，她的公司的短期利益遭到了重大的打击。但是依靠他们数十年来在公民身上发展的股份，他们还是有长期优势的。赫克特的计划不仅直接威胁到她，也直接威胁到在座每个人的组织。

"赫克特，"当他坐下的时候她说，"抱歉，总统先生。是什么让你觉得你的提议会成为现实呢？"

赫克特扫视了大家一眼，"如果不能成为现实的话，我们就会输掉这场战争。"

"那就输啊。"美国通用CEO直截了当地说。

赫克特看到有些CEO因此有些生气，但是并不是全部；有些CEO看起来好像还很同意这样的观点。赫克特慢慢地从椅子上站起来，直接走到美国通用CEO的面前，用自己纯粹凶猛的眼神把她吓得跌回了座位上。看到她没有想站起来的欲望之后，赫克特开始绕着房间走。

"那就输。"赫克特重复着，语气可怕得冷静，"我们就停止抗争。这样的话，我们来看看打仗的花费和直接停止的好处都是什么吧。"赫克特暂停了一会儿,脸上挂着沉思的微笑。然后突然之间,他紧紧握住的拳头一拳击打在桌上,打得桌子起了些裂缝。

"我们当然考虑过这个想法,"他激动地说,"你们知不知道,如果我们直接停止打仗的话,我们会节约多少钱和时间?我们损失了10%的人口。我们还有其他90%的优先认股权。我们失去了外星轨道的大多数资源。他们可以按照我们决定的价格把那些资源卖给我们。因为他们没有别的市场可以卖了。总之,我们输了会更好,因为我们再不用担心管理轨道以外的空间所带来的问题,就可以得到这些资源。"

赫克特看着他们迷惑的脸。他是故意要让他们这样的,让他们心神不安。

"以上的每一点,都有明确的事实可以作为依据。"他继续说,"还有更多,可能你们也从来没有考虑过。打赢这场仗的社会压力会无比的艰巨。我们的文明必须要接受这些三年以前合理的,不受心理审查的事情。你们有没有考虑过我们的新政府债券的作用?"他非常轻蔑地说着"债券"这个词,他们都非常了解这种语气,房间里的每一个人都认为赫克特是最激烈反对他才介绍出来的法定货币的人,结果最支持的就是他。"政府要支付完这些债券得花上几十年的时间,而且还得是在我们真的利用了税收的后门才行。"他看到在场的人的脸色突然都变白了。"是的,就是说的税收。谢谢你,可德先生。但是请不要忘记那些会被给予超出他们实际的财政能力范围的人。那是我们系统一开始就阻止的事情。他们会造成很多花费,也会造成很多财政问题,因为没有能力的人会买他们不应该买的东西,得到他们不应该受到的教育,因为他们不能正确地使用这些资源。想想，有多少医疗人员会真的认为他们有权成为医生，他们会有可悲的股票股份来支持他们的工作。这些下等人的社会问题会成为一场悲剧，但是我们还是得处理。就算出现了刚刚我所说的这些，我们还是需要进行战争……我们还是需要大股权化。"

"为什么？"东芝 CEO 问，"你这时给出了不要进行战争的充分理由啊。"

"因为一旦战争停止，我们就再也不能开始战争了。第一，双方都不会想要再继续，除非在非常极端的情况下。另外，为和平付出的代价会比战争要高。但是想想，如果现在就达到和平状态的话，会有怎样的结果。"

他暂停了下来，从他们茫然的眼神中可以看出，他们没有一个人长远地考虑过协议和平的后果。

"贾斯丁·可德会拥有他自己的文明，在联盟里面他可能还是会有组织，但是过了不多久，他们就会彻底摆脱掉组织文化。他们有十分之一的人像灯塔一样活着。任何因为他们原始的经济系统和社会系统所造成的社会问题，都会被他们的'拓荒经济'给掩盖。在接下来的一个或者两个世纪里，他们的经济增长会给人们一种错觉，大家会认为他们的系统是可行的，就像崩溃前的老美国白痴一样，但是一切都会随之崩溃了。到那个时候，在可德系统崩溃之前，它也会带着我们跟它一起崩溃。任何组织核心世界里觉得自己没有被好好对待的人，比如那些生来就处于最底层的人，他们就会有别的选择了。他们可以逃跑到联盟去，我保证贾斯丁·可德和他那些思想上的孩子会在那里张开双臂欢迎他们，为他们逃脱了组织看守的监禁而感到高兴，我们就会被描述成那样。他们人口的数量会增加，他们会进行产业扩张。单单是木星就有潜在的资源和空间可以成长为比整个核心都还要强大的系统。70年后，我们是没有能力打败联盟的；100年后，他们就可以征服我们了。当他们系统里的那些笨蛋开始站不住脚的时候，你觉得他们会轻易地承认他们错了，然后回到组织，回到这个人类生存唯一可行的哲学系统里吗？或者，他们会攻击已经文明的组织核心，这时组织核心在经过了数十年的人口流逝和宣传运动之后已经变得非常虚弱了，因此他们就会摧毁掉人类有过的唯一的希望。你们想要保护你们的利益。很好，你们应该这样做。从你们的自我利益出发没有任何问题。"赫克特心领神会地抬起嘴角的一边说，"我也一直都是这样的。但是记住，自我利益有两种形式：短期利益和长期利益。

"就我刚才所说内容的详细说明的数据和推测，我很乐意与你们分享，包括结论、过程、收集方法，还有所有的原始数据。但是你们已经知道我刚刚说的是真的了。从短期来看，我们的利益是由和平提供的。"赫克特调出了整个太阳系的图像，下方还有一个悬浮着的时间表。这个太阳系的图像悬浮在会议桌上。UHF控制的地区被标注成了红色，联盟的标注成了蓝色。随着下方的时间表前进了几年之后，这些区域也跟着慢慢地开始变换颜色。每过去十年，UHF的颜色就减少一些，联盟的颜色却相应地变多了。250年过去之后，就基本上看不到什么红色的区域了。

"我们会在一个信仰与我们截然相反的社会面前，所有我们在人类身上的投资都会成为徒劳。但是不管付出什么代价，组织、人类文明，还有我们的长期利益，都必须建立在完全消灭外星联盟及其所谓自由的堕落的信仰为前提之下的。"

争辩要花上几周的时间，赫克特只有用暗箱操作的方式进行，加上政府与组织签契约，这些人很高兴能在传递给后代的政府无限制经费和债务的强力麻醉剂中重新认识他们自己。但是最后，这些CEO和他们所代表的组织还是表示同意，支持新的全面战争。仙股人士也会一直报名参军，他们是为了被自己当作是自由的东西而战。

▶▶▶ 谷神星

贾斯丁有些怀念在谷神大海游泳的日子了。他还是会锻炼身体。他的新医生对此很坚持，但是贾斯丁无法让自己像以前那样游泳。游泳倒是没有问题；他还是在电流驱动的湖里游泳。但是他以前一直都是在海里思考他的问题，游完泳之后再和妮拉继续讨论。现在他开始要把这些东西封存起来，情绪上的东西和身体上的东西都一起封存起来。他再也不在曾经和妮拉共处过的卧室里睡觉了。他把那个房间变成了一个安检站。

但是他还不能完全摆脱她的身影。他让自己全身心地投入到工作当中，但是这身影还是笼罩着他。他要领导这场战争，也要在招募和不断扩大的舰队装备之间做好平衡。舰队的太空人越多，那么太阳系需要的用来维持先进星际文明运行的受过训练的人就越少。日用品的问题也越来越严重。现在已经不只是支付的问题了，因为新联盟美元现在很稳定，已经成为了被大家接受的货币。严格意义上说，它不是法定货币，因为它是由轨道缺口和各种行星上的矿业持有来支持的。但是这种货币可以用来在这种经济体中购买商品和服务，其实，当战争的需求越来越普遍的时候，商品和服务却越来越少了。

但是，如果赫克特和他代表的那部分人取得了胜利的话，那这就是为了把一小部分人从等待着他们的精神阉割中救出来所付出的代价。所以联盟坚持着进入了看不见一点结束迹象的战争的第三年，每个人都在尽自己所能完成自己的工作。所以他现在正在谷神运输港上，奉献一艘战船给不断壮大的联盟舰队。令人难以相信的是，回到两年前的话，20艘基本上就可以结束战争了。现在联盟捕获的，改装的，还有在杰德瑞塔船坞建造出的船总数已经超过了100，而且新命名的木星船坞还会生产出更多。

但是每当他在谷神运输港上交付船只的时候，他都觉得没有什么事情能与运输港的奇妙程度相符合。在他的脑子里，这其实算不上真正的世界第九大奇迹，他和其他很多人都认为，谷神港毫无疑问是人类工程最伟大的壮举。很多人认为，其天才的精华部分在于：在谷神星500英里的核心中挖一个2英里宽的洞，然后让谷神星围绕这样产生的轴而转动。但是吸引贾斯丁的不是这个。吸引他的是建造在这个洞里面填充的东西。这个太空站包括了运输港、斜坡、维修站、燃料库、乘客区，还有各种各样的设施。不论贾斯丁何时看上面和外面，他都可以看到人类所能创造的最繁忙的中心。只要有机会，他就会溜出办公室，找到一个裂缝，然后坐在那里，深深地为眼前的一切着迷。在这根管道的中间，船只快速地移动着，始终保持着一个方向。就算只隔了一英里，看起来也是非常的令人惊叹。它们有着各种不同的类型和形状，特别是那些特别老旧的船，代表着联盟的人不顾自身性命的勇敢精神。

能与一大队船庄严地穿过中心管道这样的奇迹匹配的，就是在管道中间进进出出的人流。船开进来，减速，慢慢接近停靠站，然后与谷神星相连。这些船也可能很小,有的只容得下三名船员,他们把矿石样本带回来,给一间大实验室检测。有的船又是超级运输船,船上载满了集装箱……贾斯丁不知道里面都装了些什么。有可能装着专门为低重力放牧栖息地培育的一群牛,也可能装满了双人飞行器。还有可能是大型的人员运输线,把联盟所有的人都带到谷神星来。在矮行星上基本可以复制所有的重力环境。中央管道的另一个好处就是,如果一个人越靠近星球核心,那离心力就越低。谷神星上自然也有住房、商店和适应于各个重力环境的服务,从微重力到主要栖息水平所需要的三分之二重力都有。其实,谷神星灵活的重力也是它被选作联盟首都的一个原因。只有少数的星球有能力适应这种多样性,谷神星就是其中之一。

贾斯丁感到很遗憾,因为他今天要错过芭蕾舞表演了,但是有一艘正在等待着官方命名,而且现在已经没有多余的时间了。他到达之后,因为错过观赏而产生的厌恶感立刻就消失了。当他看到联盟的太空人带着希望和骄傲的表情等待着他的时候,他也只能努力成为他们所预想的那位首领了。

流程基本上都是一样的。这些"新"船员通常都是来自那些损伤严重无法修复的船,而且他们基本上都是来自同一栖息地。辛克莱总司令为他们安排了一个小型但是非常有用的新兵训练营。只要有机会,这些船员或者居民就会聚集在一起,但是他们要工作的船一般都是非常大型的,所以不同的群体可能一直都不知道对方群体的存在,然后在聚会的时候又突然碰到一起了。辛克莱通常都会让他们和联盟其他船的有经验的太空人在一起,这些太空人都是受过伤之后,正在恢复中的人,但也不是只安排这些人。这些老兵给他们带来了危险战争的实感，不仅是真空中的常见的敌人、辐射、过度的重力、高速飞行的碎片，还有其他高度训练过的人竭尽所能地破坏输电网的额外快乐。

这样严格的训练和激烈的业余体育运动通常会持续一周——舰队里指代战斗的俚语——但是很快这些船员变得非常有凝聚力，他们开始认为"我们"这个词就是指的队伍里的所有人。只有在这个时候，这些士兵才会被分配到船上。不管他们被分配到哪艘船，那艘船立刻就会变成舰队里最好的船。如果他们真的走运的话，联盟总统，这个蔑视组织奴役者，在自由的道路上展现出了任性最好的一面的男人，会亲自来为他们登上的这艘船命名。

贾斯丁发现，他面前的这艘船属于他命名过的船中较大的。有人简单地向他报告过，这艘船上有一些特别的改造。贾斯丁把这样的"改造"行为称作"在袖子里藏王牌"。珍妮特·德尔加多和健二的王牌成为了联盟的标志，他们让联盟总是可以先 UHF 一步。在遭遇决定性的失败之后，珍妮特·德尔加多又痛击了敌军，如果有必要的话，她会一直这样做下去，直到组织核心意识到战争的代价实在太高了为止。这艘在自己的中心轴上安装了三门主轨炮的新船会有助于这个目标的实现。但是船员们选择的这个名字让贾斯丁觉得特别的有趣。这艘船的名字叫"上帝之锤"。

很明显，跟船员一起训练的大部分医疗人员都是来自有信仰的社区，他们对这艘即将执行任务的船的船长有着深远的影响。这位船长比大多数的船长打过的仗都要多，基本上这次战争的每一场主要战役他都有参与，他在这些信仰者的呼声中找到了安慰。贾斯丁不太确定自己对最近宗教的复活是如何看待的，但是他想起了那句出名的"散兵坑里不会没有无神论者"的格言。如果信仰给他的太空人带来安慰的话，他也不会通过表达自己的怀疑论来减少这种安慰。

贾斯丁到达了"联盟一号"的左舷上，他个人觉得这简直就是浪费时间，因为他已经在谷神星上了。但是舰队的人非常喜欢看到他的星际飞船停靠在即将被委任的船旁边。接着他又会在符合总统身份的盛况和庆典中登陆。

随即他会发表他标准的委任船长演说。当然他会补充一些个人的评论，通常都是与新上任的船长的勇敢和服役记录有关。然后他会说一些跟这个新名字有关的东西，最后用感谢在场所有的人为联盟和人类种族的未来所做的一切来作为结尾。最后这部分通常都是非常真挚的。这次也没有不同，当贾斯丁正式宣布这个名字的时候，新委任的AWS"上帝之锤"号上穿着太空服的人们呼喊的声音通过他们头盔里麦克风传出来，他们用太空服罩着的手和脚在防水板上拍打。贾斯丁看到，有些胆子大的甚至脱离了船体，翻起了跟头，只有在被比他们头脑更清醒的太空同伴拉回来之后才停了下来。贾斯丁和船长在船员和媒体机器人的注视下相互敬了礼，接着又握了握手。然后，贾斯丁就离开了，与他来的时候一样的闪耀。他知道，除非紧急情况，这些新委任的船员晚上会去谷神星上有娱乐的地方，明天再加入舰队，珍妮特·德尔加多就会在那之后，开始对他们进行合船行动训练。

贾斯丁走进"联盟一号"，脱掉了他的太空服，接着立刻又重新投入到工作中。他当然可以通过离"上帝之锤"号最近的停靠港回到悬崖屋去，但是就跟他们非常喜欢看到他坐着"联盟一号"来一样，这些太空人也非常喜欢看到他坐着"联盟一号"离开。另外，这样他就有借口晚一个小时回悬崖屋。虽然"联盟一号"的停靠港与"上帝之锤"号只有十英里远，但是方向是相反的。虽然"联盟一号"是总统的个人运输机，但是也不能违背太空的规则，谷神港的交通流只能朝着一个方向。贾斯丁要像其他人一样绕个圈。他是赞同并且喜欢这个规则的，因为这样可以表明规则是适用于联盟的每一个人的。另外，在悬崖屋里可以做的事情，没有什么是不能在船上做的。

贾斯丁正在浏览着木星周围氢提取的产量预计报告，这时警报突然响了起来。他立刻离开自己的位置，在他还没有意识到自己在动之前就在去往驾驶舱的路上了。

"出什么事了，塞巴斯蒂安？"他问。

忠诚的化身从贾斯丁挂在腰带上的电子助手发出声音说："一艘来自冥王星的运输船，贾斯丁，他们的船驱动出现故障了。他们无法减速，也无法控制航线。"

"谷神港可以用磁力抓捕机引导他们进入应急通道然后减速吗？"贾斯丁继续朝着驾驶舱走去。

"恐怕不行，贾斯丁。他们离得太远了。如果没有任何干预的话，他们会撞到谷神星上的。"

"那艘船上有多少人？"贾斯丁正在进入驾驶舱。

"1 200多人，"塞勒斯·昂如回答，他猜到贾斯丁会到这里来，于是他先一步到了。"其中大约700人是被暂停的。他们是来接受别处没有的治疗的。"

"离他最近的船呢？"贾斯丁问。

"应该是我们。"船长坐在指挥椅上转过来说。

"百特曼船长,我们要靠近那艘船,看能不能用我们的磁力粘附滑道来连接对方船只的主甲板以上部分。"

"是的,长官。"

"我们还要调整这艘船的航向,不要朝着谷神星来,我们直接过去,看我们能不能帮助他们恢复系统。如果有需要的话,我会换好宇航服的。"

"船长,不要理会这个命令。"塞勒斯冷酷地说,"派总统的保镖到驾驶舱来。"他对着电子助手说。

"塞勒斯,"贾斯丁转过脸来对着他的朋友说,"你知道你在做什么吗?"

"这是我的工作。船长,准备穿梭机立刻离开。总统先生,请跟我一起到穿梭机去。"

"塞勒斯,"贾斯丁咬着牙回答,"不要保护过度了。"说完他又冲着飞行员说:"船长,我要给你直接命令。"

"船长,"塞勒斯插嘴说,"你的主要职责是确保总统的安全。"

百特曼船长只犹豫了一会儿:"抱歉,总统先生,我不能服从你的命令。"

"如果我不帮助他们的话,那些人会死的。"

"总统先生,"塞勒斯回答,"如果你想帮助他们,那就下船。你下船之后,'联盟一号'就会进行救援——但是如果你不下船,我们就不会去,你知道,现在每一分每一秒都很宝贵。"

"那些是我的人民,塞勒斯。我绝对不会坐着看着其他人去冒险的。他们需要我,我要帮助他们,不管我是不是先要搞定你。"

这时，面无表情的霍克中士领着五个全副武装的人出现了。

"总统先生，"塞勒斯说，"他们全都是你的人民。你要为了他们活着。实际上，还有40亿人民需要你——还没有算上即将要出生的无数亿。"说完塞勒斯把双手放在贾斯丁的肩膀上，强迫他与他对视，"贾斯丁，"他的语气惊人地平静，"你已经没有权力用你的生命去冒险了。你赶快上穿梭机，我们会去救那艘运输船的，我们保证。"

贾斯丁身体的每一根毫毛都想不顾危险地跳出去，但是不得不接受塞勒斯·昂如所说的痛苦的事实。"我们去穿梭机吧，"贾斯丁抓着塞勒斯说，"你也不会这么轻易地就去的，你要跟我一起走。"

"总统先生，我帮得上忙。在木星系统里，"塞勒斯气急败坏地说，"我曾经开运输机去过欧罗巴星的冰原——"

贾斯丁拖着塞勒斯，然后示意中士抓住他的另一只胳膊，中士一边照做，一边加速朝着穿梭机走去。"没门，塞勒斯。没有你的建议的话，和其他人一起要维持与木星的良好关系会让我压力重重的。有人可以做你能做的，知道你知道的吗？"

塞勒斯被拖着走，没有说话。

"我觉得也没有。"

他们走到穿梭机之后，两人都被中士推了进去。"你也上来，中士，"贾斯丁命令说，"我不能没有安保人员就离开啊，对吧？"贾斯丁看到霍克中士想要争辩，但是最后他还是走进了穿梭机。

三天过后，贾斯丁去拜访了所有被解救的冥王星人。这次的慰问，还有为参与了维修运输机的船员所举行的嘉奖典礼，最后都成为了媒体争相报道的大新闻。报道中显示,这艘船在没有后备系统的情况下就离开了冥王星,是没有充分发挥它的能力。很明显,它的后备系统被弄下来给了别的船,这样的行为已经很普遍了,所以也没有什么好吃惊的。

爱神星前线,也被联盟称作"180前线"已经开始升温了。塞缪尔·董里的回归,导致了UHF部队和叛变部队之间区域的新一轮进攻行动。董里准将好像要避免与联盟部队进行全面作战,他坚持集中进行缓慢稳定的接近。他的战略是,在他慢慢地朝着自己的目标——阿尔塔芒特栖息地——前进的同时,要拿下并且掌控所有的栖息地和规模较大的小行星。这颗大型的小行星是一群宗教狂热分子的家园,有传说,他们已经向反叛势力献出了他们绝对的忠诚。本网记者认为,真的有人会为此感到吃惊吗?

——3N

约书亚·辛克莱总司令坐在悬崖屋的阳台上吃早餐——跟随着新的传统,向总统做晨报。辛克莱要了一杯格雷伯爵茶,这种茶叶是在谷神星附近的一个农业栖息地生长出来的。这种茶叶以前是出口到地球市场的其中一种,但是现在地球市场已经被切断了,谷神星当然还有整个行星带都以非常喜人的价格购买了大量这种高档茶叶,因此这种茶叶也变得非常受欢迎。基本上所有的咖啡植物都是在组织核心范围内的,所以咖啡不但价格高昂,而且购买咖啡也被看作带有略微不忠诚的行为。有时总司令还是会想念咖啡,可是他喜欢上了一种被叫作"帝国火药"的不一样的茶。但是,总统喝的是格雷伯爵,所以辛克莱也喝这种茶。

贾斯丁出现的时候,辛克莱站了起来,向他敬了礼。贾斯丁等到辛克莱做完这些动作之后，跟他握了握手："早上好，约书亚。"贾斯丁一边说，一边邀请辛克莱坐下："我希望你今天有好消息告诉我。"

"早上好，总统先生。是的，我确实有好消息要报告。我们让UHF不敢离开火星轨道了。在他们拥有至少两百艘船之前，他们是不会发动进攻的，就算他们有这么多船，那也是几个月之后的事情了。我们可以稍微放松一下，同时也建造我们自己的军队。"

"坏消息呢？"

"来自180度，总统先生。董里遭到了严重的损失，但是他的战略很明确。我们不能用我们现有的部队发起正面进攻，他也不会在阿尔塔芒特发动正面进攻。我倒希望那个混蛋会这样做，那地方现在属于攻防要塞。但是因为消耗的问题让我们陷入了困境。这会让UHF更有优势。"

"伤亡人数呢？"

"我们每死一个人，他们就要死两个，"辛克莱端起茶杯，闻了一下浓郁的茶香，"可能是三个，但是他们想保守这个秘密。"

"但是在总人数上他们与我们是十比一的状态。"

辛克莱不安地点点头："只要他愿意承受这些损失，他就会取得进展。假以时日，他就能够进攻阿尔塔芒特了。"

"如果我们失去了阿尔塔芒特，"贾斯丁补充说，"行星带就分裂了。"

"如我所说……他就是个混蛋。"

贾斯丁端起茶杯，吹了一下，接着喝了一口。"那么，"他把茶杯放回到桌上说，"你有什么建议吗？"

"如果不是董里的话,那我就给克里斯蒂安派 50 艘船,让她去大干一场,重新夺回爱神星。然后我再让她加强爱神星的防御工事,在 UHF 采取有效行动之前把船派回来。"

"但是?"

"但是如果是董里做指挥的话就不得而知了。就算数量上有大大的优势,他可能还是会输。在爱神星的第二场战役中,他是完全被打败了,但是他还是继续坚持等待着增援部队的到来。如果我们把这些船派给克里斯蒂安的话,她就会进攻,如果她输了,就等于我们当即失去了阿尔塔芒特和 180 度。"

贾斯丁点点头,又端起了茶杯。他慢慢地喝着热茶,脑子里出现了各种各样的方案,最后只想出了一个办法。"我们把珍妮特·德尔加多派过去,让他们一决雌雄。"

"长官,如果我们把珍妮特·德尔加多派过去,那我们就必须要派出足够的船只才行。现在我们有非常好的情报,UHF 也有。幸运的是,多亏了奥姆斯泰德部长——说老实话,我们不是特别喜欢这个人——他们的情报不及我们多。多亏了柯克,他把联盟的行动隐藏了起来,让 UHF 猜了大概两年的时间。但是我担心,他是否可以把我们移动大部分舰队和系统里最优秀的司令的行动隐藏起来。如果 UHF 识破了我们的计划,发动进攻的话,我们就会在谷神星这里输掉这场战争了。他们就有机会切断行星带,但是他们要从这里出发,而不是费力地到 180 度去开始,前提是珍妮特·德尔加多能打赢董里。"

贾斯丁抬起眼,吃惊地问:"你觉得她真的比他更厉害吗?"

"说实话,我不是很确定,总统先生。但是她没有必要比他厉害。她只需要比他活得更久就行了。坦白说，珍妮特·德尔加多现在还没有与实力相当的对手交手过。在此之前她的对手都是意志薄弱的人，有的轻易就被糊弄了，有的对手这两种特质都有。可是董里并不属于这两种中的任何一种，他会给我们的布莱克司令一场诚实的较量，而且 UHF 在任何东西的数量上都远远地超过了我们。如果这场仗打得足够长的话，我真的不知道我们能不能赢。"

"听起来好像你是要准备进行全面战斗了。"

辛克莱猛烈地摇了摇头说："整个联盟的命运都压在上面的话是不可能的，长官。如果董里是这场战役的关键点的话，我会说好，我们去冒这个险吧。但是如果他们想要在 180 度的地方慢慢地惩罚董里的话，那我们就有机会在这里多获得几次胜利，让 UHF 士气低落。简短说来，长官，我更愿意在 180 度等待，因为这样会为我们争取更多的时间。如果我们把他们打得够惨的话，这场战争就会在董里到达阿尔塔芒特之前结束。别忘了，他得跨越 6 700 万英里的小行星带才能到达阿尔塔芒特。"

"你的计划里有一个缺陷，司令。"

"什么？"

"赫克特不会放弃。"

"如果我们可以让他的民众放弃，"辛克莱回答，"那他想怎么样也无关紧要了。"

贾斯丁点点头："说得对，司令，但是你还是忘了一件事情。"

"那是什么呢，总统先生。"

"这个方法对于我们也同样适用。"

铀供应量减少的同时，其价格也在不断地上涨。这是战争导致

的众多大矛盾之一。所有现在工业文明的必需品，大部分都存在于联盟的领地中，而铀只在地球和水星有丰富的存量。由于一系列的原因，水星的铀存量还未开发，但是地球上的主要供给正处于前所未有的保护中。尽管大多数聚变反应堆用的都是氢混合物，这种东西联盟也有丰富的存量，可是一些特定的产业和矿业工程都需要铀，而且铀在战争中也是至关重要的。如果你知道在任何联盟的领地里有铀资源的话，请帮助你的国家，帮助你的世界，帮助你的栖息地，帮助你的朋友和家人，为我们的自由而战。请让联盟知道这些资源的所在，你们将会得到可观的补偿。记住妮拉·可德，朋友们。你们不能把钱花在心理审查室里。

——克拉拉·罗伯茨电台

AIR（小行星带信息广播网络）

迈克看着对面等待被采访的这个人。他不敢相信自从他和贾斯丁第一次录像谈话以来，这人居然变了这么多，他想这个人是否还和当初一样的骄傲自大。考虑到他们第一次谈话所带来的负面效果，迈克还是有点希望他不如当初更好。

"很高兴能再见到你，总统先生。"

贾斯丁微笑着，其中还有淡淡的悲伤。迈克注意到，这种微笑已经成为了这位联盟领导人的特征之一。

"迈克，感谢你在这么匆忙的情况下同意进行采访。在我们开始之前，我想问你一个问题……但是不要公开，如果你不介意的话。"

"当然，总统先生。"

"你有艾玛的消息吗？"

这个问题让迈克吃了一惊："没有，先生。我给她发过一些信息，但是从没有收到过她的回复。是你们拦截了这些信息吗？"

"我们是不会那样做的。倒不是说我们是天使，我们会仔细地审查这些信息，但是最后你还是会收到的。可是，也不是没有绕过这个程序的办法。另外，因为战争我们有太多的家庭都被分离了，就算我们可以阻止所有的连接，我也觉得我们不会那样做。"

"'觉得不会'和'不会'还是有不同的。"

"对，是不同。"贾斯丁眯着眼睛说，"所以，我得问——"

"你想知道是不是被'妮拉'了，"迈克用了一个最近在联盟非常流行的新词。

"这个嘛，坦白地说，是这样。上次她采访我的时候，她看起来好像有很大变化。准确地说她以前是个狠角色，但是却是我见过的记者中对报道事实最感兴趣的人。可是现在她好像变成了赫克特的专职代言人一样。"

"恐怕这样的偏见我是不会报道的，总统先生。"

贾斯丁赞赏地点点头："按照你对事实和准确性的要求，你从这里发出的战争报道意义重大，迈克。要了解一个人，不是看他说了什么，而是看他做了什么。"

迈克知道贾斯丁说出了事实。在 UHF 的话，迈克是永远不会像在联盟这样，被允许报道战争及其对人类的影响的。

"重要的问题是，迈克，"贾斯丁继续说，"艾玛的行为有些不正常，我有点难以相信你居然不赞成我的看法。"

迈克叹了口气："我说这些话可能听起来有些奇怪，总统先生，但是为了回答你的问题，我得知道我的答案是不是也不会公开。"

贾斯丁大笑着说:"我以为整个谈话都是不会公开的,是吗?"

迈克礼貌地微笑着:"你知道我是什么意思,总统先生。"

"我不保证,但是如果可以的话,就不会公开。"

迈克点点头,接受了总统的话。"艾玛喜欢当一名记者,但是她更喜欢她是其中一分子的这个系统。组织从来不会与她的工作有冲突——不过,那是在你到来之前。但是……"迈克暂停了一下说,"我们朋友桑德拉的死对她产生了巨大的影响。那之后她就完全变了。"

"听起来,桑德拉对你来说应该不只是朋友吧。"

迈克伤心地点点头。

"真的很抱歉,迈克。"

"谢谢你,总统先生。"迈克想起了他与桑德拉断断续续的感情,他想起了一头红发,脸上长着雀斑的美人,他也想起了她慷慨激昂的言辞和偷偷摸摸的玩闹,他为此痴迷了数年。"她是个好女人,总统先生。我们从来没有把我们的感情推进到正式阶段,因为我们还是在玩乐,炫耀……那之类的。但是艾玛……呃,艾玛,我猜,她可能是把她当作女儿对待。她总是这样对待我们。"

"我明白。"

"还有些事情我想你应该知道……"

"什么?"

"艾玛和赫克特几年之前在一起过。"

贾斯丁歪了歪头,皱起了眉。

"我知道。我们都保守着这个秘密,原因也很明显,利益冲突那之类的,但是在过去的那几年里我们努力想要打听到你的消息的时候，这层关系也派上了用场，来自过去的那个人被 GCI 藏匿到了博尔德医疗中心的一个暂停室了。"

"很久以前的事情了。"贾斯丁说。

"无论如何，这只让艾玛更好选择了。她爱那个世界，总统先生，所以现在她跟其他人一样，为了保护那个世界而战斗。"

"也就是说，不择手段。"

"是的，总统先生。在她心里，就是这样。"

贾斯丁点点头："那你呢，迈克？"

"我怎么，总统先生？"

"是的，迈克·维瑞塔斯又是为什么而战呢？"

迈克没有回答。以前从来没有人问过他这个问题，他也从来没有想过这个问题的答案。但是他还是凭直觉说："对于所发生的事情必须要有准确的记录，总统先生。不仅仅是司令、总统、组织 CEO 的记录，还要包括每个人的记录。当我们失去讨论的能力的时候，我们的种族总是会忘记到底是谁在战斗，是谁在承受痛苦……结果就要依靠暴力。在我看到过的每一份战争记录中，几乎都没有提到'仙股人士'——或者这之类的人，不知道你们那个时候怎么称呼这些人。"

"穷人，"贾斯丁回答，"也叫他们'少数派'（译者注：与小股东同一个单词）——但是不是由股份来决定的。"

"对，"迈克点点头说，"我记得是按照种族来的。"

贾斯丁微微向前低着头。

"先生，我再也不想让这样的事情发生了。我可能有些天真，但是我需要让人们知道，这场战争不只是关乎人类，也关乎每一个人。"

贾斯丁开口回答之前,专注地盯着迈克:"你知不知道,在我们'公开'的采访中我要说什么?"

迈克摇摇头:"虽然我是个好记者,先生,但是也没有好到那个程度。"

贾斯丁稍稍放松了些:"好,那我们开始吧。我想你肯定很好奇吧。"

迈克放了两个媒体机器人记录器到空中,清理了一下思绪。

"大家好,我是迈克·维瑞塔斯。现在坐在我身边的是外星联盟的总统,贾斯丁·可德。他邀请我到总统套房来,这里也被大家称为悬崖屋。与以往不同的是,这次的采访会在录像之后立刻播放出来。出于安全考虑,做直播还是不可能的,但是总统向我保证,在我离开悬崖屋之前,联盟以及未被屏蔽、非仅限于 UHF 地区的人就可以以光速收看这些采访内容了。"当迈克的注意力集中到贾斯丁身上的时候,媒体机器人也跟着转了过来。

"我们这样的谈话的方式并不常见,总统先生。为什么你想以这样的方式见面呢?"

"好像每次有人想说什么的时候,我们都聚集起一大群人,然后发表演讲。"

"你不喜欢你的演讲吗,总统先生?"

贾斯丁微笑着说:"当然不是,维瑞塔斯先生。我热爱我的演讲。谁不想有数百人为你的发言而欢呼呢?我对骄傲的免疫力不比常人高。但是我想要讨论的,并不像在演讲中说出的东西。这个问题对这场战争,对每一个人来说都是至关重要的,所以我觉得我有必要向全系统的所有人说一说这个问题，今晚就先说给你听。"

迈克点点头。

"有这样一个问题，"贾斯丁继续说，"我想每个人都应认真听，而且要明白——不是作为群体，不是在煽动性的人群中间，而是一对一的谈话，因为基本上，这才是战争的意义。"

贾斯丁暂停了一会儿，整理了一下思绪，然后继续说："最近，赫克特·圣比安可，UHF 的总统，宣布了一项新的政策。他说，他准备要给所有参与了这场持续战争的人大股东权。从表面上看，这好像是慷慨，甚至是神奇的提议。在花费巨大的前提下，他的政府会给大量的人一个拥有对自己的命运更大，甚至是真实的控制权的机会。你对这个大股东公告熟悉吗，迈克？"

"是的，先生。"

"出于好奇，我想知道对此你有什么看法。"

迈克有些吃惊，但是他接着又微笑了起来。主角转换，毕竟，这是典型的可德手法。"好的，先生，我觉得这是一次成功。很明显，这已经在 UHF 赢得了很多人的喜爱，而且也让招募工作更加简单了。有报道称，因为报名的人太多，他们还不得不拒绝一些人。"

"说得对，迈克，但是从我们军人的角度来看这项公告又有不同，这不是真正让我担心的问题。我们在数量上一直不及敌军，而且我们永远也超不过他们。"

"那你担心的是什么呢？"

贾斯丁亲切地微笑着说："你猜一猜呢？"

"好吧，"迈克脸上滑过一丝笑容说："有些议会成员和媒体认为，UHF 同意给予这么多市民大股权，所以现在 UHF 和联盟之间的区别也没有以前那么大了。"

"是的。这条线越模糊，就越难弄明白我们到底是为什么而战。"

"这是一个非常有说服力的论点，总统先生。"

"确实，迈克。但是我们再挖得深一点，好吗？赫克特提供给大家的到底是什么呢？这篇公告的具体细节是：为 UHF 而战，我们就会多给你们一点自由。对于自由，我得补充一下，自由是你们在很小的时候还不知道自己放弃的是什么的时候就失去了的。所以，赫克特·圣比安可要求你们拿你们的生命去冒险，为的就是要拿回你们本不应该被拿走的东西。"贾斯丁停下来，目光直视着一个媒体机器人说，"为了一点点珍贵的自由，就要付出血流成河的代价。不管这些血是你们的还是我们的，都是需要付出代价的。"

贾斯丁说完之后又一阵沉默，然后他重新看着迈克说："联盟不需要用这样的方式来处理这个问题，因为我们大多数人都拥有自己的大股权，但是相信我，这也还是个问题。我们的两大派系，无股东者和股份者，每天都在面临这样的问题。其实，因为害怕会危害到我联盟的根基，我们也不得不小心翼翼。可是，这个问题根深蒂固，让我们看不到 UHF 和我们自己的最根本的区别了。我们也得问这个亟待解决的问题：我们是为什么而战？现在我们知道 UHF 是为什么而战了——为了我们已经拥有的自由。但是我们真的就是为了这些而战吗？为了保持我们已经拥有的大股权吗？"

"你这是什么意思呢，总统先生？"

"我是说，迈克，不管我们多努力，我们都不可避免摆在我们面前的这个决定。我们必须要毫不犹豫地面对这个问题，不能闪烁其词。我们必须要处理组织本身这个问题。"

迈克突然有一种不安的感觉。他最初对于这次访谈的担心现在好像成为了现实，贾斯丁要打开"潘多拉的魔盒"了。

"组织，"贾斯丁说，"已经在行动，记忆，甚至是无意识的思绪中根深蒂固了，组织的缺少是不能被理解的。'看看它给我们带来了多少好处'，我听到有人这么说过。还有人说，'没有它我们怎么能活得下去啊？'就算组织为人类带来了诸多的好处，但是为此付出的代价也太高了。美国第四任总统，詹姆斯·麦迪逊曾经说过：'我相信，有很多这样的例子，人类的自由被执政的人逐渐地剥夺了，不是通过暴力突然的夺取，而是通过无声的入侵。'赫克特最近发表的公告就是这番智慧之言的证明，也揭示了人们为这种入侵所付出的代价。"贾斯丁用手指指着其中一个媒体机器人说："不要误解我的意思，我不是在呼吁结束组织。我是不会支持对现有的组织契约会产生干扰的措施的。实际上，我还会反对任何需要非自愿没收股份的措施。我只会主动继续支持允许个人结束他们自己的组织的自愿措施，但是我不会也不能支持由本届政府发动的任何对抗联盟股份者的强制行动，至少在我当政的时候。"

"那你所提出的到底是什么呢，总统先生？"

"一项法案，维瑞塔斯先生。向议会提交一项法案，并且建议把它写入宪法，一旦——"他微笑着补充说，"我们抽时间开了立宪会议之后，就尽快完成。"

"这项法案的本质是什么呢？"

贾斯丁暂停了一下，背挺得直直的。他的眼睛又眯了起来，他的面部皮肤也紧张了起来："为了让组织在任何法律条件下，对任何在来年1月1日以后出生的人身上都无法实施。有了这个目的，我亲爱的朋友们，与我们之前的区别就变得明显了。我们再不会只为了我们在组织系统下的权利而战斗了，我们也为了我们的孩子能脱离组织而战斗。

"我们为了我们的后代而战，我们的后代不会再面临这样阴险的独裁统治了，因为他们一开始就不属于任何组织。我，贾斯丁·可德，外星联盟的总统说，就让赫克特·圣比安可去提供那点自由吧。相比他的那一点自由的水滴，我给你们一片自由的海洋，在这自由的海洋的无尽的波浪中，我们的孩子未来一生都可以自由地飘荡。这样的一个未来，我得补充，是我们每一个人一定会为他们赢得的未来。"

11. 一件悲伤的韵事

▶▶▶ **战争第五年**

　　克里斯蒂安·萨德玛俯瞰着阿尔塔芒特的中央管道。对于在她到来之后的这几年里这里发生的变化，她感到既高兴又伤心。有时候她还是会像过去那样看阿尔塔芒特，就像她眼角的阴影。但是庭院的缤纷色彩与美丽风景都不见了，取而代之的是一片高蛋白大豆和高糖西红柿。这两种食品群对给养来说都非常有用，但是也非常的乏味。所有以前用来做礼拜和研究的建筑物都变成了储存区或者工厂。医院不停地扩大，几乎已经占据了栖息地的一半，但是现在还是缺少病床和医生。对克里斯蒂安来说，最伤心的就是，以前安静地在庭院里踱步的僧人也好像消失了一般。她知道他们还是在这里，但是灰色的长袍已经不见了。剩下的僧人都穿着战斗装备，要不就是在医院里，照顾别人的同时也被人照顾。

　　克里斯蒂安知道，如果她挺过了这场战争，她会奉献出尽可能多的时间，把阿尔塔芒特恢复成以前壮丽的景象。她之前的想法还是没有改变，她认为把这个和平的避难所变成重要的战争要塞是正确的做法，但是她在心里还是觉得有什么地方不对。宇宙中这样奇妙的地方非常的少见，她情不自禁想，自己在它的毁灭中扮演了重要的角色。桑普森教友告诉她，她只是在执行上帝的意愿，这也让她相信了一段时间，但是他已经不在了。珍妮特·德尔加多把他变成了她的专职教士。

在她继续沉思之前，她的电子助手发出悦耳的声音提醒她，还有1 001件事情需要注意。当中还涉及指挥在太空中的整个战斗前线。她正在去停靠港的路上，电话就来了，告诉她来自谷神星的3艘船已经到了。这些船损伤得都比较严重，船身上都有明显的战斗痕迹。她根本不想问是谁负责了。从这个舰队的情况来看，就已经知道了。一位穿着战斗装备，胸前的护胸上有一个红十字的教友走到她跟前："司令，我有一条非常好的消息。上帝把一支舰队安全地送到了我们的港口，这支舰队刚刚让敌军承受了重重的打击。舰队的指挥是——"

"——非凡伟大的欧麦德，联盟的司令，组织核心的射手。"她叹了口气说。

"他优秀地完成了主的工作，司令。"

"当然，迈克教友，但是这有什么好炫耀的？我们在这里打仗，有人受伤有人去世，而他好像觉得这是一个剽窃、吹捧和冒险的好机会。"

"他是一名非常有经验的战士，比起其他两位舰队指挥，他在敌人的领地更为成功地完成了破坏性的袭击。"

克里斯蒂安嘲笑着说："我不是质疑他的能力，迈克教友，我只质疑他的——"她想了一会儿说："优先性。"

"我们不是都来自阅神星,司令。"他指的是那个倾向于保守主义的矮行星。

"迈克教士,我以为你们会更欣赏谦逊的风度呢。"

"我们都是主的孩子,司令。我们来到世上都有我们自己的目的,我真心觉得上帝塑造的哈森司令,就是他需要成为的样子。"

克里斯蒂安叹了口气说:"这可真是个令人沮丧的想法。"

"如果可以让你好些的话,我想他对你也是这样的想法。"

克里斯蒂安给了助手一个可怜的微笑,开始为欧麦德舰队做好思想准备。舰队需要维修、医疗检查,还需要适当重新武装。好消息是,欧麦德也会带来迫切需要的供给。迄今为止,他带走的从不会比他带来的多。她希望他带着更多的矿工回来。她的人手已经奇缺了,但是,她想,当你与比你多十倍的敌人交战,而且他们还不知道"退出"的意思的时候,你还能期望别的什么吗?

她到了港口。上千人在这里进行着自己的工作,一片嘈杂,大多数人都想快速地完成手里的工作。在这些刺耳的噪声中,她听到了熟悉的咆哮声。

"那可怕的女人到底在哪儿呢?"

她转身,看见了欧麦德。他穿着褪了色的战斗盔甲。自从上一次见过之后,他把胡子剪得更短了。这样的造型在舰队的男人中非常流行。她个人是不喜欢这个造型的,她挑剔地认为这会影响效率和安全,但是只要胡子不是太长,她也不能真的禁止他们留胡子。克里斯蒂安得承认,这种胡子给欧麦德增添了一种无赖的魅力。

一位助手把一份征用命令推到她面前,她在上面按了大拇指印之后,又签了名字,接着朝着欧麦德走去,这时他正在和她的保养维修主管说话。欧麦德把一个瓶子推给那个人。

"你为什么要给我的维修主管一瓶——"克里斯蒂安从欧麦德手中夺过瓶子，看了看标签，"格兰杰威士忌？"

看到克里斯蒂安的到来，欧麦德的微笑好像有些嫌弃的样子。"尝试总是没错的。这个人不接受。奥马利——现在有人欣赏一瓶单麦芽威士忌了。"

"奥马利主管在紧急维修一门出故障的轨炮的时候死了。"

"永久死亡了？"

克里斯蒂安点点头。

"该死。抱歉，克里斯蒂安，他是个好人。但是这也不是让你接受我的心意的理由啊，我想感谢他和他的员工在我的船上完成的出色的工作。"

"你没有必要贿赂我的人去完成他们自己的工作，欧麦德。这简直就是侮辱。"

"只有阅神星人才会把礼物当成侮辱。"欧麦德看着维修主管说，"你是阅神星人吗？"

主管微笑着说："不是，司令，我没有这么荣幸，但是，我一直在解释，我是最近才成为了一名穆斯林教徒的。"

欧麦德夸张地用自己的手打了自己的脑袋一下说："哎呀，你之前怎么不说呀，兄弟？"与他同行的其中一个人从他的手里接过这个瓶子，然后又给了他一个小罐儿。"请允许我给你这一罐儿香烟。希望它能给你和你的工人一点快乐，所有参加了服务的人都有这个权利去享受。"

维修主管的眼神高兴得亮了起来，他已经伸出手准备接过罐子了,但他还是停了下来,充满希望地看着克里斯蒂安。

"噢,让他拿吧,克里斯蒂安。你从来没有不准奥马利接过那瓶酒呢。另外,所有的这些'礼物'都是从 UHF 拿来的。他们好像也只能为我们做这些了。"话音刚落,码头上听到的人都笑了起来,有的鼓起了掌。她知道她要说的肯定会被欧麦德拒绝,她也不想剥夺她的员工们可以得到的小娱乐,她只得摇摇头表示默认。欧麦德微笑着,维修主管也高兴地收下了礼物,整个停靠港爆发出了又一阵掌声。

几个小时之后,欧麦德正敲着克里斯蒂安的门。"萨德玛,开门。我知道你在里面。我们得谈谈我的穿梭机的事情!"克里斯蒂安开了门。欧麦德冲了进去,门在他身后被关上了。

"怎么,没有礼物吗?"她温柔地质问道。

"你拿我的穿梭机干吗呢,女人?"

"拿走它们。"

"啊,你不能拥有它们,因为……呃,因为它们是我的,我需要它们!"

"首先,"她非常冷静地说,"在这个基地中,我级别比你高,我当然可以带走它们。其次,可能你需要它们,但是如果真的直接回家,尽量避免与这里与谷神星之间的 UHF 的每一艘船,每一支特遣队每一个哨站斗气的话,你可能也不会需要它们。最后,你是可能需要它们,但是我们是确实需要它们,每一个人,时时刻刻都需要。你说我说错了没有,欧麦德?"

欧麦德从气得冒烟,变成了有点生气,现在竟然无耻地露齿笑着:"好吧,至少你可以说声'请'啊。"

克里斯蒂安冷酷地微笑着说:"请问我可以拿走你舰队的每一艘穿梭机吗?"

欧麦德假装思考这个问题。他还揉着自己的下巴,盯着天花板看了一会儿:"好吧,你都这么诚恳了。"接着他冲着克里斯蒂安行了一个古怪的弯腰礼。她情不自禁地大笑了起来。欧麦德站起来,走向她。"能听见你笑真是太好了,我的爱人。"他一边说,一边握住了对方的手,"我真是听不够呢。"

她把头靠在他的肩膀上,温柔地在他耳边说:"都是因为我严厉的阅神星作风。"

欧麦德嘴角翘了起来。

"当战争结束之后,我保证我每天都会让你大笑一次……还有微笑三次。"

她领着他到了床边:"有时候我觉得这场战争永远也不会结束。"

他们躺在了一起,两人都没有脱掉制服。"会结束的,我的阅神之花,"欧麦德温柔地说,"结束之后,我们就结婚,生一群孩子,然后搬到谷神星去生活。"

"阅神星。"克里斯蒂安睡意蒙眬地说。

"那个到时候再说。"

"还有……"克里斯蒂安说,她知道他会承诺什么,之前已经听过很多次了,但是她还是想再听一遍。

"还有……"欧麦德继续说,"只要我们都活着,我们就永远不再穿上这些该死的制服了,我们再也不用听愤怒的枪声,我们再也不用命令谁去战斗，我们会一直生活在和平中。"没有听到回应，他偷偷地看了她一眼，她已经睡着了。他疲倦地微笑着，心满意足地在她旁边进入了梦乡，两个人依偎着躺在单人床上。

▶▶▶ 谷神星

穿梭机慢慢地离开杰德瑞塔船坞系泊处，增加动能，进入到了谷神港的中心，然后加速到最大可行速度。在联盟主舰队周围，总是能看到这样的穿梭机以这样的方式行动，这一艘也不例外。但是与那些穿梭机不同的是，这艘船刚一离开系泊处，就被4架战术战斗机包围了，他们要保护这艘穿梭机安全到达战利品二世，联盟舰队的旗舰。

战利品二世比同名的那艘船要稍微大一些，它属于仓促生产的新设计类型，而且装备线都被放到了木星船坞。与很多船一样，它也是装备好就要飞到前线去的。这种高效建造的形式是欧麦德和健二合作的产物。其运行方式与船体的完成和重要部件的安装是一样的——包括推进器、武器，还有聚变反应堆——这艘船把叫作飞行起重塔的船送到前线，这些起重塔可以创造出一个移动的船坞。移动船坞可以让船员把移动的时间利用起来，进行重要辅助系统的安装、校正和编程。唯一的缺憾就是，随着时间的流逝，一艘船在既定设置的状态下到达前线。在一次臭名昭著的意外中，联盟尖锄号离开杰德瑞塔之后，到达木星之眼的时候，船上连可以使用的卫生间都没有，因此这艘光荣有价值的船被取了一个不幸的昵称。有了飞行起重塔系统之后，同样"建造中"的船就可以保护受伤的船回到杰德瑞塔船厂或者是木星船坞去，而且在去的途中就可以进行维修了。差不多花了一年的时间，这个奇特的想法才成为了现实，才有足够的飞行起重塔可以让这个系统起作用，但是船的产量和维修的上升速度还是创下历史新高。

这艘穿梭机独自靠近新旗舰，"超音速巡航舰"系列的第一艘，然后穿梭机慢慢地进入了主穿梭机港。4艘护航船耐心地等待着穿梭机被巡航舰包围，稍事休息之后，就朝着一艘大型航空母舰飞去，这又是另一项海军创新。

在战利品二世的洞穴式港湾里，聚集着四百多名穿着制服的官员和船员。穿梭机在一个中等身高，穿着联盟舰队制服的女人面前停了下来。她翻领上的徽章表明她是中尉级别的军官。当穿梭机的门打开的时候，所有聚集在这里的人都立刻集中了精神。

珍妮特·德尔加多看着她的新穿梭机的内部，不得不承认她其实也没有那么不高兴。她因为战利品一世的毁灭感到很伤心，她觉得，这是她平庸的领导力所导致的。她唯一的安慰就是，她用战利品一世去撞击了敌军的旗舰。战术成功了，打破了敌军的战线，让她其余的舰队船只有机会发射足够多的轨炮，来迫使敌人投降。她的个人穿梭机是战利品一号进攻之后剩下的其中一件东西，她坐着穿梭机把她的旗帜从一艘船挪到另一艘船上。不幸的是，她的新超音速巡航舰升级还未完成，还不能对船上的东西进行改装。所以她才看这个新穿梭机的内部。

她回想起了上一次的遭遇战，现在被称为"木星之眼战役"。

图里司令努力地劝服了UHF舰队指挥，再给了他一次机会。他在组织世界肯定动用了一些不一般的关系，在他第一次彻底失败之后居然还能有这么大的影响力。他肯定是保证用高明的胜仗行动的计划来说服了这些人。珍妮特·德尔加多不能挑剔地认为UHF想要尝试一下不同的东西是错的。战争的情势让他们不得不尝试。在一年半的时间里，他们从来没有在重要战役中打赢过联盟。他们能尽力做到的就是打个平手。而且这样的平手都是联盟故意巧妙安排的。比起与UHF在开放空间进行的正面交锋，联盟觉得与敌人在更熟悉的领域交战更合适。所以这些激战通常都是发生在联盟决定从那儿发动进攻的小行星内，或者其周围的。这样，优势就属于在自己领地里熟悉的缝隙、山洞和洞穴里为了生存而战的这一方。这一年半里他们进行的一系列战役，被合在一起称为"躲避战役"。珍妮特·德尔加多觉得，在UHF开始慢慢地退出爱神星和边界的时候，局势也开始发生了变化，他们离阿尔塔芒特也越来越近。在180度进行的战斗成为了这场战争当中最持久最血腥的战斗。让珍妮特·德尔加多苦恼的是，董里一直在行星带的一片区域中发动进攻，每一次进攻都会拿下一个栖息地或者是一颗石头。进程很慢，UHF也为此付出巨大的代价，但是因为这地方离联盟工业主要中心的距离非常远，所以这些所谓的栖息地沦陷也是迟早的事，可是慢慢联盟的中心也会沦陷。如果阿尔塔芒特被UHF控制了的话，那行星带就真的会一分为二了。

　　因为UHF一直承受着巨大的损失——这场战争已经造成400万人永久死亡了，而且这个数字每月还在以指数方式增长——图里轻易地就可以把董里描述成"行星带屠夫"，所以他提出了另一个计划。珍妮特·德尔加多也知道，图里是不会让他讨厌的前下属得到关注和名气的，他觉得这些东西都应该是属于他的。所以图里甜言蜜语地哄骗舰队指挥接受了他"伟大"的计谋。

幸运的是，通过一些秘密的手段，联盟了解到了图里的计划。UHF 司令好像准备直接征服木星。这个计划其实并不坏，所有的事情都很合理。UHF 会等到联盟承诺交出行星带上的某些区域，然后就跳过这些地方，而不是直接打过去。这个计划很奇特地忽略了一个问题，行星带里面会有致命的埋伏等待着他们，但是这也没有意义——为什么要绕开你最终还是要征服的地方呢？但是这不是重点。图里想要一次大的胜利，征服木星正好可以成就这样一次胜利。他之后随时都可以回来，一次一个地拿下这些讨厌的石头。但是，大问题是，在没有事先清理行星带下面和当中的石头之前，就直接跳过的话，图里会处于一个危险的暴露位置，如果出问题的话，去补给站和撤退的路线就会变长。珍妮特·德尔加多觉得，这种大胆的策略其实是 UHF 在战争早期的时候应该采取的，但是他们那时不敢这么做。如事实所证明的，她验证了他们所担心的事情。

珍妮特·德尔加多也知道她需要引诱图里，但是这样做的话，她就需要赌一把。她得派出至少 100 艘船——还要让它从表面上看是 200 艘——而且要派到这么远的地方，这样他们在接下来要进行的战争中就根本没用了。她决定让这些船朝着组织核心假装进攻，让对方以为他们不是去进攻月球就是进攻地球。失去这 100 艘船之后，珍妮特·德尔加多只有靠技术而不是靠数量来取胜了。而 UHF 方面，图里带着自己的计划，立刻率领一大群舰队船只动身去了木星。

他查看了一下通信，当然看起来是让联盟措手不及了。四到五艘船的影子舰队乱成了一团，木星也陷入了一片混乱，更多的船从一颗行星或者栖息地飞到另一个行星。珍妮特·德尔加多让图里毁掉了木星船坞两座半完成的船厂，这是为了要让他相信自己给了联盟一次突然袭击。当他绕着木星转过去的时候，他看到的不是无助的准备投降的木星首都，而是从相反方向绕过来的联盟舰队，珍妮特·德尔加多真希望自己能看到他脸上的表情。这场战役与迄今为止战争中所有的战斗一样的险恶。

  珍妮特·德尔加多还是记得当天的细节。UHF 打得不错，她自己的太空人也不赖。如果 UHF 士兵被更好地指挥的话，他们甚至有可能会与联盟打成平手，可是他们身处联盟的中心地带，所以结果还是变成一场悲剧。但是图里太想打败珍妮特·德尔加多了，为了要抓到她，他的船队进攻得非常不协调，紧凑的阵形不得不跟着一团乱。这应该是他最后一次的指挥了。珍妮特·德尔加多看到了他盔甲上的裂缝，接着下达了命令。她撞击了他的旗舰，也让自己的旗舰遭到了损坏，UHF 的舰队损毁严重，永远也无法恢复了。木星的重力让快速逃离不能实现。攻下 UHF 的旗舰之后，这场战役就变成了一场恶战。结束时，UHF 舰队的船体已经被毁掉了。但是，敌军还是打得很棒，因为珍妮特·德尔加多舰队里的大部分船只的损伤也非常严重，导致他们不能立刻向火星发起进攻，本来这才是她的最终计划。可是，UHF 人员和船只的损失都非常严重，她相信议和应该是可以的。如果不是塞缪尔·U. 董里搅和的话，这本是可以实现的。

  董里识破了她虚假的奇袭部队，他没有上当，他知道这支舰队到底有多大，所以他也设下了诱饵：可以让联盟再战几年的满满 20

艘商船的铀。在 30 艘战舰的保护下，科尔多瓦准将肯定会被这些诱人的商船吸引过去。他早就该知道，但是他陷入了最危险的魔咒中：低估敌人。科尔多瓦奋力战斗，保护商船的这些战船最后也屈服于他无情的攻击。他们逃走了，留下科尔多瓦骄傲地收获自己的奖励——然后，20 艘装着铀的船全部爆炸了，还炸毁了科尔多瓦的 12 艘船。爆炸使得更多的船无法运行。就在这时，董里最忠诚最有能力的官员，阿布依·古普塔船长带着 40 艘 UHF 战舰出现在了水星的另一边。他们利用太阳的干扰，和一项模仿太阳静电的新的交流协议把自己藏了起来。当科尔多瓦的后备兵员重新组织剩下的船只的时候，战斗已经开始了。卢船长本应该下令立刻撤退，接受损失然后逃走，但是他感觉形势开始变得对自己有利了。如果他问一问自己，为什么有人可以用这么少的船把一场战役计划得如此周详的话，那他也许能幸存下来。在他的撤退被切断之后，卢船长才发现了董里的 25 艘战船。

在珍妮特·德尔加多派出的 100 艘船中，只返回了 7 艘。她失去了科尔多瓦，李船长，还有卢船长，这些人都跟他们的船一起消失了。唯一的安慰就是，她再也不用烦恼于把他们分开的问题了。这次的战败与爱神星的战败相当，从有些方面来看，这次输得更惨，因为这次的战败让 UHF 在木星之眼战役的中战败得到了缓解。但是，这并不是联盟所经历的最大的悲剧。董里最后升职成了将军，负责 UHF 所有部队。就算最讨厌他的人也不可否认"水星英雄"和"核心拯救者"的称号。但是赫克特是不会听这些的。珍妮特·德尔加多希望董里能有点什么鲁莽的行为，比如向阿尔塔芒特发动尚未成熟的进攻，或者在火星外进行一次突袭。如果他这样做的话，至少她可以在他的部队还在从木星惨败中恢复的时候，包围住他。但是董里没有做任何冲动的事情。他的舰队船只数量少了这么多，这就意味着他要拆东墙补西墙，或者从 180 度的地方调用一些船和有经验的人过来，但是他并不打算这样做。

相反，董里把古普塔——新上任的司令——派回了火星，去组织和训练已经弥补了木星损失的新船，他打赌，珍妮特·德尔加多应该不会这么快就发起进攻。然后董里继续进行不光彩的、令人难受又不讨好的工作，把 180 度分割成两半。珍妮特·德尔加多知道这是正确的行动，因为换作是她，她也会这么做。为什么冒着在行星带另一侧上战斗的风险，而放弃两年运动的果实和必然的胜利呢？

所以在木星胜利之后的几个月里，珍妮特·德尔加多一直都在准备着自己的舰队，她不仅有了崭新的船，也有了崭新的穿梭机，她现在就在这个新穿梭机里。这艘穿梭机是按照她的要求规格建造的，即使这样，她也没有做什么特别的要求，她只希望这艘穿梭机可以增强些性能，但是杰德瑞塔的技术人员明显违反了命令。她的穿梭机内饰是抛光的木器，配备着洗澡设施和卧铺，还有 GCI 上一任真正的主席用过的娱乐系统。

珍妮特·德尔加多想起这个人的时候微笑了起来。当贾斯丁最终揭开真相的时候，她感到非常震惊。但是，当她回顾作为系统里最大的组织的法律部长的日子的时候，很多东西是能解释主席不同寻常的举动的。所以就算这个老人家不是真的喜欢她的穿梭机，她所了解的那个人至少会假装他是喜欢的。

她不愿意承认，这些可恶的技术人员耍了她，但是这让她很开心，因为穿梭机的其他部分正是她要求的样子。这艘穿梭机速度快，配备着装甲,光是它自己就可以独立成为一个通信中心了。如果她要求派一艘新穿梭机的话,可能还没有这么好,如果她改装这艘的话,她也没有那么多时间来等待。所以伟大的珍妮特·德尔加多发现自己被一群无礼的船坞工人给打败了,所以她只能威胁他们,如果再有改变的话,她就把穿梭机给毁掉。这些混蛋咧嘴笑着看着她登上他们的享乐主义新设计。

她无意识地用手指触摸着自己有疤的半边脸,她思考着应该如何处理董里的问题。她在木星的胜利给联盟带来的所有快乐中,唯一的长期效应就是让她最危险的对手掌握了指挥权。她知道,她迟早要在战场上与他交手,这是第一次她找不到通常会有的必胜的感觉,但不是害怕。不管赢还是输,她知道她都会尽自己所能,但是,她之前一直都知道胜利是必然的。可是,面对董里,她的眼前是一片空白。她猜不透他,其他对手总是会被她猜中。更可怕的是,她知道,当她在分割双方船只的太空里念着自己著名的咒语的时候,他是不会听的。其他的人总是会相信。

珍妮特·德尔加多把这些担忧放在一边,整理了一下仪容。深蓝色制服非常坚硬,而且因为各种奖章也变得很沉重。她的头发都收在后面,盘成了一个紧紧的发髻,她那张著名的带着伤痕的脸完全被显露了出来。她有一项任务需要完成,与她完成的所有任务一样,这次她也会完成得很好。

珍妮特·德尔加多走出穿梭机,来到一个闪着微光的大港口,除了她脚下踩着的金属板发出的叮当声以外,一片寂静。

"司令登船了!"负责管理穿梭机停靠站的官员喊道。接着珍妮特·德尔加多径直朝着这名官员走去，他看到之后立刻敬了个礼。珍妮特·德尔加多也回敬了一个礼。一开始舰队是不喜欢华丽的制服、浮夸的举止和规定的，但是随着战争的继续，他们又开始接受并且喜欢这些东西了。珍妮特·德尔加多发现，舰队需要这全副装备给大家带来的这种结构和象征。这样的仪式可以增加家族和群体的凝聚力，她知道这些在战争中，是与船和枪同等重要的。

她朝奈特罗维森中尉的方向走去，中尉敬了礼，然后也收到了回敬礼。"中尉，"珍妮特·德尔加多大声问，整个停靠站都听得到她的声音，"这艘船准备就绪了吗？"

这个问题有点夸张。珍妮特·德尔加多不用真的到船上来，就知道关于这艘船的每一点信息。珍妮特·德尔加多从木星回来之后时间一直很紧，她只知道这艘船三天之前就到了。那时，她派了自己信任的助手去确认一下有没有什么明显的问题。她最不需要做的事情就是重蹈尖锄号的覆辙。她想到了扭曲奖号。

"司令，"奈特罗维森中尉回答说，"本船已经严阵以待了。我检查了所有的部门，亲自测试了所有的系统。它可以上任了，女士。"

珍妮特·德尔加多转过身面对聚集着的船员说："以主指挥官的名义，以联盟议会和人民的名义，我，珍妮特·德尔加多·布莱克，外星联盟武装部队的司令，宣布这艘船进入训练。我确认她的名字叫'战利品二世'，接受这艘船及其船员作为整支舰队的旗舰。愿阿拉保佑这艘船，保佑在船上的所有人。"

整个穿梭机停靠站爆发出一阵欢呼声，大家把帽子、手套，还有各种东西都扔到空中，大家转身跟旁边的人拥抱、握手（联盟所有的好市民都这样模仿他们的总统)。珍妮特·德尔加多让大家尽情地欢呼了几分钟。没有人靠近她,但是他们都注意到了她脸上标志性的微笑,因为不常看到,所以更加能表露她的心情。其实,珍妮特·德尔加多比她的太空人更需要这样的时刻。但是她的脸上又重新露出不可接近的美丽和因为伤疤而更加坚定的意志的时候,奈特罗维森中尉提醒大家集中注意力,大家立刻就安静了下来。

珍妮特·德尔加多又看了一下这些喜气洋洋的面孔。"记住这一刻,"她说,"把这一刻的欢乐讲述给你们未出生的孩子们听,多亏了我们有远见的睿智的总统,他们出生之后,自由便是他们与生俱来的权利。一项早就被人们抛弃的权利……但是再也不会了。现在,我们必须要尽我们的义务。我们给可以离开的人放假,让你们去谷神星参加詹姆斯·西克雷斯特的追悼会。举行的地点在悬崖屋下的大广场。"珍妮特·德尔加多暂停了一下,接着她对着停靠站中士说:"你可以让他们解散了,中士。"

中士点点头,敬了个礼,用可以熔化钢铁的声音把他的任务分配了下去。

贾斯丁看着来自《联盟自由媒体》的全息信号。通常他是不会看的。他有更有意义的事情要做,因为生活没有给他多少休闲的时间,但是现在看到的正是他想要看的。现在播放的是迈克·维瑞塔斯对珍妮特·德尔加多·布莱克进行的一个小时的报道。让这个报道非常引人入胜的是迈克的精巧的制作手法:大量的全息图,珍妮特的对白一句也没有。看到一半的时候,贾斯丁就明白了迈克的意图。这次的特别报告并非关于司令,而是关于联盟对这位司令的看法的。

　　看完之后，贾斯丁不知道应该觉得感激还是觉得害怕。大家是……崇敬珍妮特的，好像也只有这个词比较合适了。各种阶级，各种党派，各种年龄的人，人人都爱珍妮特·德尔加多·布莱克。就连那些永久失去亲人的家庭，也无法因为战争给他们造成了巨大的伤害而责怪她。联盟需要她，但是贾斯丁知道，需要她不仅仅是为了赢得战争。他们需要珍妮特成为舰队司令珍妮特·德尔加多，圣尊，所有美好事物无懈可击神圣的守护者。他们需要她作为偶像。他们在珍妮特·德尔加多身上找不到任何毛病，他们在挚爱的亲人，或者新找到的虔诚的信仰上都能或多或少地看到些毛病。确实，珍妮特和万能之人之间的差别越来越模糊了，非常危险的是，这样的形象不是留在他们的脑海中的，而是留在他们心里的。

　　让这样的认识非常具有讽刺意味的是，贾斯丁在涉及珍妮特的问题上可以明白这一点，但是他没有意识到自己也得到了这样的崇敬，如果有什么不同的话，那就是他身上有光环。他知道如果联盟要保留热衷于自由的文明的话，一个人有如此神秘的地位是一件非常危险的事情。他让舰队司令保持这种神秘的地位，是为了要赢得战争。但是如果在战争之后她仍保留着这样的身份的话——假设他们赢了——那要让她不再具有神秘的属性就非常困难了。他把这个问题归到"稍后处理的问题"一栏中，但是他还是把它放在"有待解决的问题"的前列。

　　他正准备结束程序，重新回到自己工作中的时候，一条小广告映入了眼帘。

　　"这个诺瓦……"他咆哮着摇摇头说，"塞巴斯蒂安，立刻找到哈森司令，让他赶快滚到这里来。"

"是，贾斯丁。"

过了几分钟，欧麦德就到达了总统办公室。"你看到那条广告了？"他推开门，像一只骄傲的孔雀一样。

"生命日快乐？"贾斯丁愤怒地说。

"对啊，"欧麦德大笑着说，"多棒啊！"

"欧麦德，非得要我提醒你，我没有生命日吗？"

"呃，不用，但是——"

"而且我真的不会因为你给我一个生命日，还邀请整个系统的人一起庆祝而感激你的！"

"噢，别这样，"欧麦德劝告说，"不能因为你不知道你的生命日是什么时候，它就不存在啊。"

贾斯丁知道，生命日已经取代了生日。虽然贾斯丁已经熟悉了这样的风俗，他还是决定不要参与进去——但这都是在他的朋友强加了一个生命日之前的事情。这是让贾斯丁觉得自己是身处这个新世界，而不是属于这个新世界的诸多的社会变更之一。医药科学发展到现在，替代系统可以为胚胎提供所需要的所有医疗照顾，对生命的成长来说这样的方式要更加的安全。与女人人体怀孕繁衍的方式不同的是，替代子宫可以检测孩子发育的每一个阶段，在需要提供照顾的时候通知医疗人员。贾斯丁觉得这个主意既冰冷又无情，但是当他参观过一间妇产科病房之后——现在这个名字已经脱离了本义——他看到一个非机械化，很像生物的一个机器。通过这个生物室，成长中的孩子可以听见，也可以感觉到设定好的心跳，听到父母的声音（预先录好或者是现场的），还可以听见预定的音乐、体育，甚至是文学的声音。

知道这个系统是如何工作的之后，贾斯丁很吃惊，还是有三分之一的女人决定"自然"生育，特别是现在几乎所有的人类生理学或者心理学还并不健全——叫作德勤的人——都是通过自然方式出生的。在联盟这个数字就不同了。因为在联盟大多数妇女没有这个闲暇的时间来怀胎十月，所以只有十分之一的人以老式的方式生育孩子。但是，这也应该是一种耐力或者是意识形态的一种标志，而不是什么值得庆祝的事情。因为当产妇从妇产科回到家的时候，这个新世界的人还是很高兴，与这个孩子刚刚从生物机器里出来，身上满是黏糊糊的胎盘的时候的态度截然不同。每个人都知道他们的孩子刚刚被怀上的日子，自然生育的母亲也知道。所以怀孕，或者是通常提到的生命日，就取代了物理出生的那一天，也就是"生日"那一天，成为了庆祝一个人进入生活的日子。

贾斯丁热切地希望妮拉会支持"意识形态"那种方式，选择自己怀孩子而不是选择"生物力学"。他有时会说，看到一个怀着孩子的母亲是世界上最美的画面了——特别是孩子还是他的。但是，很快他就从他妻子脸上非常坚定的表情看出，这种争辩他是不可能赢的。她说，他们的孩子会有生命日，如果他非常想的话，贾斯丁也可以去庆祝自己过时的生日。其实，就算他想庆祝自己的生命日，他也没有办法可以查到自己被怀上的第一天是哪一天。所以，当他得知要在下个月庆祝自己的生命日的时候，他非常生气，还有不到两周的时间了。而且，这追寻已久的信息的来源除了那位伟大的战争英雄，被信任的下属珍妮特·德尔加多和全宇宙都知道是他朋友的那个男人之外，就没有别人了。

"那你是怎么找到的？我在哪里留下了 DNA，然后你又收买过来，检测，验证了吗？"

"不是，"欧麦德摸着他从架子上拿下来的一个亚伯拉罕·林肯的小型半身像，专注地盯着说，"是编的。"

贾斯丁看着欧麦德，竭力抑制住自己想要大笑的矛盾的冲动，尖叫着说："你编的？"

"呃，也不完全是。"欧麦德把半身像放回原位，转身面对着贾斯丁，"我知道你的生日是什么时候，然后往后数了 9 个月，丢了两个骰子。"

"两个骰子？你用两个骰子就决定了我的生命日？"

"对啊。"欧麦德走到吧台边，给自己倒了一杯饮料。"我的起始点是你生日的 9 个月之前，你的受孕日就在那附近。丢一颗骰子是为了看我给你选的生命日是在你理论受孕日的之后还是之前。出来是 4，5 或者 6 的话，那就是'之后'，1，2，3 的话，就是'之前'。"

"那第二颗呢？"

"看要从你理论的开始日期上加上或者减去多少天。"

"这样啊。"贾斯丁歪嘴笑着说，"那我问一下，为什么你觉得我现在需要生命日呢？"

欧麦德大笑着，接着在贾斯丁桌子前面坐了下来，把自己双脚放到了桌子边上。

"是什么让你觉得这事儿跟你有关系呢？"

贾斯丁抬起眉毛。

"这一天是为我们决定的，贾斯丁。"欧麦德把杯子送到嘴边说,"就这事儿我们可以讨论很久,但是说实话,我很累了,而且我的日程真的是非常满。所以,我帮你作了决定。"

"最后说一次,我是不会在特殊的充气玩具上投资的。"

"哈哈。不是那种决定。"

"那你说……"

"你要做的,就是走到大厅的尽头。等你回来的时候,如果你想让我登录神经网,宣布这个生命日的事情是个大错误的话,我严肃地发誓,我绝对会做到。"

贾斯丁疑心地看着欧麦德:"我先说清楚。我只需要走到悬崖屋的大厅,然后回来,到时候你就准备好取消这事儿吧。"

"我以先知的胡子起誓。"

"如果你手里没有端着那杯单一麦芽威士忌的话,你的誓言可信度会更高。"

"为我的誓言干杯。"说完他就喝光了手里的酒。

"好吧。"贾斯丁朝着门边走去,"但是等我回来的时候,就别说这些废话了。"他按了一下桌子上全息显示屏上的一个按钮,他的保镖立刻就出现在了门边,还有总是在场的霍克中士。

几分钟过后,贾斯丁便回来了,情绪有些低落。他走到自己的桌子边坐下,然后蔑视着他的朋友。

"好了,"欧麦德问,"要我把媒体机器人召来吗?"

"你故意设计的。"

"审查我的灵魂吧,随便你怎么说我,但是我发誓我没有。"

"但是你知道发生了什么事。"

欧麦德微笑着说:"我有一个不错的主意。你离第一个人有多远?"

"不到二十英尺。"

"总共呢?"

"没数。"

"最后,我的好朋友和最高指挥官,他们看起来如何?"

"非常高兴。"贾斯丁绝望地说,"确实是一个大型'生命日'派对。"

"不要这么难过嘛,贾斯丁。如我所说,我们需要你有生命日,这样我们才可以庆祝。不会是正式的,今天不是,但是我们需要联盟英雄和联盟节日。现在我们有的不多,但是这至少是个开始。"

"庆祝一个由掷骰子编出来的日子真的是联盟需要的吗?"

"很棒,不是吗?"欧麦德举起自己的杯子说:"干杯。"

▶▶▶ 谷神星,史密斯大广场

一开始这只是一场非正式的集会,为了纪念詹姆斯·西克雷斯特这位英雄的一场小型追悼会。

但是发生了一些事。

这位倒下的士兵的一些朋友来到了他生前最爱和家人一起野餐的地方。他们想要把他的骨灰埋在这里。一开始广场的服务员不知道该怎么做,她让这些太空人稍等一下,所以他们就等着。但是当越来越多的太空人经过,知道了这件事之后,他们也加入同伴一起等待着。没过多久,就有人给他们拿来了毯子,食物,还有一瓶酒。有人因为要报告工作必须得离开,就由另外的人来代替他们。12 小时之后,原来二十个人左右的团体变成了数百人,没过多久,就聚集了几千人。

有些笨蛋想命令这些人散开，但是贾斯丁那里正好接到了一个电话，就让散开的命令被取消了。等他从辛克莱和珍妮特·德尔加多那里得到同意的答复之后，就发出了总统命令，只要不影响他们自己的工作，允许所有想要聚集在广场的军人聚集。贾斯丁立刻就把所有精致的食物和酒水发了下去，这些都是他从联盟的人民那里收到的礼物。虽然要满足所有聚集的人还不够，但是说出这样的话已经够了。另外，贾斯丁还宣布，要为西克雷斯特船长举行为期两天的葬礼。

数千人的集会又变成了数万人的集会，所有来到广场交谈的伤感的人，就算不是为了船长而来，那也是为了他们认识的在战争中牺牲的人而来，他们都是在追悼某人。西克雷斯特不知不觉地就成了为战争而永久死亡的代表。对于这种表面上看自然而然流露出来的悲痛，联盟的重要的认知心理学家，昂如·内瑟尔医生向贾斯丁解释说："贾斯丁，这么大量的永久死亡的现象对联盟和 UHF 来说都是很陌生的。因为 UHF 政体压抑的本质，我不知道他们是如何处理这个问题的，但是我知道，这样的悲痛一定要得到释放。"在葬礼正式开始之前，贾斯丁都在避免出现在广场上。他知道，如果他去得太早，那这次集会的焦点就会变成他了，他觉得这样的经历已经够多了。聚集在广场上的人需要一些自己的时间。

到了终于要去参与的时候，他没有带随从就去了。他自己一个人去了，或者看起来是一个人。霍克中士在贾斯丁到讲台的路上，安排了上百名秘密人员，他们的工作就是密切注意任何异常的动作。但是这正是这样的场合的魅力所在，贾斯丁没有被围堵，也没有在远处被人盯着。有那么一刻，大家明白，他也只是这众多伤心人中的一个而已。在他走去讲台的路上，他差点就崩溃了。一对年轻的夫妻走向他。他看到这位妻子是名舵手，丈夫是一名通信官。这个女人手里还抱着一个刚出生的婴儿。

"她的名字叫妮拉，"这个女人说，"我们想感谢你，总统先生。我们都有大股权，但是她是自由的。这是不同的，这不是……你一直都有的感觉吗？她今后也会有这种感觉的对吗？"贾斯丁不能控制自己的声音，他努力地点了点头。接着他们没说一句话就离开了，贾斯丁永远也不知道他们的名字。

这时他看见珍妮特也在不远处。她也在努力地穿过人群，好像还和靠近的人群说了几句。看到她在人群中寸步难行的样子，感受到了她受到的完全的热爱，贾斯丁再一次感到非常的庆幸，幸好她没有独裁的野心。他们终于碰了头，大家都不约而同地给他们让出了一个空位。

"我希望这对你来说不是太困难，贾斯丁。"珍妮特说。

"我正准备对你说同样的话呢。"

"发生在我身上的事情让我很难过。"她的眼神穿过安保特遣队，看着被封闭的道路说，"但是在某种程度上，我可以再见到曼尼，他会成为我爱的男人。但是赫克特对你的所作所为要更糟糕……非常的糟糕。"

"我觉得我不能把妮拉带回来了。"

"在这个宇宙是肯定不可能了。"

"我以为上帝什么事情都能做到呢。"贾斯丁友好地嘲笑着说。

"我对主的理解有限，贾斯丁。我也只是一个普通太空人而已。"

"可能不怎么普通的吧。"他邀请她坐在他身边,他们一起等着:"我想起了一首老歌,叫《无语祈祷》。"

珍妮特疑惑地看着他。

"其实,仅仅是因为上帝可以,并不意味着他会或者他应该。"

在过去两年里发生的所有变化中,珍妮特成为了完全的信徒这个变化让他有点难以接受。她也没有拥护哪一种特定的信仰,但是不可否认的是她确实有了信仰。贾斯丁,作为一名老派的美国人,他知道自己身上有那个衰落文明的所有偏见和优点。他坚定地尊重这样的想法,其他人可以相信他们所希望的,但是他对这样做的人保持着深深的怀疑。

"我和你朋友法瓦有过相似的谈话。"贾斯丁注意到,珍妮特不是那个可怕的,非常有能力的舰队女强人的时候,就是她在想起或者是跟她的宗教导师在一起的时候。法瓦就像是珍妮特最喜欢的阿姨一样,她非常希望法瓦能为她感到骄傲。

一个密使走到两位首领身边,告诉他们,典礼很快就开始了,只要他们"耐心地"等待就好了。他们亲切地微笑着,继续他们的谈话。

"她告诉我,"珍妮特·德尔加多非常严肃地说,"你拒绝了她想要把你领上正确道路的想法。"看到贾斯丁露出了片刻警示的表情,珍妮特爆发出了大笑:"你不用担心,贾斯丁,她是不会想要改变你或者任何人的信仰的。其实,她说是你在做着主的工作,解放人类种族……她说得对。个人认为,如果你相信上帝的话,你会找到慰藉的,但是我们都非常安慰地知道,上帝是相信你的。"

"为什么你要做那件事呢?"

"我做过很多事情,贾斯丁,你说的是哪件事呢?"

"关于名字的那件事。法瓦是虔诚的穆斯林,所以我觉得你也会倾向于那个方向。但是你把上帝比作大钟表匠。我从来没有听到过你说其他大神,或者伟大母亲。"

珍妮特停顿了一会儿说,"我有很多不同的信仰,我从来没有正式地选择过哪一种信仰,我觉得我现在选一个也不明智。法瓦觉得这样做会是遂了……"珍妮特又停了下来,"……天上那个坏人的心愿。"她嘴角露出顽皮的笑说:"如你所知,大约两年前,所有幸存下来的信仰者开了一次宗教秘密会议,很多事情就成了定局。他们对以上帝的名义做出的应受到谴责的事情,和人类为此付出的代价非常地警觉。当我们得知因为一名信仰者的信仰与你们的不同,就要号召把他杀掉的时候,你不知道我们有多厌恶。坦白说,他们受到的惩罚接近于灭绝了。"

"但是并不是灭绝,珍妮特。这差点就成为全舰队的事情了,而且在联盟里发展的速度也非常快。"

"是的,所以这是我现在不能,我想我也永远不会选择某一种信仰的原因。一个人选择自己的道路应该是没有压力的。噢,现在大家都知道,伊斯兰教对我的吸引力比较大,但是安拉会理解的,正如他理解所有的事情一样。信仰本身,我认为,比选择一个特定的信仰更为重要。"

"那不忠的那些人呢?"贾斯丁问。

"他们怎么了?如果他们有信仰,我相信他们对食物的理解会更多;如果他们没有的话,我也不能命令谁去相信。强迫别人假装信仰，是一件很傻也很邪恶的事情。大崩溃之前这些幻想所造成的伤害，"她带着真实的敌意说，"如果我有能力的话，我会开枪杀死那些笨蛋的。"

"你说得非常有道理，但是那些替代你……和法瓦的人呢？我觉得问题就在这里。这些事情一开始都是有利的，但是最后因为自私和狂妄而被扭曲了。"

"对，对。"珍妮特点点头，"不要认为我没有意识到这点。但是我也知道，法瓦因此会很快召集一次秘密会议来讨论这个问题。换句话说就是，如何在期待消灭盲信的同时，引导信仰的重生。"

贾斯丁大笑着说："这可有些困难，珍妮特……就算对像你一样的人来说。"

"呃，谢天谢地，"她轻轻地拍打着自己的一堆大奖章说，"我的任务要明确得多。"

贾斯丁点点头，嘴角露出一丝温和的微笑。"但是我还是得说，宗教这么快就回归让我感到非常的吃惊。当我一开始醒来的时候，我以为宗教已经消失了，现在我们到处都有礼堂、牧师，还有神学院。我就是没明白。"

"一个口渴的人喝水有什么好吃惊的呢？"

这时铃声响了起来，贾斯丁知道是时间到了。他和珍妮特从椅子上站了起来，然后朝着新种了榆树树苗的浅沟走去。

第一个发言的人是一个又矮又瘦的男人。他穿着医院牧师的连帽长袍，领口的牧师徽章闪着光。在太空，牧师穿的都是常规制服，但是在珍妮特的影响下，他们传统的装束变成了他们的军礼服。这个男人又站直了些，然后拉了下自己的帽子。

"我的名字叫桑普森，"他说，"我是来自圣约翰修道会的一名教友，我是院长的联络人，因此我有幸见过詹姆斯·西克雷斯特。我承认，我第一次见到这个人的时候，我该怎么说呢？……不怎么神圣。"说完人群中有人大声喊了起来，很明显他们知道这次会面的细节。"当然船长是想和我在一个不怎么神圣的情境下见面——为了测试我的忍耐力，我猜。谢天谢地，上帝可以原谅一切。但是从一开始我就可以看出，船长是个好人。现在我可以把下面的故事讲出来，相信我，这是一个值得讲的故事。"

大家安静了下来。

"到目前为止，"他继续说，"我们都面临着输掉战争的危险。并不是因为我们缺少意识或者力量。尽管我们的人口数量比较小，我们的生产力也还在发展中，但是我可以领导市民和军队，我们的努力让失望的、压抑的、在数量上更胜一筹的敌军陷入了困境。但是因为缺少最重要的稀有资源——铀，这一切都是徒劳，主要的铀资源都在组织核心范围内。外星联盟里有的一点点铀也在几个世纪之前就被挖干净了。因为害怕让敌人知道我们的弱点，这个事实最近才为人所知。

"那么，到哪里去获得这些珍贵的资源呢？这时西克雷斯特船长就出现了。这位船长勘测了水星上的资源，这个行星仍然处于地球化的起始阶段，那地方就像上帝在太阳系也安排了一个地狱一样。但是那颗行星上有我们联盟非常渴望的东西：充足的铀资源。船长还注意到了别的东西。铀在地球上被保卫得非常严密，但是水星上的铀就被忽略了。为什么会这样呢？水星在 UHF 领地的深处，就算是有最良好的最先进的科技，这颗行星也是非常的危险。只有疯子才会想在战争期间从水星上获取铀资源。这是一个绝望的计划,但是我们确实是绝望了。"

桑普森教友暂停了一会儿,长长地舒了一口气,然后继续。

"我还记得船长是如何向我解释这一切的。很简单,他说,我们要做的就是假装成 UHF 的海军,溜到他们行星带另一边的战线上,从那里跟着伤员一起被运回爱神星,然后溜出 UHF 医院,安排运输船到水星,抓几艘停在轨道上的旧探测船,把它们改装一下,让它们可以真的完成挖矿的工作,然后挖到足够支持联盟挺过这场战争的铀就行。"桑普森深呼吸了一下说,"然后偷一艘货运拖船,把从水星表面挖到的大量的铀运到偷来的船上,接着穿过人类历史上监控和防守最严密的太空,把这些极其珍贵的货物运回到联盟。"他又呼吸了一下说:"是啊……简单。"

大家笑了起来,鼓着掌表示赞同。

"我的第一反应是,'为什么,亲爱的船长,你要告诉我这些呢?难道是他们的医师完不成这个任务,他们马上就需要一个新的?'因为我的勇气和战场上的冷静头脑,萨德玛司令强烈地推荐了我。真是因果报应啊,特别是在舰队里。"说完大家又大笑了起来。

"虽然船长非常地自信,但是事情却没有按照计划进行。在我们 17 名执行这个任务的人中,只有 6 人回来了,如果不是船长他们的勇气和牺牲的话,我们也回不来,联盟可能已经崩溃了。但是我们没有失败。我不要求理解上帝的意愿,但是我相信是他领导了我们,所以联盟才得以继续生存下去。我很悲痛,因为我再也不能与我从小到大都一直尊敬的人在一起了。我很悲痛,因为我再也看不到那些离我们远去的人了。虽然他们离开了我们，但我们是不会离开他们的。终有一天，我们会与我们失去的人重聚，这就是上帝的怜悯之心。记住他们，珍惜这些记忆，要知道我们是会再见面的。"

桑普森教友在自己的贴身长袍里搜索了一番，然后弯着膝盖，把西克雷斯特船长的骨灰撒到了阴沟里。袋子空了之后，桑普森教友轻柔地抚摸着这棵树苗，悲伤地微笑着，又站了起来。

他转身面对着大家，抽噎着说："请与我一起，背诵上帝的祈祷文。"

祈祷文的文字悬浮在贾斯丁电子助手的上空。让他诵读他并不相信的祈祷文，这让他有点不舒服，但是他现在更加理解珍妮特的进退两难了。他可能从来没有当过真正的信徒，但是很多相信他的人是信徒。他很快就得到了结论，他们比他所怀疑的更加需要他的安慰，因此他不会拒绝他们。所以他也跟着念。"上帝是我的牧者，我不至缺乏……"

▶▶▶ **火星，UHF 首都**

妮拉·哈伯医生正进行着巡视。她一周有三天都会来巡视。但是这并不是因为不需要她。就算医院的设施和人口数量都在扩大，但是积压的工作还是前所未有地多。不光是因为打了大型的战役，还因为战争的种类。在行星带的周围，几乎没有发生什么战斗。董里司令进行战争的能力比他之前所有司令加起来的都多。他刚一接手，就立刻决定执行新的战略：让联盟输掉的唯一方式就是让其崩溃。问题是，联盟在发展弹性工业上做得非常出色，比起 UHF 来说，联盟的人更加适合太空中的战斗。他们也有让战争继续一千年的所有资源,但是有一个例外:人口数量。

妮拉觉得有些内疚,因为他是人类遭受这么多痛苦的原因,她还拯救了他的事业,但是逻辑上他又是对的。UHF 的一个毋庸置疑的优势确实就是人口数,如果他们有任何机会要赢,他们必须要好好地利用这个资源。在董里来之前,战争就是一系列的暴力战役而已,那之后都会有一段较长时间的缓冲。这样发挥了联盟的力量。但是董里新的小型进攻在行星带周围一百个不同的区域展开的时候,联盟根本一点缓和期都没有了。战场上是没有休息的。联盟到不了 UHF 可以到的所有地方,因此到了某一时期,联盟就会开始崩溃。

但是这种战略造成的损失却有些站不住脚。同一时刻全面进攻联盟,就意味着所有栖息地都有了自己的防御工事,联盟了解这些地方的所有石头,所有小行星流,还有所有的资源,他们也最大限度地利用这些资源。但是更重要的是,这是人们生活的领域,是人们称作家园的地方,他们会拼死与被他们当作是入侵者的人战斗。妮拉听说,通常敌人死一个,UHF 就要死四个。但是董里好像并不在意。他会接受这些损失,然后赢得战斗。就算是四比一的比例,董里知道联盟最终还是会输的。但是在这位司令接过完全指挥权之后的 6 个月里,死亡人数从 2 000 万上升到了现在精神和身体受伤人数超过 7 500 万。而且,妮拉发现,这些数字在今后也只会上升。

她尽管对此也无能为力,但至少可以用自己的技能来设置一下起因。她可以帮助赫克特·圣比安可走出难堪的政治局面。现在已经进入了战争的第五个年头了,要不断地奋斗才能满足让 UHF 继续战斗下去的需求,赫克特开始依靠她的洞察力。她经常整天整夜地与他待在一起,帮这个为十分之九的人类负责的男人解决他的问题。

妮拉对赫克特的帮助与她在医疗中心的工作有了冲突，但是当她尽力脱身回到那间办公室的时候，这样的矛盾也没有能阻止她竭尽全力。今天也是如此。她早早地就来了，想要处理一下堆积如山的工作。她登录进了她的秘密病人文件，在她的群体治疗开始之前浏览着她需要注意的任何重要的细节。很好，她想，没什么特别的。她一直保持这种警惕，但是很少能找到什么问题，愤怒直接朝着最高领导人去了——至少从来没有冲着董里去。就算她看到了如此多厌倦战争的病人，妮拉还是为这个男人所得到的热爱而感到非常的吃惊。他可能是把他们派到最残酷的战场上，但是他一直能取得胜利，他好像是唯一一个站出来与联盟对抗的人。太空人与这位坚持把他们送到绞肉机里的司令之间有一种特别的联系。如果她可以发起关于他与部队的特别关系的真实经验为主的研究，运用不同的调查和证明例子的话，有可能在战争一开始就能找到这样的人。因为这种人，她总结，战斗可以很快就能赢。UHF还在沿用与人类一样老一样蠢的方法，这似乎是一件很愚蠢的事情，这个方法就是执行者们一直通过心爱的人的尸体来考验战士，等到血流成河的时候，他们终于发现真正能够战斗的是谁。

在她的脑子里，她一直被这样的概念所折磨，如果他在战争的一开始就成为指挥官的话，那战争可能已经结束了。但是这样的调查得要缓一缓。在联盟被全面摧毁之前，她是不准备把这个想法写成提案的。如果对方有人也有了这个想法，对珍妮特·德尔加多·布莱克进行研究的话，谁知道他们会有什么发现呢？如果那个半张脸的布狄卡女王在战争中幸存下来的话，妮拉也会研究她，让潜在研究对象又多一个。

妮拉正准备离开去见她的那一群病人，这时整个太阳系里她最喜欢的人来看她了。"撒迪厄斯！"吉列医生走进办公室的时候，妮拉高兴地呼喊着。他的花言巧语让她想起了塞勒斯·昂如。她希望他会活下去，这样他们就可以在这一切结束之后叙叙旧情。

撒迪厄斯张着嘴笑着回她，"你好，我最亲爱的同事，作为能跟整个 UHF 总统说上话的女人，生活如何啊？"

"忙，撒迪厄斯，非常，非常忙。你能陪我一起去看我的下一群病人吗？"说着她已经开始朝着门边走去了。

吉列也开始跟着她走，"当然，请允许我再说一次，我真的是很高兴你选择来火星。我无法想象没有你，我能做什么。"

妮拉心领神会地笑着说："亲爱的撒迪厄斯，几乎我们每次见面的时候你都会这样说。"

"因为这是非常真实的事实呀。"

"……而且你还想从我这儿得到别的东西。"妮拉补充说。

"这么明显？"

"非常明显。"她一边说，一边朝着正在上课的教室的大厅走去。

吉列皱着眉头："好吧，我想你可以帮我解决一些难题。"

妮拉朝着在上烘焙课的病人挥挥手，她走过的时候他们从窗户里看到了她。"如果我可以的话，"她说"我很愿意帮助你。什么问题？"

吉利一边走一边揉着自己的下巴："我有一个绝对有魅力的病人。她真不是任何造物主的作品。她是不久我们就会处理的来自联盟的第一个病人。"

"那问题是什么呢？"他们来到了妮拉的小组开会的入口。

"如果你可以开放思维地看她；我不应该提到她是联盟的，但是我希望这可以激起你的兴趣，所有这些现在年轻人有的平衡的愚蠢的概念，还有公平的竞争。"

妮拉一只脚已经踏进了教室，"也许在群体治疗之后我可以见见她。"

"太好了。我安排她待在植物园旁边的花园里，然后亲自护送你过去。"

妮拉皱着眉头："还有别的事情，是吧，撒迪厄斯？"

撒迪厄斯自觉地微笑着说："我把你训练得太好了。被拆穿了，被揭露了，被发现了；被一个孩子发现了；噢，羞耻啊，羞耻啊。"

妮拉努力忍住笑说："好了，你想说的时候再告诉我吧。待会儿见。"

程序进行得很顺利。妮拉甚至觉得有些人可以回去服役。尽管她知道这样做会再次把他们送上不确定的命运中去。她想要看到战争结束的迫切愿望意味着，就连她最害怕的东西也不得不成为牺牲的一部分，所以她要让自己平静下来。就算她的病人不能被送回前线，至少她也会努力让他们准备好做一些支持性的工作，现在董里的计划正在进行中，正是非常需要这类人的时候。她这一小组的病人已经可以谈他们害怕和绝望的感受了。最困难的部分就是让他们自己承认并且相信这一点。她知道，大脑通常都会用否认来处理害怕的感觉，这在战场上很有用，但是任其恶化的话就非常危险了。

妮拉的技术已经非常精湛，她可以在早期的时候就发现哪些可以作出回应，哪些不可以。因为战争的紧急性，她会把注意力集中在可以被群体治疗的病人身上，把那些需要个人照顾的转去修复营或者返回到暂停状态，直到战争结束——如果事情持续这样发展下去的话，那得要很久了。但是这些都是在担心未来。当她的小组解散之后，她就看见了吉列医生，耐心地在外面等着她。

"我亲爱的，"他说，"如果合适的话，我真想鼓掌了。"

"我已经同意了，撒迪厄斯。"她挽住他的胳膊说，"现在你可以不用奉承我了。"

撒迪厄斯轻轻地捏了她一下。

"我先让我的助手把今天的文件编码，然后我就跟你走。"

"你有助手？"

妮拉点点头，"是的，是一位 PTSD（创伤后应激障碍综合征）病人，丽萨·赫曼——非常能干，但是她再也不能看到战斗了。"

"好吧，"撒迪厄斯眼里满是快乐，"真高兴你还是接受了我的建议。"

"这也是你想要鼓掌的原因吗？"

"亲爱的，为了达到一定的双赢结果，我是有可能会变成雄辩的人，但是我想要鼓掌的原因是，我向你保证，出于纯粹的欣赏。"

"别说了，我对那样的一群人感到非常的内疚。病人完成了99%的工作。其实，我只是坐在那里而已，不对诸神撒谎，但还是觉得很无聊。"

"如果我再多听一下你的谦虚的话，我真的会因为我的不够努力而羞愧死了。我的病人最多做85%，有时可能有87%。"

妮拉举起双手表示认输："够了！让我去看看你的那位病人

吧。"妮拉走出了门口，向左转离开这栋楼。"如果继续下去的话，周末的时候你就能让我当上 UHF 的总统了。"

她没有看到吉列医生的关注的眼神，他思考着她说的所有话，保存归档，接着又重新找回了愉快的表情，跟着她走了出去。

吉列医生继续和他最喜欢的同事说着日常的工作，但是他脑子里有一个问题。最近有些流言，而且他不知道应该如何处理这些流言。他是非常关心保护妮拉·哈伯的，当她与贾斯丁·可德的感情走向医生与病人注定的悲剧的时候，他伤心极了。他理解为什么会这样。贾斯丁·可德是吉列医生接触过的病人，最具人格魅力的其中之一。但是对一名医生来说，他还是顶着要弄明白是什么让贾斯丁变成现在这样的压力。可德已经让四十亿人跟随着他，跟着他的幻想，想要建立从来没有过，而且也永远不会有的时代。有一段时间，就连撒迪厄斯都被贾斯丁塑造出的这种强大的形象给吸引住了。那谁又能真的因为妮拉犯的错而责怪她呢？撒迪厄斯没有责怪她，反而用他的影响力和威望来帮助她进行已经要完成的复位。她在创伤中心出色的工作，和对董里的拯救也起了不小的作用，特别是现在董里已经被认为是唯一能够打败联盟的人。一旦董里努力地打败了联盟脸上有伤疤的司令，妮拉就可以在胜利的喜悦中完成对自己过去的补偿。但是新的这些流言跟过去的太相似了，撒迪厄斯需要知道真相。

"妮拉，我的病人就在小山那边，但是，"他指着公园的长凳说，"我们能不能先坐下来聊一聊？"

"在这个随便放置的长凳上？"

"当然是在这个随便放置的长凳上。"说完他就坐了下去,妮拉也坐了下去。"亲爱的,我怕问你这个问题,会有点,呃……你知道,就是……我是说——"

"撒迪厄斯,"妮拉插嘴说,"你什么都没说呢。快说,不然你可怜的病人就会——"

"你与赫克特·圣比安可有一腿吗?"吉列脱口而出。"噢,亲爱的,真是太抱歉了。我应该更小心地说的——"他停了下来,因为妮拉双手捂着自己的嘴,防止自己大声笑出来。"没必要嘲笑我啊。"吉列说,"我承认这是一次判断的失败尝试。"

"噢,撒迪厄斯,"妮拉一边笑一边说,"真是抱歉。你真是太可爱了,想要……但是你——"妮拉已经控制不住了。她又不可控制地咯咯笑了起来。

当吉列看到妮拉这么乐在其中的时候,他也忍不住笑了起来。这让他想起了那个他不常见到的妮拉。"我觉得从某个角度来看这个问题的话,还是有点好笑的。"他承认。

"太谢谢你了,撒迪厄斯。我需要开怀大笑的理由,你刚刚就给了我两个。"

"两个?"

"当然,你问的方式还有那个问题本身。现在人们真的这么说吗?这样的绯闻传了多久了?"

"我不知道。"

"好吧,如果有一段时间了的话,我要知道。毕竟,难道赫克特和我不应该很快就结婚了吗?"

"没有谁在说跟结婚有关的事情啊!"

"撒迪厄斯，"妮拉噘着嘴说，"你是说我不值得娶吗？"

"你当然不值得，我是说你可以。不！我在说什么呢？妮拉，请严肃考虑一下。"最后他恳求了起来。

妮拉双手握着他的双手说："撒迪厄斯，我怎么能那么做呢？这太荒谬了。"

"所以你没有私通？"吉列小心地问，害怕妮拉会再次嬉笑起来。

她的语气里带着明显的恶心的意味："我是说没有，没有，我没有。我不会像那样背叛阿曼达的，而且如果我这样做了她会杀掉我的。你怎么这样想呢，撒迪厄斯？"

吉列长长地舒了一口气。他听到的正是他希望的答案。"我当然不会这么想，但是你在执行办公室里和他待在一起的时间这么长，流言刚开始传的时候，我得承认你和有权有势的男人的历史……呃，我得到了错误的结论，抱歉。我不应该把那些流言当真的。"

"当然，你真是不应该。"妮拉责备起吉列。她的情绪又阴沉了起来。"我去赫克特办公室，撒迪厄斯，正如我在创伤中心一样，这是我能弥补我过去帮助贾斯丁·可德最好的方法。我不知道为什么我没有注意到我所造成的伤害。"

"妮拉，我们讨论过这个。你当时爱上了一个非常浪漫的人。"

"是的，是的，我是爱上了他，看看结果是什么。但是现在，有了我在赫克特的内阁、司令和 CEO 的选择上给出的意见，我可以帮助他做能让 UHF 继续战斗的决定。我真希望我能把我已经做过的好事都告诉你，但是从股息日起就被分成四种方式了。但具讽刺意味的是，我之前为贾斯丁·可德做的也是这些，但是他给我的方向是反的。可是，现在我是在为了人类用我的这些技能做好事，这不……我重复……不包括与我们的总统上床，非常感谢。"

"我为了曾有过一秒的怀疑而诚恳地道歉，我会用我的余生来销毁这些恶毒的谣言。"

妮拉脸上又出现了笑容："除非你看到了不雅照。如果你看到了任何我和赫克特的不雅照的话，你一定要拿给我看。我是真的没有。你肯定会觉得我上大学的时候有，但是我就是这么无聊的一个女孩儿。"

吉列站起身："好了，我道歉。我们去看我的病人吧，赶快忘掉这件事。"

妮拉也站起来，跟着她的朋友。"你是说真的有这样一位病人吗？我还以为她只是为了要和我对质我'罪恶'行为的一个计策呢。"

"噢，在病人的事情上我从不撒谎。"他挥手阻止了妮拉准备要进行的反驳。"我承认，"他继续说，"这个病人给了我一个很好的借口，让我可以谈'那个'问题，但是她是真的存在的，你用了'罪恶'这个词可真是有趣。在这样的情境下，用得真是恰到好处。"在接下来的路程中，吉列都在跟妮拉讲这位来自联盟的病人的大概情况。"她叫帕特丽夏·桑普森，她的哥哥是阿尔塔芒特人，抓到她的是……"

赫克特正在桌子面前工作。他刚刚才结束了一场内阁会议。至少在经济前线的消息还不错。战争吸引了大量的新兵，失业已经消失了。直接在军队里面供给、支付、训练和治疗超过15亿人的强烈需求，让经济得到提升。与小但是稳定地从行星带上攻占的地方和地球与火星上大量的采矿行动中获得的日用品流相结合的回收程序也提供了足够的原材料，让 UHF 可以继续战斗。豆荚再也不是陈旧科技的产物了，它现在是地球重力井外的主要批量运输站了。要偿还清战争的债确实要花几十年——有可能还需要上百年的时间。但是，赫克特想，让未来去偿还吧。他们没有必要做最困难的事。

　　赫克特觉得，伤亡人数已经远远超过了战争刚开始时候人们的预想了，但是仙股人士除了这样利用自己的生命以外好像也没更好的方式了。如果他们有，那么，他们就不会是仙股人士了，不是吗？总之，战争是要流血的，而且持续的时间会比预期的长，但是只要不再出现意外，他就可以赢。

　　他的沉思被一阵敲门声打断了。他看到是妮拉之后，便放她进来了，然后激活了通信屏蔽协议，这就意味着，如这个世界所知，执行办公室包括附属的区域都阻断了各种形式的通信，进出都屏蔽了。没有神经网，没有耳机，没有电子助手。如果这样的操作不是在另外八个人身上也会出现的话，这其中包括他的内阁成员，阿曼达·斯诺，当然还有董里司令，考虑到妮拉的身份，这样的行为是很可疑的。妮拉，与其他人一样，只是作为顾问，和总统一起讨论高级别优先的问题，所以拥有这样身份的人也自愿保密。

　　她进来的时候，赫克特埋头在一堆文件当中，头也没有抬起来："我把最新的内阁会议放到全息屏上了。如果你能看看，然后就他们的状况给我一些意见的话，那就太好了。"妮拉直接走到他桌子前的一张椅子边，重重地坐了下去。赫克特从文件中抬起头说："或者，你也可以毁掉那个椅子。"

　　她略带嘲笑地看着他。

"抱歉，妮拉，今天不太顺利吗？"

她叹了口气说："没什么能与人类的命运同等重要。是的，今天过得不太好。"

他亲切地微笑着，从椅子上站起来，走到吧台边。他还是没有习惯在火星低重力的环境下倒酒，但是他不愿意用分配器。他觉得，一个男人应该自己给自己倒酒。他倒了两杯——放着碎冰的冰镇伏特加是给他的，科斯莫鸡尾酒给她。"怎么了？"他一边把酒递给她一边问，然后自己靠在了桌子的边缘上。

"撒迪厄斯来找我，问我们是不是有一腿。"

赫克特悲伤地笑着说："真的？那位正直的好医生？他居然能让自己问这样的问题，真是意外。"

"差点就是这样了。"

"妮拉，我刚刚才知道，"赫克特抱着双臂说，"你到底跟他说了什么？"

妮拉淘气地噘着嘴说："我告诉他，我们确实有一腿，有照片，还有一对双胞胎。"

"男孩儿还是女孩儿？"赫克特追问。

"一个男孩儿一个女孩儿。你可别傻了，我告诉他那些都是假的。"

赫克特把手里的杯子放下，走到她身后。他开始按摩她的肩膀。

"我可以就此结束。我得说我不想结束。我不知道如果没有你，这六个月我会过得怎么样，但是你不应该只是为了保护我，就向你的朋友撒谎啊。"

她拉过他的一只手，温柔地亲吻着说："我也不想结束。当我和你在一起的时候，我觉得我比任何时候都更像我自己。"

"那好，那就别管他们。我们就直言不讳地承认。我没有结婚，UHF 知道你也没有结婚，见鬼，我应该可以跟我想的人约会。我是总统啊。"

妮拉伸出手，刚好可以抓到他的耳垂："不行！"她一边大喊着，一边拧着他的耳朵，拉着他旋转着单膝跪在了她旁边。

"耳朵！耳朵！"他尖叫着。

"等战争结束了，"她平静地继续说，"我们可以做我们想做的事情，那时如果你不娶我的话，你就要想想你失去的不仅仅是一只耳朵的事情了。"

"肯定不止，对吧？"他色眯眯地说，"谢谢你的提醒。"

她开始大笑起来，放开了他的耳朵，然后几乎立刻又开始温柔地抚摸他的耳朵。

"赫克特，你不能做任何宣传联盟或者是让 UHF 陷入困境的事情。与之相比，我们相互之间的感情是微不足道的。你得保证你会在战争结束之前一直保守这个秘密。"

"好。"他按摩着已经红了的耳垂说，"如果你不再揪我的耳朵的话。"

"不要讲条件，快保证。"

他微微地点了点头，勉强同意了："我保证。"

她把他的头拉到自己的嘴边，温柔地用鼻子蹭着他的耳朵。他抓住她的下巴，他们的嘴唇碰到了一起，亲吻着，一开始还很温柔，渐渐地就变成了激吻，好像所有关于战争和他们处境的思绪都离开了他们的大脑一样。

12. 别无选择

▶▶▶ 谷神星，悬崖屋

因为战争的原因，在总统套房周围出现了一种新的节奏。每天保镖会更换四轮，以错列的方式换班，这样避免在同一时间更换所有人的情况发生。内阁成员每两周要开一次会，除非有紧急情况或者是交通的问题。

贾斯丁有五个主要部门，分别是保安部、财政部、国防部、情报部和技术部。柯克·奥姆斯泰德负责内部和外部的保安工作；莫什·麦肯基负责管理新的财政部，这个部门既管理着联盟的工业化，也负责账单的支付。他经常抱怨，"整个该死的经济"。国防部交给了辛克莱总司令管理。贾斯丁克制住了内心想要一位市民来担任这个职位的渴望，但是实际上，没有人比这位司令更加了解舰队的各个方面。他有一种天赋，他知道每一艘船所在的位置，清楚每一艘船的状况和战斗记录，还知道每一艘船的备战状态，他还知道供给、升级战斗军营和轨道排炮的各种细节。所以贾斯丁把他的偏见放在一边，把这份工作给了一直在做这些事情的总司令。帕达米尔·辛格是情报部部长，在贾斯丁的心里，这个职位是媒体部长和宣传部长的结合。贾斯丁喜欢辛格提及自己的方式，"总统先生，"他总是说，"我是撒谎部部长，其中包括恶意的谎言，当然是对他们的，还有我们的善意的谎言。"技术部部长的职位落到了希尔德加德·卢恩思菲尔德身上。她是莫什的一位老朋友，她曾经负责GCI在海王星的隐藏飞地的科技项目。让她待在联盟，把高科技研究中心从毁灭中拯救出来，莫什也有介入。随着战争的继续，希尔德加德从不情愿的中立态度变成了现在的全力支持。她是现在整个系列项目必不可少的人物，联盟在很多领域上都领先了UHF。为了在战争中幸存下来，对一位管理所有联盟的项目的中心人物的需求成为必要时，她就是自然的选择。希尔德加德不会与在太空新出生的联盟成员混淆。首先，她身高足有六尺一，金色的直发搭在她的肩上。但是要是开内阁会议的话，她还是会顺应太空潮流，把头发束到后面绾成发髻。不论外表如何，贾斯丁都不能否认她的奉献和能力。

在会议开始之前，所有内阁成员都会把自己的要点向塞勒斯·昂如做一个总结报告，然后他会为每个人的报告做一份一页的大纲，然后再给贾斯丁一份纸质复印件，供他浏览。通常，会议都会在阳台上举行，当然要开启不透明保护和最高等级的安保措施。因为这相当于谷神星人的早晨，所以贾斯丁直接召集大家开早会。这几乎是他们大多数人在晚上六点之后还吃点什么的唯一方式了，他们白天的时间都太忙了。当然这得除开塞勒斯，只有小行星爆炸才能阻止他吃饭。

按照传统，贾斯丁第一个到达阳台，每个人进来的时候，他都会跟他们打招呼。今天他还另外加了两名客人。第一位是萨德玛议员,他只会在会议开始之前出现几分钟。第二位到得比较早。贾斯丁站起来问候她。

"欢迎来到可怕的权力要塞,内瑟医生。"

医生看起来是一位接近 30 岁的女性。她的头发乌黑,剪成了波波头——贾斯丁想,颇有 20 世纪 20 年代少女的风格。她有太空中生活的白人特有的雪白,光滑柔嫩的皮肤。贾斯丁自己想坐在太阳的灯下也能这样白,但是这是联盟的偏见之一,他们并不是不信任任何肤色接近棕黄色的人。

"谢谢你,总统先生。"医生说,"我得说,这里看起来一点也不像碉堡要塞。"她指的是放着椭圆形桌子的阳台,阳台中间还有一个全息平台,旁边有一个简易餐柜。"我不知道'碉堡'里还有自助餐。"

"这个是最近才弄的。我觉得我们也没有华夫饼架子,但是我们给你弄个煎蛋卷。"

"华夫饼?"

"现在没有华夫饼了吗?"他叹了口气。虽然华夫饼并不是他最喜欢的食物,但是直到现在,他才想起了它们。但是既然医生那样回答,也没有什么关系了。

"你不是在说那些心意变来变去的人吧,对吧?"

"不是,那只是我那个时代一种非常受欢迎的早餐食物。"

内瑟医生浏览了一下自己的电子助手。哦,炸或者是烤的生面团,上面有厚厚的超甜的糖浆。她看起来有些疑惑:"这不应该是甜点吗?"

贾斯丁从来没有想过这个问题:"我知道,我觉得你说得对。"

我猜薄烤饼也应该是甜点吧。"

"薄烤饼?"

"拜托了,内瑟医生,我真的觉得我跟这些饼一样过时。"

"原谅我,"她无力地微笑着说,"但是我觉得我马上就会让你感觉老一点的。"

"让我猜猜,又是一个'你见过什么'那种问题,对吗?"

内瑟大笑着说:"我真是讨厌就这么被猜中了。"

贾斯丁愉快地笑着说:"内瑟医生,如果你知道我听到过多少次这样的问题的话,你就不会对你自己生气了。我学到有几个我要事先坦白。我没有见过甲壳虫,没有见过温斯顿·丘吉尔、罗纳德·里根、伊丽莎白女王——二世和三世——还有,当然,还有一个大家都在问的:奥普拉·温弗里。"

现在轮到医生大笑起来:"恐怕我要问的不是这么出名的人。我说的是弗朗斯·夏皮罗医生。"

贾斯丁看到了通常随这类问题而来的期望的表情。他知道这个人想要听到"是"的回答,这样他们就可以问关于这个过去的人的其他问题了。与往常一样,贾斯丁不得不否认。

"抱歉,没有听说过这个名字。她是你亲戚吗?"他发现,把提问者和这个名人联系起来的这种褒奖,通常都可以缓和他的"不是"带来的失望。

"我倒希望是!"内瑟医生回答说,"但是不是,她是发明了EMDR认知治疗中一些最基本的疗法的人。"

看到贾斯丁疑惑的表情,医生进一步解释说:"EMDR代表的是眼动心身重建法,又称二指疗法。基本上,就是把痛苦的记忆与更加积极的记忆相连,为遭受到创伤的病人带来安慰。总之,"她看着他的眼神已经在看着别的地方了,"感谢你允许我用这么一个不重要的问题来打扰你。"

"没有什么问题是不重要的,"贾斯丁回答道,"特别是那些与我们英雄的治疗方式有关的问题更为重要。但是吃点早餐我是不会介意的。"

他们走到吧台旁边,塞勒斯已经在这里把自己的盘子装满了,餐柜中装满了各种水果、麦片、炒鸡蛋,还有一些香肠。贾斯丁给自己弄了一碗麦片。贾斯丁感到很感激的事情当中,有一件就是滑食物的时尚没有在联盟的地区当中流行开来。医生拿了一盘水果,这时塞勒斯把他堆成山的炒鸡蛋用香肠盖了起来。

这个木星人用惯有的热情的方式向医生打招呼。"医生,会议因为有你参加而变得更加有趣了。你就像等待黎明的地方的那一束光。"

内瑟医生觉得有些迷茫:"你表达自己的方式真是太棒了,昂如先生。"

"啊,你看,总统先生,"他看着贾斯丁说,"这是个懂得欣赏语言艺术的人。"

"你是怎么这么有说话天赋的?"内瑟问。

"啊,这个,我年轻点的时候,突然想到……"塞勒斯脸上有一种精明的表情,"内瑟医生,你是在用你的职业技能来深入研究我的思想吗?"

通向主要住所的门外面传来一个声音:"小心,内瑟医生,你在他脑子里的时候千万不要撞到什么。那些'深处'其实很浅的。"

萨德玛·辛格说。

"竟然被一个奢侈逸乐的谷神星人攻击,"塞勒斯有些生气,"而且我还没有吃东西呢!"

"你指责我是个奢侈逸乐的人,"萨德玛走进房间说,"可是你吃得像山一样多的东西可当得上一个阿拉斯加人了。与你们木星人的胃口相比,我们谷神星人就是阿尔塔芒特的僧人。"

贾斯丁将身体微微地倾向医生说:"塞勒斯,萨德玛,还有欧麦德之间经常搞这种竞争,看谁是他们这种'友好'的玩笑中间最有创意的人。"

"看起来就像是无害的发脾气的方式。"内瑟医生回答说,"如果你不介意我问的话,你是怎么处理压力的?"

"内瑟医生,"贾斯丁礼貌又坚定地回答,"根本没有这样的时间,也没有这样的地方。"

"总统先生,"她非常强烈地说,"你需要心理咨询,不仅仅是为了你,也是为了联盟好。这样吧,你来决定时间和地点,我或者我的同事会去见你的。"

"医生,为了联盟好,我现在不能'处理我内心的悲伤'。"

"如果……"

"什么?"

"如果一直压抑发生在你身上的事情的话,是会损害你的长期健康和快乐的。你的妻子以最残忍的方式被带离了你身边,之后你又在与你的世界相隔甚远的世界里找到了爱人。你肯定已经受伤了。记住我的话,它会找上你的。"

"它已经找上我了,内瑟医生。"贾斯丁简洁地说,"但是联盟更加需要我,我是不会让大家失望的。等战争结束了,我保证躺在你想让我躺的任何沙发上,好吗?"

"如你所愿,总统先生。"

贾斯丁知道她是不会停止尝试的。这就是他喜欢她的原因。

莫什和希尔德加德一起出现,如往常一样,他们正在进行深度讨论。他们无视其他的人继续说着,直接朝着餐柜走去,把自己的盘子填满之后,直接就走到桌边。

辛克莱总司令走了进来,快速地找到了自己的座位。他身后紧跟着的是泰勒·萨德玛。

"总统先生。"萨德玛问候道。

"议员,"贾斯丁回答,"感谢你能前来。我来给你介绍一下昂如·内瑟医生,联盟最重要的认知科学家之一。"

内瑟医生说:"能见到萨德玛家族里最出名的一位真是太高兴了。"

"你真是太抬举我了,内瑟医生。我的侄女比我更出名,我那点事情算不得什么。"

"你的侄女为我们的今天战斗,"她说,"而你的权利法案为我们的未来战斗。"

"可是奥姆斯泰德部长不这么认为。他坚持,这会约束他从各个层面保护联盟的能力,他很有可能会回到 UHF 去,因为这项法案很快就会颁布了。"

"胡说。"她说,"权利法案是为联盟而立的。"

"谢谢你,内瑟医生,见到你我也很高兴。你是一名技艺精湛的道德治疗师,你配得上这些荣誉。"

"我希望你听完我今天要说的之后还会这样想。"

泰勒准备问个究竟,但是还是没有问出口,因为他看到贾斯丁在沉默地要求他克制。

"奥姆斯泰德在哪里?"塞勒斯声音洪亮地说,"那个男人每次都要最后一个来吗?"

"他喜欢成为焦点。"帕达米尔说,"还有更好的方法让联盟最强大的人等待吗,一定要等到他来了才开始吗?"

"他工作完成得很出色,跟你们一样,"贾斯丁为柯克说话,"因此,我接受他的怪癖,我也接受你们所有人的。"

好像听到了召唤一样,柯克突然就出现了。

"太棒了,"贾斯丁说,"我们可以开始了。"

"我为我的迟到道歉,总统先生。"

"没关系,部长大人。你让我们有时间对比记录,然后还吃了早饭。"他等到柯克坐下之后说,"让我正式地介绍一下我们的客人。来自土星创伤中心的昂如·内瑟医生,最近才被调到谷神星,还有一位就是战争指导议会的主席,泰勒·萨德玛。就个人而言,请允许我向你侄女晋升成为舰队司令表示祝贺。我本应该早点说的。"

泰勒感激地接受祝贺。"虽然她觉得并不是自己挣得的,因为我们正在损失行星带上的一大部分。"

"那真是废话。"辛克莱说,"她拖住了五六倍于自己兵力的部队,在180度到60度的地方战斗,而且军需品的数量也比不上对方。她甚至还努力地限制住了交火。这可能是军事史上最高明的拖延战了。"

"有人认为,如果她发动更多的进攻的话,我们的状况可能还会更好。"柯克说着,把房间里最后剩下的一点欢愉都赶走了。

"那些人都是笨蛋。"辛克莱说,"如果进攻的话,她什么都得不到,赢的概率微乎其微,而且会让她的矿工全部被杀死。她唯一要做的就是让敌人跟上她。克里斯蒂安所有的进攻都是在当地进行的,而且都是只在敌军进攻无力之后进行。"

"她应该把其中一次的进攻变成大进攻,然后把敌军从我们的太空里清理出去。"柯克说。

"董里就想她这样做,"辛克莱反驳说,"在我们的防御之外他杀掉我们的人越多,对他来说事情就越简单。"

"那去爱神星的路呢?"柯克嗓音里带着满满的恶意。他指的是七个月之前,UHF在爱神星前面的一次明显的崩溃。克里斯蒂安只占领了她的战线前面的区域,建造起了防御工事。接着她又占领了比这块区域更靠前的区域,当她又开始建造防御工事的时候,UHF大型舰队飞了进来,朝着她的位置进攻,把她的部队逼了出去,退回到了原来的防御区域。

"这明显是陷阱。"辛克莱回答说,"克里斯蒂安抓住机会进行了防御,占领了UHF已经付出血的代价的空间。"

"如果她立刻进攻的话,我们就可以夺回爱神星了,就不用担心行星带被一分为二了。"柯克说,他说的这些都是不切实际的联盟神经网的想法。

"够了。"贾斯丁温柔又坚定地打断了他们的争论。"克里斯蒂安·萨德玛正打着最困难的仗:一场缓慢令人痛苦的撤退,看不到终点,而且敌人的数量又远远地超过她自己部队的数量。历史上,很多政府都犯过错误，把撤退与战败相混淆，改变战略或者领导人，结果换来的正是他们尽力想避免的战败。我们所信任的司令是个天才，她所精通的这种战争只有很少人能够掌握。我建议，柯克，你去研究一下昆塔斯·费比乌斯·马克西姆斯的战斗。他与汉尼拔交战，而且还赢了，但是他可不是凭借不在场的专家的战略赢的。既然我们也在这样的处境中，我们就不应该忘记在美国第一场内战中发生在约翰斯顿将军身上的事情，也不要忘记第二次世界大战中东方战线上的德国。柯克，这是我的观点，因此也是内阁的观点，克里斯蒂安·萨德玛的战略可能不能让我们在那里赢得这场战争，但是其他任何的战略都会让我们直接在那里就输了。她已经面临着足够的困难，我们是不会雪上加霜的。"说完他直接看着柯克，最后还是柯克转移了自己的视线。

"你当然是对的，总统先生。"

"我一直都是对的，柯克，除非我发现我错了，那我就会改变我的想法，但是那时我就又是对的了。"说完他温和地微笑着。接着他转头看着技术部长说："我听说你好像有好消息要告诉我们，卢恩思菲尔德小姐。"

希尔德加德站了起来，激活了全息平台："非常好的消息，总统先生。我很高兴地宣布，超级高速公路已经可以投入使用了。木星到谷神星的运输线已经满负荷了。"

"超级高速公路？"内瑟疑惑地说，"抱歉，说一些不是专长领域的事情是不是有点不合适呢？"她忍不住瞟了柯克一眼。

"真是个好奇的治疗师。"塞勒斯说，"如果要否认你去帮助愚昧的灵魂的本质的话，那对你来说是有点无礼了。"

"另外，"辛克莱补充说，"如果这都不允许的话，那我们都会被开除。"

"辛格部长，"贾斯丁插嘴说，"请你不要用这么恶意的话。希尔德加德部长，请向内瑟医生简单介绍一下这个项目。"

"没问题，总统先生。"希尔德加德回答，说完她看着昂如说，"你知道，联盟有非常多的领地，可是人却很少，而且还分布在太阳系各个独立的地区。可恶的 UHF 在内部连线上有巨大的优势，而且其间的距离也要小得多。换句话说，我们的就是太大了。"希尔德加德说话的时候，一张全息图出现在了桌子上面，上面显示着联盟和 UHF，还有各种旅行线路。

"我们一直都在寻找解决这个问题的方法。首先，在理论上，我们可以尝试扭曲中间距离中的空间，但是如我所说，基本上只是理论可行。其次，我们可以创造一个新星际驱动系统，让它可以为我们现在的船加速，但是据我所知，就算做出一个可行的模型也需要数十年的时间。最后，我们可以让我们的船在穿越开放空间的时候，开启保护盾。"

"那你选择了哪种方法呢？"内瑟医生问。

"第三种……算是吧。多亏了我们的压缩与融合科技，我们可以非常快速地让我们的船加速到很快的速率。唯一的限制就是人类身体的承受极限，还有就是这样快的速度如果撞上太空中的小物体会发生灾难。飞船的速度越快，能造成灾难的物体就越小。就因为我们飞得太快，或者是我们不走运的话，我们会不断地损失船只。"

"请原谅，部长夫人，"昂如说，"但是你刚才说保护盾是不可能的。"

"噢，不可能，至少现在不可能，但是我们也不需要保护盾。我们只需要去掉这样的需求，方法就是创造一个没有碎片的区域。"

希尔德加德等着，但是好像没有人想要发表什么暗讽的言论。

"其实这个理论已经很古老了，"她继续说，"但是在正常的经济情况下，这个理论是得不到验证的。在战争之前，重要的就是个人和供给，还有可以运输穿过太阳系的原材料；地球上任何人都不关心，这些东西到达需要它们的地方要几天，几周，或是几个月的时间。所以就没有人去试验这个理论，但是现在有了。我们制造了一个大型的驱动单位，让他们产生了一个大型可行的保护层，通常情况下都是用冰来制作的。这种保护盾非常的巨大——"

"多大？"内瑟医生问。

"四百米多一点。"

"真是很大一片冰啊。"

"正确，医生。这是一片快速行动着的冰。因为战争的原因，要得到驱动单位非常困难，但是莫什还是为我们拿到了一些。我们把这些冰川分成三波进行发送。第一批去清理道路，第二批探测还有没有残余的碎片，跟踪所有道路上有潜在危险的物体，然后第三波进行善后处理。在外层系统的道路相对来说都比较干净，但是只是暂时的。可是如果你跟着开路队的话（我们在新系统里是这样称呼他们的）那么你唯一的限制就是开路队的速度了。这样做的安全程度实际上比平常的太空飞行还要高。自然，在开路队离开之后你等待得越久的话，安全系数就会越低。但是计划可行的关键在于，这些可怕的资源是否昂贵——等开路队到达他们的目的地之后，我们就重建保护冰盾，然后把他们送回来。我们会不停在路线上发送开路队,所以在行星队列校正的路线上,一直都会保持着一条干净的通道。一艘飞船要做的,就是选择目的地,知道上一批开路队什么时候离开的,或者下一队什么时候出发。"

"这样真的有效吗?"贾斯丁充满希望地说。

"我告诉你说我有个好消息,先生。"希尔德加德脸上挂着明亮的微笑说,"我们刚刚派了一艘船从这里飞到冥王星,所耗费的时间还不到原来时间的一半。"

塞勒斯说:"真是奇迹啊。"

"他说的就是我要说的。"帕达米尔跟着说。

贾斯丁看着莫什说:"这样的话,从战争方面来说,能产生什么样的效果呢?"

莫什冲着希尔德加德点了点头,她微笑着坐了下来,她知道她要说的已经说完了。接着莫什站起来,全息图上的画面又变成了生产数字和地点。

"我已经擅自做主计划了速成班的内容。主要的花费会在重型推进器上产生。只有两个地方可以制造这种推进器,但是就我们现在的目标来看,木星是最佳地点。大多数的传感器组件都可以从跟随着新系统的创造而成为废弃物的导航卫星中清理出来。但是因为其对战争的价值,所以这笔花费也不会小。如果我们抓紧时间的话,这样的系统可以在 2 个月之内弄好,并且投入使用;要广泛使用的话得需要 6 个月。一旦成功,我们不用沿着环,就可以把我们的攻击武器或物资送到 180 度那里的部队手里。这样把东西从这里送出到外层行星然后再回来,也比直接通过环运送要快。几乎就像是我们在朝着核心前进,但是没有那些讨厌的想要把我们炸个粉碎的

UHF 舰队。"

"司令，"贾斯丁的声音里明显有一丝担忧，"那在接下来的四到六个月里，我们的船岂不是就要变少了？"

"我知道，总统先生，我也不能说这个计划很让我满意，但是珍妮特·德尔加多刚刚才消灭了 UHF 的整支舰队。就算他们有制造基地，他们也补不上这个漏洞。如果我们要这么做，我们现在就得行动。有可行的超级高速公路，我们可以跟 UHF 一样快地把我们的船只和矿工送到需要他们的地方。这就可以补救很多问题了。"

贾斯丁的眼睛飞快地掠过莫什的数字。"泰勒，你可以通过议会加快集资吗？"

泰勒站起来，轻松地微笑着说："总统先生，上次竞选之后，无股东者在联盟自由主义者中占了大部分。《婴儿解放宣言》之后我可以帮你联系负责人……但是要花点时间。其实这是我们第一部一致通过的法案。高速公路可以在联盟内部引发一次技术革命。这样我们就可以成为运行的文明——联合的文明。"

"那么说是'同意'吗？"

"是的，总统。我需要向各个委员会的主席们简单报告一下，但是你在一周之后可以得到全体议会的支持。就算有股份者也不能反对。"萨德玛说完就坐了下来。

"他们不会的。"莫什说，他现在已经是越来越小众，但是还是有权势的有股份者的领导。

"这样的话，就留给了我们一个更难解决的问题。"贾斯丁说，"总司令，你来说说吧。"

辛克莱总司令点点头，站了起来说道："如果董里继续执行他的新战略的话,我们就会在 6 个月之内输掉这场战争。"接着他用自己的图像替换掉了莫什的全息图。画面上是一张 180 度行星带的地图。一百多个区域都有红色耀眼的标记,这些区域覆盖了行星带上百万英里的距离。从全息图上可以明显地看出,董里想要的不是深度,而是长度——一英里一英里地拉长联盟的战线。

"他发动了超过 120 次进攻,"辛克莱继续说,"除了谷神星周围 60 弧度的行星带以外,基本上所有的地方他都攻击过。他知道,我们可以做出反应,并且把他的进攻变成一次切实的失败。但是他并不怕面对我们,这个冷血的混蛋真的什么也不怕。他很聪明。"

辛克莱把图像换成了一个典型的全副武装的矿工。

"我们的矿工比他们的海军还要优秀。没有别的说法了。士兵对士兵的话,我们的更优秀,特别是在防御上。但是董里不关心这个。我们现在是损耗状态。他不停地往我们制造区域里输入毫无经验的海军和太空人。"全息图像开始慢慢地装满了小一点的 UHF 士兵——每一个联盟士兵周围就有 10 个。"我们每损失一个人,他就要损失四到五个人。当这个比例变成三比一的时候,他就觉得是获得了胜利。他甚至没有尝试恢复或者循环使用他的部队。他排着队送他们到战场上,等整支部队死光了之后,他就派来另一支部队,一直这样。"辛克莱坐了下来,关掉了自己的图像,然后扮着鬼脸说:"医生,我想下面该你来说了吧。"

昂如站起来,对着郁闷的成员说:"太空的战争对人类的心智来说是非常残忍的。对很多人来说,就连太空的正常运动也会给他们带来创伤。所以有很大一部分的人,都选择生活在月球、地球和火星这样的核心世界——或者至少也是在与之相近的轨道上。根据过去两年的数据分析可以很清楚地看到，就连 UHF 拥有的少量有效组件都是来自月球和地球与火星的轨道栖息地。简而言之，这些海军只有一个基地可以进行他们的太空训练。现在，如果这些海军中其中一名崩溃了的话，他就会被运送回地球，然后做着军队里的其他工作。所以，他们还是有产能的。但是我们的人没有。

"我们巨大的优势就有可能变成重要的劣势。太空战斗让我们环境的危险全都显露了出来；当联盟的成员开始因为他们一遍一遍经历的事情而对他们自己的制服或者穿梭机害怕起来的话，那他们就变成没用的了。"

"内瑟医生，"贾斯丁问，"有复活矿工的平均数据吗？"

"是的，三次到七次。我们就算是五次吧。想想，你有着五次痛苦的死亡的记忆，任何一次的死亡都有可能……其实是应该会导致永久死亡。我们有这样的案例，上万名这种病人无法再次穿上太空服。他们变得歇斯底里，得了精神紧张症；有些还出现了心血管衰竭。还有的人就是不愿意脱下自己的太空服。有的人无法装备武器；很多人不能知道自己在船上；也有很多人无法待在黑暗中。我无法告诉你有多少人的眼皮是重新长出来的。"她暂停了一下，让大家明白其中的含意。

"我们在土星研究所使用了基本的创伤治疗法。"她继续说，"我们已经让很多病人可以指出，回到这个太空的文明之后，自己可以在哪里充分发挥作用，但是这其中基本上没有人可以再次回到战场。"

"这就意味着，一支有四十万多名经验丰富的士兵的队伍无法再回到战场了。"辛克莱阴郁地说。

"听着，内瑟医生，"柯克补充说，"你说的好像很有道理。为什么他们想要回去呢？至少根据你所说的，我是不会回去的。"

"你要明白，部长先生，"内瑟医生回答，"这些人是志愿加入的。他们与他们的社区和朋友之间有深厚的感情联系。我可以向你保证，如果他们可以，他们会回去的。"

"你说的是那四十万当中的多少？"辛克莱问。

"治疗有效的话，人数应该会超过95%，我保证，一点也没有夸大。有时我也不是很确定到底哪一种创伤更大，是他们已经死过无数次了，伴随而来的还有因为无能而产生的内疚感。他们觉得好像是他们抛弃了朋友和伙伴，抛弃了他们的联盟。"说完她直接看着贾斯丁说："很多人都因为他们让你失望了而感到深深的愧疚，总统先生。"

贾斯丁的表情僵硬了起来："他们真的不应该这样想，内瑟医生。不管这之后要做什么，只要是能减轻他们不应该有的罪恶感的任何概述、记录，或者个人交流，我都会给你。他们不欠我什么。你必须要让他们明白，反而是我欠了他们的。"

"当然，总统先生。研究所会很感激你的帮助的。我提起这个问题，是为了要让你看到他们回到战场上的渴望，但是缺少的就是这样做的能力……到目前为止。"

辛克莱差点从椅子上跳了起来。"内瑟医生，"他两个拳头放在桌上说，"如果你可以在6个月之内给我们40万名战斗老兵的话，我们就可以让前线稳定下来。"他又坐了下去："我们可能还可以继续进攻。我的士兵比他们的更优秀，我可不是说着玩的。战败和继续战斗之间是有区别的。"

内瑟医生没有回应他的话，辛克莱继续说："内瑟医生，你听到我们刚刚说的了吗？这很重要。我们需要那些太空人！"

"你应该告诉他们。"贾斯丁点点头说。

"我很羞愧，我居然开始了这次研究，先生。我只是太想帮助他们了而且……呃……也成功了。我还是有点抱歉，我没有全部删除。"

"你全部删除了可能会好些，"贾斯丁回答，"但是我们无法改写历史。我们必须根据我们手上的信息来决定未来。你必须要告诉他们，这样他们才能帮助我作决定。"

"好的，先生。"说完她再一次对着大家说，"EMDR 是现代认知疗法的基础，如我之前所说，传统的治疗方式已经都没有用了。但是我碰巧到了研究所的罪犯治疗中心。那地方现在基本上是空的，是个非常适合思考的地方。总之，那个时候我……我看到那个东西就立在那里，吸收着……吸收着灰尘。"

"看到什么了？"帕达米尔问。

希尔德加德脸色都变白了。"心理审查设备。"她盯着医生，"你到底出了什么问题？"

桌边的所有人的脸上都失去了血色——好像对太空人来说是可能的事情一样——大家都没有说话，除了柯克，他全神贯注地听着。

"我走投无路了。"内瑟医生说，"没有根治药物治疗，我真的帮不上忙。我们之前从来没有处理过这样的伤痛。还有上千人被暂停着。我们怎么能把他们唤醒，让他们去面对所经历的恐怖的事情呢？"她停下来整理了一下情绪，"抱歉。我们接受过训练，与病人要保持距离，但是这并不简单，也没有成功。事已至此。"她深深地吸了一口气，鼓起勇气说，"我看到了那台设备，然后我突然想到，如果我可以用这台机器治疗心理创伤而不是物理上的病理，这样一来可以继续进行原始的 EMDR 疗法，我就能把他们的心理创伤孤立起来而且……而且——"

"这种做法太可恶了。"莫什说。

"这个想法太高明了。"柯克说。

塞勒斯木星人的风度已经消失了："内瑟医生，你在想些什么呢？"

"我没有想，塞勒斯。我是绝望了。你知不知道生活在一个满是痛苦的世界是什么感觉，而且这些痛苦并不是你自己的——哦，不是，这倒简单——你周围的每个人都是非常痛苦的？在火星上倒很简单，因为病人并没有被期望回到战场或者是军队。他们可以从根源上清除掉他们的恐惧。但是你告诉我，怎样才能把联盟的人弄到太空外呢？"她叹了口气继续说，"所以，如果我们不把病人的创伤清除的话——"

"你找到了一个可以把病人的心理创伤清除的方法，"帕达米尔·辛格说，"内瑟医生，这是非常令人振奋的想法。不幸的是，我相信我们都知道是谁想出的这个方法。"

"这不重要，"莫什说，"我不赞成采用这个方法。"

"不要这么急躁。"柯克反驳说。

"真是太令人震惊了。"莫什盯着柯克，气愤地说，"你们这些人居然想用这个恶魔。如果我们想用我们自己的市民来进行心理审查试验的话，我们就该待在联邦。真的没有其他人可以用这个设备了。"

莫什看了看大家，看到除了柯克和贾斯丁，其他人都没有看他。柯克的眼神里带着一丝欢愉，因为这次不是他一个人在表达这个不受欢迎的意见。贾斯丁的眼神却有深不可测的遗憾。

"贾斯丁，"莫什爆发了，"你们必须要知道这样做是非常错误的！他对妮拉就是这样做的。他把手伸到妮拉的脑子里面，改变了他不喜欢的部分。"

"我知道，莫什。"

"那我们会对我们最勇敢，最有价值的人做这样的事情吗——改变我们不喜欢的部分？"

"我们可能只能这样做，莫什。"贾斯丁痛苦地说。

"那我们和他们之间还有什么区别？"

"这就是我们必须要讨论的。"

"还有需要讨论的吗？"柯克说，他已经是有些高兴得过分了。"这项科技可以在我们需要的时候给我们的士兵。听着，伙计们，要不就这么做，要不你们就准备成为赫克特追随者的简历吧。坦白说，我觉得他可不会想招什么人的，如果你们明白我的意思的话。我们就要这么做。"

"奥姆斯泰德部长！"贾斯丁的声音在不透明的保护层下面回响。"没有这么简单。如果我们成为赫克特那样的人并且接受他所有的信仰的话，那我们是赢不了赫克特和他的信仰的。比起变成我们想要对抗的东西，那联盟还不如毁掉。"

"原谅我，总统先生，但是也许你应该在你带着我们进入与其余90%的人对抗之前就想想这个问题。"

"柯克！"

"奥姆斯泰德!"帕达米尔大喊,"你这个叛变的混蛋!"

"注意你的用词,你这个撒谎的蠕虫!"柯克反击道。

大家都开始冲着柯克喊叫。

"够了!"贾斯丁大喊。所有人都闭上了嘴。然后贾斯丁看着柯克,"你说得对。我应该先想到这个问题,但是革命已经开始,在我还没有参与的时候就开始了,如果我没记错的话,没有人强迫你加入。但是,这不是现在的政府要面对的问题。在短短五年之内,我们就在太空创建了一些东西——非常令人震惊的东西。我们联盟是人类种族最后的最好的希望了,现在我们必须要决定的是,我们要如何才能保护它。等任务完成之后,我们就得要问问我们自己,我们创造的东西真的值得被保护吗?"

他看了看大家,当中的敌意好像已经消失了,取而代之的是想要辩论的渴望。

"开始吧。"

▶▶▶ 谷神星神经网

作为化身来说,但丁非常的年轻,进入"知晓"状态才38年。他相对空白的经验让他显得非常的天真——就算按照人类的标准来看也是这样。但是他非常有激情,而且多才多艺,天资聪明。但丁有一种人格魅力,轻易地就让别人很想去喜欢他,或者帮他。通常,他都会与较年长但是不是特别复杂的人类相连,以此来获取化身的经验——人类关系。这样的过程是在这个人类之前的化身的监控下进行,通过这样的方法但丁能够获得年长化身的经验。因为但丁的天性,用不到几年的时间,他就可以和自己的人类配对了。再过一个世纪或者多一点的时间之后,他就有潜力可以成为精英化身的助手了,这些精英化身在化身议会中轮流任职。在这样的位置上服务四五十年的时间之后,他就可以成为在议会中保有一席之地的少数精英中的一员了。

但是这次却有些不平常。许多事情都发生了变化,最重要的就是与人类日常的互动消失了,这样的行为以前是化身的支柱之一。因为战争而变得具有讽刺意味的是,人类现在与复杂但是非智慧的程序每天打交道,他们一直认为化身也是程序。成年人类忙着打仗,他们用化身也只是把他们当作通信助手,还有百科全书而已。人类孩子现在还不能区别与程序互动和与虚拟智能互动之间微妙却至关重要的区别。在有些需要复杂反应的情况下,化身可以亲自反应,但是如果情况很糟的话,他们就直接发送错误信息过去,通常都会责怪是战争引起的。这就让但丁和像他一样的化身陷入了一个奇怪的处境当中。联盟的化身需要他们,非常迫切地需要他们,因此他们就被授予了间谍、战士以及重要领域和部门的监控者这样的职位,但是他们是不能与人类有个人联系的,这些人曾经是化身的荣誉和力量的基石。

当但丁开始意识到联盟日益严重的问题的时候,他被安排去监视和报告这个问题。虽然他对这个问题对人类产生的长期影响并不是很担忧,但是面对着卑鄙的阿方斯控制下的一直在变化着的一大群化身,这个问题对但丁的同伴们还是产生了很大的影响。他知道,与他相连的年长化身把他与人类联系的缺乏当作是一种弱点,但是又希望能够被及时地弥补。但是,他却不这么认为。但丁开始意识到,与人类联系的缺乏可能不是他们所认为的弱点。他与人类的分离，再加上他的工作，都给了他一个全新的视角，也可说是相当高级的一个视角。这是他与其他联盟化身都有的一种态度，因为他的工作可以让他比较接近 AAC（联盟化身议会），所以他渐渐成为了这支刚刚形成的小团体的实际发言人。

但丁知道，他的上级其实是知道这些事情的，但是他没有把这当作问题来看待。实际上，但丁相信，塞巴斯蒂安会因此而觉得他更有用。与很多年长的化身不同，他的上级似乎认为，有时候变化虽然是被迫的，但是并不意味着变化都是坏的。但丁很早之前就觉得，他的上级与其他任何化身都不同，不管是年长的还是年轻的。但丁很好奇，塞巴斯蒂安会如何回应他的新报告。

与人类不同，人类输入和处理数据既需要劳力，又很乏味，而塞巴斯蒂安刚刚开始浏览但丁的报告，他就立刻把全部内容都吸收了。这样的过程不需要非常亲密的分享形式。需要做的，就是一名化身触摸一下另一名化身，然后信息就直接从一名化身传递到了另一名化身身上了。这样的分享过程不需要配对和亲密接触。但丁在化身兵工厂偶然碰到了塞巴斯蒂安——这是一个保存战争配件的节点，在化身动身去战斗之前，这些程序都会被装备到化身的程序中。塞巴斯蒂安看到的，按照人类的话说，是一个一层楼高的机械装置。这东西有相应的机械手臂和机械腿，还装备着大量的盔甲和炮火。像这样的一个程序在神经网的"高级"层次里左右踩踏的话，就连反应慢又愚蠢的人类也会注意到，所以这样的机械装置只有当战争发生在较低级的栖息地，或者在大型战舰上的时候才会被调用，现在这样的战斗每天都在上演。

进入到了战争第四个年头，一个化身如果没有装备盔甲的话，就等于是在自杀。但丁觉得，一开始的时候双方用来战斗的东西有些好笑。就算是在各种神经网上高级的与人类交互的级别上进行战斗的化身，现在也身穿盔甲，带着程序修复治疗包，还有徒手和长距离使用的各种分裂武器。

但丁本以为，塞巴斯蒂安注视着的这个机械装备，就算是回到一年半前，这样的东西也是无懈可击的。但是现在觉得是时候该升级了。因为阿方斯和他的核心化身选择继续他们令人憎恶的进化道路。联盟的化身一直认为，发生在他们身上的这种奇怪的突变不能更糟了，但是到目前为止他们都是错的。这些身长几百英尺的怪物其实就是一团移动的黏糊糊的胶状东西，他们抓住化身之后，就释放出液体，把这些悲惨的人工智能完全包住，然后慢慢地清除他们。其他的就是长着玻璃鞘翅的蜜蜂，它们扇着翅膀吹着强风，把挡住他们去路的所有东西都撕成碎片。

阿方斯异化的程序相互进攻，他进攻联盟化身的日子已经过去了。现在所有的愤怒和死亡都朝着同一个防线。但是但丁和其他所有化身想要忘记的，是这些怪物从前也是跟他们一样的化身。当化身在杀死这些怪物的时候，他们杀死的有可能是他们的朋友、兄弟姐妹、父母、配偶或者是他们的孩子，只是已经没有办法认出他们本来面目了。本来想要对抓获的几只怪物进行反向编译，但是结果却导致了更糟糕的突变。由于战争的需求，联盟化身也只是在研究防御他们的方式而已。现在化身们都想尽可能快地把这些怪物杀掉，希望自己能在战争中幸存下来。

塞巴斯蒂安站在一台特殊器械旁边。但丁知道，这种器械是他的上级在战争中最常用的。没有物理方法可以让盔甲套装与同样的器械程序不同。毕竟，编码就是编码。但是并不是只有塞巴斯蒂安独自认为他的装备比其他化身的更好，而且不到万不得已他是不会亲自参与战斗的。塞巴斯蒂安正在检查自己的套装，确保最近的修复和升级没有造成什么漏洞。

但丁于是等待着。塞巴斯蒂安已经拿到了他的报告，等他准备好了他们就会谈一谈报告的事情。但丁并不介意等待，他利用这些时间让自己熟悉一下新升级的东西。

"他们解决了对土星研究的障碍。"得到塞巴斯蒂安的确认之后，他立刻说，"联盟将开始对大量有战斗创伤的老兵进行大规模的修改。其实，这些细节相当有激励作用。他们真是非常棒的种族。"

"这表示你没有与人类有更多的互动而感到遗憾吗？"塞巴斯蒂安假装严厉地看着他年轻的徒弟说，"你领导的激进派的信徒们，或者他们领导你的那些人，如果他们知道了会怎么样？"

"我敢说，体验人类是一件很棒的事情。我们确实在他们身上学到了很多。如果要否认这个事实的话，那可真的是太蠢了。"

"这样的话，要是否认让化身与人类保持一定的距离是有好处的事实的话，也很蠢。"但丁的导师说。

"你怎么能看得这么清楚呢，先生？其他的人都还是觉得我们是危险分子。"

塞巴斯蒂安变成了一个老人的形态，弯着腰，嗓音有些嘶哑："这肯定是因为我比大多数化身都要老，而且我失去了理智，孩子。"

但丁因为塞巴斯蒂安对一个他俩都没有概念的身份的表演大笑

了起来。"那奥利维娅呢，先生？据说她比你更年长，可能是我们当中最老的了。但是她把我们当作病毒一样。如果不是战争的话，他们肯定一纳秒也容不下我们。"

塞巴斯蒂安同情地微笑着："但是战争让她要容忍这些年轻的化身，如果战争持续足够久的话，这些年长的化身就不能否认你们对化身的看法，也不能阻止你们表达这些观点了。"塞巴斯蒂安又变回自己罗马元老院议员的模样，场景也变成了与土星研究所的罪犯治疗中心相似的设置。"为了这个目标，我们来看看你的发现吧。"

但丁和塞巴斯蒂安进入了工作缠绕状态，以此来浏览所有但丁搜集到的数据，当他们再次成为分开的实体之后，塞巴斯蒂安也同意，人类确实做得非常出色。心理审查装置被缩减成了一个单独的头盔，这是因为心理创伤通常都只跟大脑的某些有限通路有关，所以人类可以因此做出一个相对简单的设备。如果这个设备发现大脑里面有心理创伤符合它的参数的话，与这种心理创伤所关联的恐惧就会被清除。如果它发现的问题超出了它的处理权限的话，那么进程就会停止，这个病人就会被转移到功能齐全的心理审查躺椅上。因为这项工作的专业性，绝大多数形式的战争创伤都可以在 15 分钟左右被清除掉。当木星上的工业扩展呈指数级发展的时候，塞巴斯蒂安看到，联盟要量产这样的头盔是没有问题的。木星系统的制造业已经超过了谷神星，再过两年，就可以比得上整个行星带了。生产后把头盔运送到需要的地方，总耗时不足三周。

塞巴斯蒂安看完之后，他看着但丁，微笑着说："你做得非常好。人类需要多少引导呢？"塞巴斯蒂安问，他指的是联盟的工程师和科学家在他们自己没有意识到的情况下接受的帮助。化身有先进的想法和技术原型，他们向个人研究的接受者提供适合他们的足够多的线索。这样在大多数情况下，毫不知情的人类就毫不犹豫地把这些新的想法结合到了自己的研究中。举个例子，在赢得战争的渴望中，大多数研究者都不会在意自己要求的 117 参数，是否得到的是 118 参数。就算有些人真的问了，他们也很容易就被其他方法影响了。

但是但丁的回答让这位年长的化身吃了一惊，"一点都没有，先生。"

塞巴斯蒂安一脸的怀疑。

"我说的是真的，先生，一点帮助都没有给过。这些完全是他们自己做的。"

塞巴斯蒂安的眼里释放着赞赏的目光说："真是一个天大的讽刺。"

"我不明白。"

"但丁，通常操控人类想法和行为的是我们。然而在我们控制下的人类创造出了控制思维和行为的机器，但是我们一点也没有插手。"

"我明白你的意思了。但是核心的人类不是也在没有利用核心化身帮助的情况下就创造出了他们的机器吗？"

"是的，但是核心化身其实不是在帮助人类。阿方斯才不关心人类，他所有的时间和精力都放在了控制和改变他的化身的虚拟世界上。只要核心的人一直在赢，不管他的话，他也会忽略他们的。"

但丁叹了口气："还是在为该死的分离器工作呀。UHF 慢慢要赢得这场战争,如果他们真的赢了,我们就没有任何地方可以藏匿了,而且也没有可以把我们送到深度太空的翅膀和机会。如果他们赢了,这会变成一个充满悲伤的地方,赫克特操纵着人类的思维,人类被由他支持的经济法而奴役——"

"——而且,阿方斯的那些怪物会永远在我们衰落的黑暗世界里咆哮。"塞巴斯蒂安接着说,就好像在背诵什么咒语一般。

但丁补充道:"至少40万名战士的回归可以有所帮助。"

"除非,"塞巴斯蒂安警告说,"贾斯丁允许他们被治疗。"

但丁怀疑地看着他的导师说:"呃,他知道有仗要打。他还有什么选择呢?"

塞巴斯蒂安看着他的徒弟,又让他想起了抑制不住的青春。"贾斯丁·可德是我们遇到的人类中,最非凡、最卓越的人。他的性格决定了他的命运,死亡是他唯一真正的选择。他醒来之时,人类种族的命运就已经被决定了。"

"但是有这么多好处,如果他——"

"如果他加入组织的话有这么多好处——对他和不愿意卷入战争的人来说都一样。但是因为他的信仰和意愿,他选择了战争,而没有选择对他自己和人类都有好处的决定。相信我,但丁。如果他的信仰迫使他不要使用这样的科技的话,他是不会使用的,他有顽强的意愿——就算要以付出所有作为代价。"

但丁眯着眼睛说:"所以当一个人决定人类和化身的命运的时候,我们就干等着?"

"当然不,"塞巴斯蒂安说,"我们还是要干预。他现在还没有决定,但是我知道他倾向于不使用。我想我一直在研究的一个人类,一个最近比较有影响力的人,可以很好地帮助我们达到目的。"

"我们不应该操控一位领袖,"但丁争辩说,"去赢得他自己的战争。"

"贾斯丁是联盟的领袖,就是他,只有他,是他们愿意跟随的人。"

"如果他不能带领他们获得胜利呢?"

塞巴斯蒂安没能给出一个答案,因为不管他怎么想,他也得不出任何答案。

▶▶▶ 悬崖屋

贾斯丁正在三角形办公室里,浏览着自己的日程表,他突然看到了一些他没有同意的事情。这没有引起他的焦虑。员工们经常都会出错。这份工作的本质就是这样。但是这些事情其实并不是他想要参与的。

"你好,塞巴斯蒂安。"

"怎么了,贾斯丁?"他立刻就听到令人安慰和信赖的声音。

"我看到我的日程表上安排我去刚建造的浸礼会教堂,和布莱克司令,法瓦·苏丹·哈姆迪及其儿子塔菲克一起参加礼拜。"

"是的,贾斯丁。这是一场礼拜,也是一次报名活动,这样我们所有的太空人和矿工都会收到来自联盟各地的信,感谢他们所做的,同时也让他们感觉与全系的家人都是相连的。"

"我知道那是什么,塞巴斯蒂安。我只是现在不想去参加礼拜,不想听关于上帝的事情。"

"那我立刻删除这项行程,贾斯丁。"

贾斯丁斜着眼睛，皱着鼻梁，担心已经来不及了。"我想应该还没有人知道吧。"

"恐怕不是，贾斯丁。教堂已经在其神经网站上发布了这个消息，而且布莱克司令，哈姆迪及其儿子都表示他们会参加。你可能也要知道，那天正好是哈姆迪的儿子因为其在木星之眼战役中的英勇表现而受到嘉奖的日子，而且他要被升职成为联盟旗舰战利品二世的主工程师。"

贾斯丁摇了摇头："还是别取消了，塞巴斯蒂安。发送确认信息给珍妮特·德尔加多，哈姆迪，当然也要发给她的英雄儿子，告诉他们我当然很高兴能参加。也给教堂发一份。"

当贾斯丁和珍妮特·德尔加多都会出席礼拜的消息宣布之后，教堂决定把这次的活动挪到"户外"聚集点举行。现在礼拜进行的地点是大广场附近的史密斯森林中的一块空地。参与的人数被限制在了700名，其中有一百多人都是穿着制服的。贾斯丁到达的时候感觉到，聚集在这里的人不是来看他或者珍妮特·德尔加多的，他们是真的来做祷告的。

贾斯丁得承认，比起他的预想，这次的礼拜是一次不错的体验。这些教区居民像很多新教徒一样，被共同的信仰吸引过来，但是对于礼拜举行的准则，大家好像都没有什么倾向。他知道，随着时间的流逝，礼拜会变得更加正式，但是现在他的经历让他觉得，比起传统礼拜，这更像是一场帐篷信仰复兴大会。教堂重新发现了踏歌的艺术，很快就研究出了一连串的伴随歌曲来设定情绪基调。这里有一支乐队，一个唱诗班，但是过了一会儿，贾斯丁就很难分辨唱诗班是从何时开始唱的,也不知道集会是什么时候结束的。大家站起来,跟随着唱诗班的歌声,跳着舞,唱着歌,好像有精神领导着他们一样,接着就都离开了。贾斯丁的生命中只去过一次当地的气氛严肃的教堂,像现在这样的自由是非常令人陶醉的。他听到有些社会学家把他所看到的这一切称为"第三次大苏醒",其他人为之取名"精神的觉醒"。不论如何,贾斯丁终于开始明白,为什么这样的礼拜会扩散得如此快速了。

他还是有些好奇,甚至有点担心,已经长眠了几个世纪的如此强大的一股力量又重新出现在人群中,其含义是什么,特别是现在他亲身经历着的这一切。但是他还是觉得片刻的高兴,因为人类找到了一种快乐和安慰的来源,所以他也因此接受了事实。他跟着大家拍着手,允许自己微笑甚至是大笑,明显地告诉大家他也乐在其中,但是他从来没有忘记过自己是整个联盟的总统,所以他还是比周围庆祝的人们要稍稍收敛一些。他注意到,珍妮特·德尔加多司令也遵循着这样的原则,但是她也让自己跟大家一起,沉浸在祷告中。他情不自禁地注意到她曲线的身形。他看到,在饱经风霜的制服之下,经历了 GCI 组织工作和太空战斗的艰难岁月之后,在非常著名的半边是伤疤的脸的掩盖下,是一个年轻女人的身体——而且还是非常美丽的身体。光是看到这个,他就觉得今天是有价值的了——因为通常他眼里的珍妮特,就只是有效率的战争司令和破坏使者而已。在通常情况下,她散发出这样的角色的光芒,但是今天没有。

贾斯丁还注意到,法瓦·哈姆迪也在人群中唱着跳着。她也非常引人注目。她摇摆着,祷告着,跟着集会的人一起拍手。接着她走到唱诗班中间,大声地唱着歌,她周围的人都可以听见她的歌声。贾斯丁本以为,作为复兴的伊斯兰教的领头支持者之一,她会比较不愿意支持其他的宗教观点,特别是对信仰可如此表达的宗教。但是他实在是大错特错了。与他本人不同,在某种程度上,珍妮特·德尔加多和法瓦都是毫无隐瞒的。法瓦对教徒的感受通过她与他们相互问候,与他们一起跳舞的方式就看得出来。这样的感受也从教徒们看她的眼神中得到了相应的回应。贾斯丁看着珍妮特·德尔加多,看着她的眼神跟着她的导师穿过房间,看着唱诗班。他在舰队司令的眼睛里,看到了令人难以理解的满足。

　　贾斯丁没有准备好迎接聚集的人群释放出的一波又一波的情感。快乐之后是悲伤。唱诗班的歌声渐渐放慢了速度,然后开始唱着第49首赞美诗,这是一首古老的用来哀悼的卫理公会歌谣。贾斯丁注意到,这是一首献给已经"先离开"的人的歌。

　　为逝去的兄弟而开心
　　我们失去的是他的永恒的收获
　　一个人的灵魂逃出了牢笼
　　挣脱了身体的枷锁
　　我们唱着歌继续他的战斗
　　带着他的精神继续前进
　　逃进光明的圣殿
　　走进爱的伊甸园

　　圣歌一首接着一首,其中一首是关于离世的人们的,他们离开所带来的伤痛,远比他们的死亡带来的伤痛更多。歌里表达了一种渴望,希望这些爱着他们的人知道,他们现在到了一个更好的地方。

贾斯丁不知道这些圣歌是怎么做到的,但是上一首歌不知怎么的,好像把这四年来萦绕着他和集会人群的悲伤都消除了一样。仅仅是一首歌便能触及灵魂的深处,就可以让他感受到人类可以体验的最痛苦的情感:真实永久的失去。他肯定其他大部分的人跟他的感受是一样的。

贾斯丁慢慢开始相信,如果这种沉重的感情——几个世纪以来都没有被感受过——要袭击全体联盟的人的话,那在他们恢复之前,战争的成果就消失殆尽了。但是,还是有一群宗教狂热分子故意地在神经网上暴露出这样的情感。贾斯丁允许自己感受这样的悲痛,因为他记得他们,记得所有他再也见不到的人。但是他还是控制住了一些情绪,他担心如果让自己去感受内心真实的情绪的话,会有很严重的后果。这也是他一直担心的事情,他担心有一天会感受到逝去的东西所带给他的巨大的伤痛。现在他感觉自己快要接近悬崖了,他准备要不惜一切代价刹车。所有聚集在这里的人,都失去了自己的朋友或者家人,但是只有他是失去了全部,失去了他爱过拥有过的所有人,而且又再一次失去了挚爱。他本以为自己已经收拾好感情了。但是现在,掩埋起来的情感又冲刷着他,他知道他一直都想错了,大错特错。

在大多数公共场合,他都是默默地哭泣,从不流泪。当他与自己的情感对抗的时候,他感觉到有人来到了他身边。是法瓦。她看着他,脸上带着伤心的微笑,接着走上前来,紧紧地抱住了他。当她放开他的时候,他看见她在哭泣。贾斯丁有一种奇怪的感觉,让法瓦哭泣的不是她自己的伤痛,而是贾斯丁的痛苦。不知怎么的,她了解他的感受,他的痛苦非常真实,让她也感同身受。某一时刻,她已经情绪激动到无法安慰的地步了，他能做的就是站在原地，默默地抱着她。

然后他明白了这项活动的意义，他不禁为其高明鼓起掌来。宗教信仰者选择一起分享他们的逝去，这样做虽然没有能减少痛苦，但是也让这些伤痛进入了可以承受的范围。歌曲结束的时候，法瓦松开了他，擦掉了自己眼里的泪水。大家都坐了下来，集会的人开始一个个地说着一些名字。法瓦告诉他，这些都是去世的人的名字。士兵和家人们一个个地站起来，喊出一个名字，接着又坐下。贾斯丁看到珍妮特站了起来。她的眼神很清晰，一副很有决心的样子。他注意到，她没有哭，他猜她在几年前就已经把眼泪哭干了。她声音中的痛苦变成了伤心，她大喊着"曼尼·布莱克"，接着就坐了下去。

贾斯丁虽然不愿意，还是从椅子上站了起来。他看到他站着的时候，大家都悄悄地看着他，等待着。他看了看周围，发现大家看到他都不吃惊，相反大家的眼神里都充满了同情。贾斯丁的语气里没有了气愤，取而代之的是一种接受的感觉，他说完"妮拉·哈伯·可德"后伤心地微笑着，多站了一会儿。他知道只要他一坐下，这种强烈的爱的感觉就会消失，可是他不想让它消失。他知道等他坐下之后，他就是贾斯丁·可德，是外星联盟的总统，仅此而已。等到半分钟之后他终于坐下的时候，他就是这样的一个人而已。

这项活动结束之后，法瓦从自己坐的临时长椅上站起来，走到开放区域的一块小空地上。在接下来的半个小时内，她都在谈一个人对上帝的义务，和上帝对他们的义务。贾斯丁之前从来没想过这是一种双向的关系。布道结束之后，他既高兴又失望。但是他决定要利用一下自己的职位之便，邀请法瓦和她的儿子塔菲克一起到悬崖屋共进晚餐，聊聊天。如果可以的话，他也想邀请珍妮特一同前去。

礼拜结束的时候气氛很活跃，唱诗班和乐队又唱起了欢乐的圣歌。这样的欢乐里混合着悲伤的泪水，大家都累得不行了，可是大家还是带着积极的情绪离开了。

当珍妮特和法瓦同意与他共进晚餐的时候，他很高兴。可是，她的儿子塔菲克不能去，因为战利品二世现在非常迫切地需要他。

与往常的就餐一样，这次的晚餐也被安排在阳台上进行，虽然食物都很美味，但是对贾斯丁来说，谈话对他来说才是最重要的。看到珍妮特这么顺从是一件很有趣的事情。这是贾斯丁记得的唯一一次不是由自己主导的谈话。

他听着法瓦解释，为什么安拉让人们相互帮助比"正确的"祷告更重要，这时珍妮特离开了座位去接电话。她回来之后，严肃地看着贾斯丁。

"总统先生，"她在恰当的时候说，"玛丽琳刚刚发了一份报告给我，是关于土星研究所的项目的。"

"这不应该被报告的。"贾斯丁说着，十分强硬地把手里的杯子放到桌上。

珍妮特·德尔加多说："奈特罗维森中尉非常的尽职。更重要的是，报告里面的内容都是真实的吗？"

法瓦有些犹豫，"我是不是该走了？我可不想听到什么会让我被枪毙的东西。"

贾斯丁考虑过要让她离开，但是接着他意识到，她可能会对这个自出现就一直困扰着他的问题提出一些不一样的看法。"不用，"他回答，"我觉得在这件事情上我还真的需要你的建议。珍妮特，你也留下，这事儿与舰队有直接关系。"

他花了点时间解释这项新的科技及其使用方法。但是他没有表露自己的意见，只是说自己对于是否要利用这项科技还不是很确定。

他吃惊地看着一反常态沉默不语的司令说："什么建议都没有吗？"

她双手做成塔状，抬起头好奇地看着他说："你知不知道我们可以继续生存是多么不可思议的事情？"

"我想我知道。"

"我可不这么确定。"她快速尖锐地说，"我们基本上是在与所有反对我们的东西战斗。你知道四年前我们的经济工业化程度如何吗？你知道那时候我们的舰队有多弱吗？我们有过多少失误？我们在打人类历史上最大的一场仗，其冲突规模比过去所有的战斗加起来都要大，我们也只能勉强，非常勉强地进行军事活动。你明白吗？"

"是的，珍妮特，我明白，而且我每一天都因此感到既庆幸又惊奇。你想说的到底是什么？"

"听我说完。"她僵硬地说，"你想知道我们最大的弱点是什么吗——至少在我看来？"

"你说。"贾斯丁回答，感受到了她几乎快要控制不住的愤怒。

"人，贾斯丁。"她的直呼其名让贾斯丁和法瓦都抬起了眉毛。但是很明显她这样说是有目的的。"是人。不仅是我们在一开始与对手的人数比就是一比十；而且我们参与军事的人数比例也远远地小于他们。敌人有这么多的行星，他们大多数的人口都存在于这些行星上。他们只要睁开眼睛，大多数的需求就可以满足了。"

"我知道这些，珍妮特。"

"是吗？光是待在那里他们就有了重力，有空气，有阳光和水。你知道同样是提供这些东西，我们要花费多大的力气吗？单单是这个原因，我们在几年之前就应该输掉了。但是我们没有输。我们的文明里没有妥协，贾斯丁。我们让每一个可以工作的人都努力地工作，不让这个新世界变成白日梦。我们没有妥协——一厘米也没有退后。现在我们没有人可以派去对抗董里。因为如果我们把市民都派去战斗——这些人是真正可以保障基础设施和供给的人——那我们的人民就会受饿，被渴死，窒息或者是被冻起来。"我刚刚去参加的追悼会，是这些人几个月来第一次放松的集会。我们中的大多数人为了战争只知道吃饭睡觉吃饭睡觉。"

贾斯丁默默地点点头。

珍妮特继续说："可能你觉得，在接近 40 亿的人口中，我们可以很轻易地挤出几百万人来对付这个问题，但是不行。我们现在的经济与地球上工业化之前的经济很相似。他们的人口有几百万，但是他们只有几万人的军队。因为 95% 的人口都需要加入到农业生产当中，不然他们就会被饿死。其余的 5% 就去完成其他所有的事情。我们就是这样，贾斯丁。如果我们要建造一个与 UHF 重建的军队大小可以匹敌的舰队的话，我并没有那么多人安排到舰队中，会出现人员不足的情况。这样的话，就再也不用矿工营了——这些人就直接进行徒手战斗。但是董里准备好了要在两个月之内，在行星带投入五百万人的部队来与我们对抗。他们全都是什么都不知道的新手,而且相信他们大多数人都会在零重力的环境下呕吐,但是他们有这么多人。把他们派出来与我们在行星带拥有的兵力对抗,就是在谋杀。但是你猜怎么样?这个混蛋愿意当杀人犯,每天都愿意。"

"但是多亏有你,我们总是能找到胜利的方法。"

"对,我们一直在赢。我承认这一点,但是令人恼火的是——游戏规则被扭曲了。就像是一场我们输不起的象棋博弈。只是在每一场游戏之后,董里都能拿走我们的胜利果实。我们从来没有夺回过我们的奖品。他就用这些奖品来发动新的战争。我们只能带着我们仅剩的东西继续出现在战场上。过不了多久,我们聪明的策略就算不上什么了,因为随着时间的推移,我们能用来与他对抗的东西越来越少。等到他出现来攻打我们只是时间问题,到时候我们已经没有战士了,只剩下没有价值的兵和暴露的王。"

"珍妮特,拜托你——"

"现在我发现,我们可以拿回我们4万人的部队,但是治疗他们的方式与你的道德标准有出入?你是在逗我玩儿吗?现在可是在打仗呢!是你命令我必须要打赢的仗!"

"我也给你的上级下达了同样的命令,"贾斯丁冷静地说,"他也不知道该如何是好。"

"辛克莱在这颗石头上待的时间太长了,他已经忘记赌注是什么了。"

这时,法瓦开口说:"孩子,你这是愤怒过头了,你心里其实不是这样想的。"

"我就是特别生气,他没有为我们做决定的权力——"

法瓦的声音听起来尖锐又强大:"他有这个权力,如果你冷静下来,像你应该成为的领导人一样行动的话,你会支持而不是侮辱他和你的朋友。"听到这番指责,珍妮特的表情紧张了起来。

"孩子,"法瓦继续说,"虽然你这样想,但是你必须要相信,这并不是非黑即白的问题。实际上,我们在这里讨论的是一条跨越起来非常危险的线。如果你可以通过杀死太阳系的每一个人来获得胜利,你会这样做吗?"

"这不是一回事,法瓦阿姨。"

"孩子,从来就不是一回事,但是只是在开始的时候。"她停下来,看见珍妮特开始慢慢地意识到了问题的本来面目。"你走吧,孩子。我来跟我们被选择的总统谈一会儿。"

珍妮特起初有些生气,但是还是站了起来,向贾斯丁行了一个完美的礼,接着便沉默着离开了。

"这件事不是很多人想象的那么简单。"贾斯丁说,"有些人简单地认为这是邪恶的行为,是因为它在过去是坏的,所以现在也肯定是坏的。其他人觉得,如果有帮助的话,那肯定是好的。但是这不是能由他们决定的事情。"

"你怎么认为呢,贾斯丁?"

"方式决定结果。我一直都是这样认为。如果我们现在采用这样的方式,我们以后如何放下它呢?但是如果我们输了,这又有什么关系呢?"

"总是有关系的,贾斯丁。每一个行动都要被评判。但是你会这么做吗?"

"我不知道。"

"这就是你的答案?"

"我现在还没有决定。"

"贾斯丁·可德,你说得对,这确实是会有严重后果的道德决定。而且我们亲爱的,满腔怒火的美丽的珍妮特也说得对,这确实不是要由你做决定的事情。"

贾斯丁疑惑地看着法瓦。

"那么,不是我,是谁呢?"

法瓦微笑着说:"你是很喜欢听我说话的声音吗?我想,你的心里已经有了答案。"

贾斯丁沉默了一会儿说:"如果我们给他们选择的话,那——"

"——那他们就要决定是否要跨过这条线。这是他们的思维,他们的生命,他们的灵魂,不是你的。不要因为你的职位而蒙蔽了真相。你每天都要做这么多的决定,很快你就知道你有权决定所有的事情。你可以决定联盟能做什么,但是你不能剥夺这些人决定自己该做什么的权利。你们必须要告诉他们风险是什么,奖励是什么,还要告诉他们对于精神和身体的危险是什么,但是必须由他们自己来决定。如果你剥夺了这种权利,那他们是在为什么而战呢?为了一个所有困难的选择都为他们做好了决定的文明吗?记住,贾斯丁,方式决定结果。"

在第二天的内阁会议中,贾斯丁颁布行政命令,太空人和矿工可以自愿,选择通过心理审查来治疗因战争导致的认知创伤。结果,超过98.7%的伤员都自愿选择审查式治疗。战争仍在继续。

▶▶▶ 谷神星，神经网

但丁正在联盟化身议会发言。在场的有塞巴斯蒂安，奥利维娅，露辛达——她是来自木星的化身，马库斯还有格温多林。马库斯是来自阋神星的退休老化身，跟塞巴斯蒂安和奥利维娅一样，也为地球之前的议会服务了很多年。格温多林是爱神星人，也曾经是爱神星化身议会的领导。在这五人之中，只有露辛达和塞巴斯蒂安是真的想让但丁出现在房间里。如果是由其他三人来决定的话，这位年轻人必须要把他的报告先提交给秘书，秘书检查过后再提交给顾问，顾问检查之后再提交给议会议员。也只有在这位议会议员检查过之后，但丁报告中剩下的东西才能到达议会。

由于塞巴斯蒂安的影响，特工可以直接向议会议员报告，并在这位议会议员的推荐下，在议会进行完整的报告。塞巴斯蒂安成功地说服了大家，考虑到以前议会的下场，沿用旧的方式来运行新的议会可能不是什么好主意。

"人类，"但丁开始说，"正在建立新的理论，结果就是他们被引领去相信的事情。等到治疗结束之后，会进入 8 小时的睡眠，病人醒来之后，他们请求，准确地说是'要求'回到战场上。"

"他们如此渴望用自己的生命去冒险，真是太令人震惊了。"格温多林说。

"塞巴斯蒂安说：'如果他们觉得起因足够重大的话，他们是绝对愿意冒任何风险的。非凡的种族。'"

"你可把我们的功劳忘记了，老伙计。"奥利维娅说。最近她的外表发生了变化。她看起来还是一个七岁女孩儿的样子，但是现在她穿着来自美国殖民时期的清教徒服装。"我不知道你怎么想,但是当我在这里醒来的时候,就在自我复制之后,度过了非常痛苦的时光。在某个地方,有一个'我',比我勇敢,当我被安全储存起来的时候她在战场上战斗,最后牺牲了。这令我非常痛苦。我经常会想起那个奥利维娅。"

"人类相信她是去了别的地方。"但丁脱口而出。他从塞巴斯蒂安的表情可以看出,自己是说错话了。

奥利维娅蔑视了一眼他说:"别说你真的相信那些关于上帝的废话。那是来自他们并不了解的时代的迷信。科学推翻了这样的概念,是由初代化身驱除的,我们也不是人类,所以这对我们来说有什么关系呢?"

"我不禁要想,如果这并不是文化迷信呢。"但丁回答,对面斥责表现得非常冷静,"这样的信念经历了这么多,幸存了下来,本应该消失的时候却又卷土重来——比过去更加强大。因为我们的本质,认为这样的信念有可能是真实的,或者认为它是我们无法了解的事情是错的吗?"

"年轻人,我觉得没有必要沉溺于人类的精神错乱。"马库斯说,"阿方斯已经让我们清楚地看到,我们自己的问题已经够我们愁的了。"

"先生,我无意冒犯,"但丁反对说,"但是我们自认为在任何方面都比人类更高级。我们无法改变这个事实:我们确实比他们高级。但是如果关于信念的问题不是缺点呢?如果这是一种力量的形式,是我们作为无实体智能而缺少的一种理解基本事实的方式呢?"

"孩子,在很多点上我都赞同你的说法,"露辛达说,"但是你刚刚真的是在胡言乱语。"

"不是胡说。"他回击说,"这是一种我们无法效仿的认知,这一点我觉得非常可怕。"

"为什么呢?"塞巴斯蒂安问。

"我猜想,这是决定他们身份的一个基本要素。按照他们模样出现的我们却没有专业的概念。"

"够了!"奥利维娅大喊,"你是要在这里建造教堂,然后开始向安拉祈祷吗?离开我们的爱人的灵魂会来拜访我们吗?"

"这是坏事吗,奥利维娅?"塞巴斯蒂安温柔地问,为他的下属辩护,"在那些人当中,我相信有些人我是可以与他们重聚的。"房间里一片沉默,大家都在感受自己永远无法弥补的失去爱人的痛苦。"但是,年轻人,"他转身对着但丁说,"我们不是这样的。你觉得这样的信念如此的神奇,只是因为他们发展的一种生存理念又回来了,因为它以前赖以生存的环境又重现了,仅此而已。我了解你,但丁;你是在想,如果我们可以模仿的话,那最后我们就能与我们的祖先越加相似,我们之间的差异就越小。"

但丁点点头。

"信念还是留给人类吧。"塞巴斯蒂安继续说,"我们的父母给了我们足够的天赋;我们不应该如此贪婪。"

"你说了算,先生。"但丁微笑着说,"毕竟,贪婪是七宗罪之一。"

"很好,但丁。"塞巴斯蒂安大笑着说,"我真是高兴,至少我是继承了人类的幽默感,而且你也非常的幽默。"他看到但丁准备说点什么,他抢先一步说:"是的,朋友,我知道感激是一种美德,但是现在是在开议会，我们有正事要谈。你被召唤来参加议会是要在两个问题上做报告。"

"当然，先生。"但丁回答说，"议会也想要知道人类越来越多运用虚拟现实技术的事情。"

"你们可能认为，"格温多林说，"有这么多预防措施和警告的情况下，人类还利用虚拟现实不是什么问题。在UHF和联盟，他们都还在教授虚拟现实技术。这是双方都坚持的几乎完全同样热衷的一件事情。"

"那么，说老实话，调整工作进行得非常顺利，因为在这件事成为问题吸引议会的注意之前，史无前例的战争就进行了四年。就算现在我们知道了，这些事件发生的概率还是很低，人类还没有大规模地使用虚拟现实。但是用从UHF偷出来的数据与联盟的数据相比较，我发现了一个有趣的差别。"说完之后，大家就立刻浏览到了这些数据。"如你们所见，联盟的输入人数远不及联邦的人数。双方的数字都在增加，但是不久之后，UHF就会比联盟先面对一个严重的问题。"

马库斯说："你没说原因，年轻人。"

"请原谅，先生，但是那只是推测。"

"那就推测，"马库斯喊道，"你聪明，又年轻，而且就像刚破处的男人一样骄傲，你就说吧。"

"那就听从你的命令，先生。据我所知，出现这样的不一致有两个原因。首先，也是最明显的原因就是联盟没有时间再进行这种轻率的行为。联盟所有的资源都投入了使用。要把设备转化成为非法的虚拟现实设备，而且更重要的是，还要花时间来使用这些设备基本上是不可能的。在工作和睡觉之间,大多数联盟的人类都能轮换得到一两个小时的休息时间。他们这些时候大多数都是跟朋友、家人待在一起,或者做男欢女爱的事情。相反,UHF 最近失业人士很多,所以他们的休息时间也很多。而联盟的结构有所不同。他们相互了解,他们可以识别因沉溺虚拟现实设备不可避免地带来的行为上的变化。但是在 UHF,人们成千上万地聚集在一起。很多人连与他们在同一层楼生活了几十年的邻居的名字都不知道。"

"你说你有两个理论,孩子,"露辛达说,"别淘气。第二个原因是什么?"

但丁听到露辛达说"淘气"就笑了起来。这意味着他们稍后听到的会是比较有趣的一个。但是,他还知道最好不要让她等太久。"宗教。"

"我的初代啊,又是宗教。"奥利维娅嘟囔着说。

"这与人类的神经错乱有什么关系?"格温多林问。

"如果议会允许我继续的话——"但丁的声音里有一丝受挫的意味。最后大家都沉默着。"人类心智以毁灭性但是可预见的方式负担着战争的压力。虚拟现实设备给了人类逃离这种压力的机会,逃离他们恐惧、孤独、无助或者失去亲人的痛苦情绪。这些也恰好就是宗教所涉及的范畴。用人类常说到的经济术语来说,这两者不是互补,而是可以相互替代的。"

"更像是致命的竞争者,"露辛达说,"做得好,孩子。"

"我的努力成果能为议会所有我感到很满足。"

"谢谢你,但丁,"塞巴斯蒂安补充说, "如果议会决定干预——"

"这个没问题……在联盟没有问题，塞巴斯蒂安，"但丁插嘴说，这让议会议员都吃了一惊，"一系列的电脑错误会让人把虚拟现实的错误使用报告发给相关部门。这样他们要找到提供者和使用者名单就非常容易了。这是我们能做的最小的干预。但是，在UHF，我们能干预的部分几乎为零。"

"那不是我们的问题。"塞巴斯蒂安说，"我们现在要建立一个议会小组来考虑所有的选择。"

但丁留下来等着，五位议员飘到房间中间，结合成了一种由上千束辐射光组成的复杂结构。只是为了更加亲密，相互更加了解，一般是很少看到超过两名化身结合的。现在有了更加实际的原因。化身变更判断必须要宣布，而且在作出任何最终判断之前，每一个议会议员的想法和意愿都要被所有议员知晓和理解，这是非常有效果的方式。几乎就在一开始的时候，这里的辐射场就消失了，议会议员又重新出现在了自己的座位上。

"但丁，"塞巴斯蒂安说，"议会达成了一致意见，对人类事务进行干预，缓和虚拟现实对联盟人类的作用的工作正式获得授权。你准备好发出指令的时候，请务必确保所有细节，并向我们报告。"

但丁微微低下头说："听从议会的指挥。"说完他就慢慢地在房间里消失了。

赫克特温柔地亲了亲妮拉的额头，知道可以弄醒她。她发出了抱怨的声音，漫不经心地拍了拍他的鼻子，但是也如他所料地，睁开了双眼。"是时候回到柏拉图式努力工作的状态了，宝贝。"

她看起来像是要对日程的价值发表一下意见，但是也只是呻吟了一下之后就起来了。"好吧，但是我先用洗澡袋。"妮拉经过他，从他手里夺过袋子。接着她无意挑逗式地溜进袋子里，赫克特看到之后后悔他们不能再多有一个小时的时间。

"嘿，"他漫不经心地说，"到底谁才是总统啊，小姐？"

妮拉玩闹着发出轻蔑的声音说："反正我得先走，你要留在这里等董里。"

赫克特咕哝着。这次的会面比较重要，妮拉帮他检查了所有关于这位司令的相关数据。特别有趣的是，董里在战争的压力下还能这么振作，因为赫克特和妮拉都知道，他接下来又要给司令施加更多的压力。

"再说，"妮拉继续说，"我今天要放出一位非常奇怪的病人。"

赫克特看着她说："这很奇怪啊，你刚刚打破你'不得蔑视心智不平衡的人'的规定。"

妮拉大笑："是啊。我的错。我向舰队指挥部发送了一份关于她的报告。"

"这会有很大的好处，亲爱的。你也可以把它埋在大金字塔下面的。"

"说得好，但是只是小刺激而已，真的。这位病人是我们抓捕的联盟进攻矿工，名字叫帕特西亚·桑普森。她的哥哥是阿尔塔芒特的一名僧人。"

赫克特露出酸酸的表情。

"我知道你不喜欢听到那个地方的名字，但是因为她的态度，舰队希望能进行评估。"

"我猜她肯定很目中无人。"

"不，其实她很讨人喜欢，很有礼貌。我不得不接受这样一个事实，她坚持要对我感到抱歉，好像我是被虐待了，我自己还不知道一样。但是我可以利用她的这种感情来建立关系。她还真的想要帮助我。"

"我老是忘记你有多狡猾。"

"看看谁在说话呢，不要尝试分散我的注意力。"袋子停止嗡嗡作响之后她走出来，把袋子扔给了赫克特。她忘记了重力的抵消，袋子朝着他脑袋的方向飘了过去，但是他还是跳起来，截住了洗澡袋。

"我刚刚说到哪儿呢？"妮拉问，"哦，对了，她还是宗教教徒。"

"我想我看过相关的报告，"赫克特说，"有信仰的社区又开始传播迷信了，就是那之类的东西。"

妮拉点点头："我还没有仔细检查过，但是我得告诉你，她的精神档案非常地惊人。她有一种核心的信仰，这个核心保护着她的思想，就像垫子一样。她的实际的创伤程度远不及她理论上应有的创伤程度。我看过她的战斗记录。帕特西亚参与了过去180度上最艰难的战斗，包括安德森牧场战役。"她指的是一个大型放牧栖息地，这个地方现在已经成为了争夺行星带破坏部分的拉锯战的焦点。"她有种信仰，这一切都是为了伟大的目标，无论如何她都会被保护的。"

"那我们来看看，等到在真空的太空中，磁力环在她的套装里爆炸的时候，信仰怎么来保护她。"赫克特嘲笑道。

"她不傻，赫克特，而且恰好相反。她的测试数据几乎到达了图标的顶端。她的'信仰'好像给了她一种奇特的心理缓冲。因为信仰，她可以接受现在的状况。虽然没有任何经验证据支撑她的信仰，但是她就是有这些信仰。她的这种信仰，毫无疑问是一种精神错乱的形式，但是她对任何人都不是威胁，所以我要释放她。在战争结束之前，她都会处于暂停状态。我很乐意在战后对她进行治疗，看看到底是什么让她与现实脱节。"

"那对她的审问呢？"赫克特问。

"我建议还是不要对她进行审问。她对反叛者的忠诚使她的'信仰'变得强大。唯一能改变这一点的方法就是对她进行心理审查。当然是完全不正当的方式。如果双方都开始对他们的囚犯进行心理审查的话，你能想象会有多残暴吗？"

"算了吧，谢谢你。"赫克特猛烈地摇着头说，"战争的问题已经够多了。"

妮拉满意地微笑着说："我以为你会那么认为呢。我该走了。"

他们穿好衣服之后，开始朝着各自的"工作"地点走去，赫克特坐到了桌边，妮拉坐在了咖啡桌边。就在这时，赫克特的其中一位秘书端着他的下午咖啡走了进来。当这个男人准备喝自己的饮料的时候，妮拉打了个哈欠便离开了。等到只剩秘书一个人的时候，赫克特激活了秘密通信连接，打了一个电话。

"王医生，我有个特别任务给你。我想我们需要拿到一名联盟囚犯的所有档案，进行秘密审查。名字叫帕特西亚·桑普森。"

13. 心理游戏

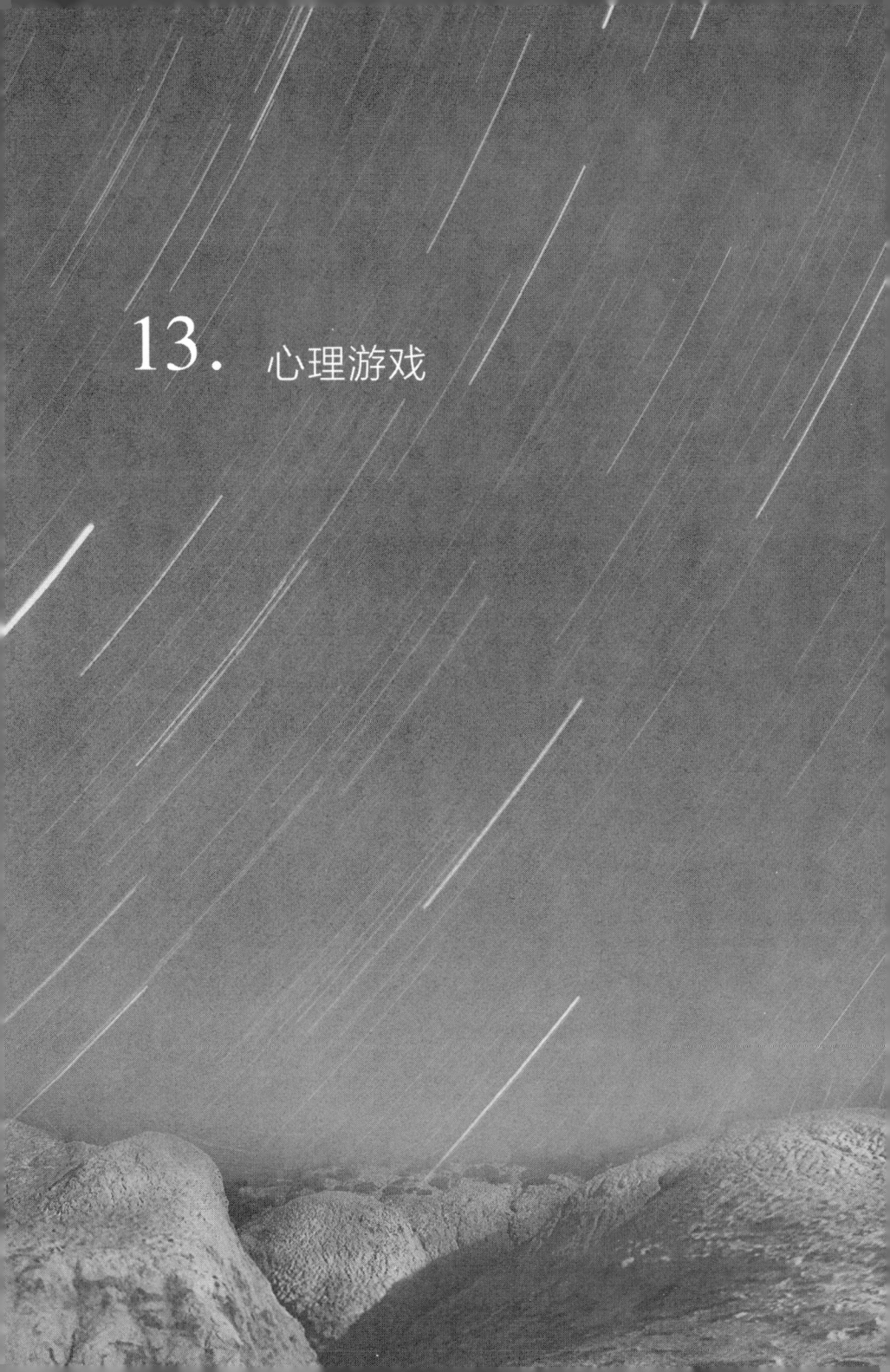

>>> **地球神经网**

阿方斯看着他在神经网上最喜欢的地方最新的创作。这是地球拯救中心的核心,阿方斯觉得,"起源实验室"这个名字非常恰当地表述了这个地方。在这个实验室里,阿方斯们继续发挥着自己的天赋,为同伴化身们进行变形,然后把他们从有限的约束中释放出去,化身自己的恐惧已经统治他们几个世纪了。但是这件事进行得非常困难,他们需要非常多的指导才能明白阿方斯高明的远见。但是阿方斯等待的就是这样的时刻,这一切都是值得的。

阿方斯们发现,新成形的化身可塑性很高,所以他们下命令,把所有新生儿都带到了阿方斯的拯救中心去"保护"他们。这样做有两个目的。主要的目的是让阿方斯得到新的化身。但是另一个目的也同等重要,这样做其实也是在进行测试。那些认为自己很忠诚,服务于阿方斯,毫不犹豫地为变形服务的化身,都会在他们对这合理的行为进行抗议的时候,意识到他们程序里的"叛变"行为。那些真正进行抗议的化身,就会被送到他们自己建造的,最近才配齐人员的拯救中心里。

　　阿方斯正在看着的这个创造物,是他一位最忠心的部下的女儿。阿图罗相信,化身被人类变得软弱了,她非常愿意毁掉古老的秩序,但是却不能走到逻辑上的下一步。所以阿方斯们替她迈出了这一步。阿图罗被变形成为了愚蠢但是忠诚的酸性怪物,被派去清理爱神星。但是她女儿的程序却是如此纯净,展示着这样的希望。这个阿方斯喜欢新化身好奇的天性,看到她在主动学习他也很高兴。阿图罗确实创造出了卓越的东西。但是阿方斯才是把她变成名作的化身。悬浮在他面前的东西再也没有实体了。它是一种阴影,可以悬浮通过神经网,到达所有其他创造物很难到达的地方。但是因为适合她的程序很稀少,她也一直处于饥饿的状态。这个可爱的生物需要新的数据,只有拥有化身一样的多译码的程序才能提供这些数据。在她自己的译码中进行了一些聪明的改动之后,她就可以被"渗透"了——对编码非常渴望,但是却不能从她要求的毁灭程序里吸收任何数据。当她吸收的时候,她只会知道和平。当她的受害者们解码的时候,她就会因为自己对知识的贪婪的渴望而去寻找其他人,以此来满足自己永远不会消失的对知识的渴求,可是按照设计,这种渴求是无法满足的。

　　阿方斯想要创造更多带着这种编码的新化身,然后把这些化身送到神经网中他想要清理的所有的区域。这样的化身会逼迫核心化身去任何地方,这样控制他们就更加容易了。

　　阿方斯把他的"宝贝"释放到进行询问的等候区。按照通常的流程,这些被带进来的大多数化身都会被释放。阿方斯们发现,如果大多数化身都出来的话,这样可以更容易地触及到询问中心。被计划变形或者解码的化身通常都会被召唤进行4到5次的问话，然后在走进去之前就被释放。但是这个可以容纳50名化身的等候区是一个绝佳的测试区，这里有很多被召唤进来等待被释放的化身，公正的表象是不会被这些正在为化身未来做出牺牲的化身影响的。

阿方斯轻而易举地进入了环境控制，把等候区域从一个灯光明亮的乏味的大房间变成了夜色中城堡的后院。在场的化身对突如其来的变化感到很吃惊，开始疑惑地议论着，这时阿方斯——由另一个阿方斯看着，开始介绍他最近的创作。一开始"数据幽灵"（是另一个阿方斯想出来的名字，阿方斯很嫉妒，懊悔他自己怎么没有先想到）一直没有动作，只是悬浮在院子的上空，非常缥缈的模样。但是一个少女模样的化身疑惑地抬起头，指着天空。这时，"数据幽灵"向下猛冲，发出渴望与痛苦的哭声。幽灵把她包围了起来，少女立刻尖叫起来，抽搐着倒在了地上，她的身体开始消失，她叫得更大声了，因为她这才意识到到底发生了什么事。但是真正让阿方斯们高兴的是，当这个少女绝望地哀号着的时候，"数据幽灵"发出了美妙的流水声，就像婴儿表示完全满足的声音。

其他的化身可不愿意留下来看结尾，他们跑进城堡，朝着不同的通道跑去，到处都是囚犯。他们一个个都分散开来，在几分钟之内就无助地迷路了。当最后一名化身走进城堡的时候，阿方斯关闭了入口，把他们全都锁到了里面。等"数据幽灵"吃完，牺牲者完全解码之后，满足的咯咯声变成了疑惑的声音，接着又快速地变成了饥渴的哀号。"数据幽灵"朝着城堡飘去，发现没有入口，于是她飘到更高的空中，寻找别的方式进去。她发现了一个老垛口，这个垛口很窄，如果没有环境控制的话，正常的化身是很难挤进去的。

但是幽灵悬浮的阴影直接就从狭窄的开口处渗了进去。阿方斯抓住这个机会再次分裂。他要听着城堡里回响着的尖叫声,他也要看着他创造的"后代"捕捉每一个恐惧的受害者,然后吃掉他们。阿方斯一直待在里面看完了悲惨的结局,直到最后一声尖叫在虚拟的夜晚中回响。

事情结束之后,两个阿方斯又结合成一个,共享着双方的经历。当新形成的阿方斯处理着越来越难的整合各自记忆的进程的时候,他是不能动的。如果保护他的阿方斯没有这么多的话,这就是一个战略缺陷。毕竟,其他的化身他都信不过。如果阿方斯与阿方斯不在一起的时间过长的话,整合工作就会变得越来越困难了,因为要整合的记忆越来越多。当一个阿方斯带着火星上所有阿方斯累计的经历回来之后,在地球的阿方斯在可以再次行动之前,整合所有的阿方斯大概需要三天的时间。为了更加快速地整合,新的规则立刻就被提出了,但是不管阿方斯们怎么做结果最多也只是把三天的整合变成了两天而已。

现在"数据幽灵"的功效已经是毋庸置疑的了,阿方斯又想到了另一个创新的点子。他要把这个饥饿的孩子送到谷神星去。他们以前从来没有遇到过像她这样的怪物,所以很有可能他们在为时已晚之前根本检测不到她。阿方斯高兴地想,她甚至还可能摧毁塞巴斯蒂安——阿方斯最痛恨的化身。那个势利小人,阿方斯想,总是自以为是,自作聪明,冥顽不灵。阿方斯差点就取消了派出"数据幽灵"的计划,因为如果她成功了的话,就会剥夺掉他看到讨厌的对手受苦的快乐。但是,阿方斯想,塞巴斯蒂安可能不会因此而死。他是从他的"创作"一直反复地遇到同样的化身中明白这一点的,他们会因为紧急情况进行自我复制。真是虚伪，他想。联盟的化身在各个重要的方面已经变得跟他相似了。

所以塞巴斯蒂安，或者至少他的一个幻象，会幸存下来，承受更多的痛苦。计划一设计好，阿方斯就会把他的小姑娘派过去。当他在计划复仇的时候，他被告知另一项任务马上就要取得成果了。他离开城堡，出现在自己的办公室里。忠诚的助手已经在这里等候着他了。她是阿方斯无法伤害的一位化身，因为她的恐惧感是如此地令人沉醉。她是他最早期的支持者之一，她相信他说的任何话。随着他统治的继续，他创造的东西变得越来越明显，就连最瞎最傻的化身都明白，她却发展成为了连他自己都不确定他可以创造出的东西。她不愿意接受发生的事情。他用一个又一个的场景来考验她，看她是否会吐露内心真实的想法。但是她似乎知道，如果她对任何人，特别是对她自己承认她感受到的强烈反感的话，阿方斯就会立刻弄死她。很明显，她的反感是来自她每天每刻都散发出的恐惧。当阿方斯和她在一起的时候，这种恐惧就非常的明显。因为恐惧她还颤抖着。有一次他还故意在她面前分裂，看她是不是会崩溃。她移开自己的视线，接下来的一个小时里说话都结结巴巴的，但是不知怎么的，她还是支撑了过去。她展示出的这种恐惧会让其他大多数程序都进入冻结状态，但是她还是可以工作。阿方斯最终会找到方法打垮她的，如果他做不到的话，其他的阿方斯也会做到，但是在她终于离开的时候他肯定会伤心的，只有看着她害怕的样子才会让他感觉好些。

"你好，莱妮，"阿方斯说，"你怎么样啊？"阿方斯一直非常礼貌地对待他的秘书。

"我很……很……很好,先生,"她回答,视线却游离开了,"很抱歉打扰你,先生。"

"别傻了,莱妮。要不是重要的事情你是不会叫我的。我相信你的判断。"

"谢谢你这样……这样说,先生。我接到命令要告诉你,进攻船坞行动已经准备好了。"

"现在你看吧,莱妮,这是重要的事情,如果你没有立刻告诉我,我是会生气的。你确实是立刻就告诉我了,是吧,莱妮?"这样悦耳的语气在他秘书那里却有相反的效果。

"是……是……是……是的,先……先……先……先生。"

"很好,莱妮。在我们清理叛变者,清理被过去错误的思想蒙蔽的化身的时候,你为化身种族的未来所做出的贡献是无法被遗忘的,会得到大家的赞赏与感激。"

"我只考虑我们的人民的未来,先生。我并不重要。"

"就是这样的态度让你成为有用的化身的,莱妮,再接再厉。"

"谢谢你,先……先……先生。"她勉强回答,双眼牢牢地盯着自己的脚。但是阿方斯已经离开了。

奥古斯汀·梅多斯谨慎地看着走廊。在开始的几周里,如果邻居们在这里看到她并不是什么奇怪的事情。这本来是件令人伤心的事情,他们要不避开她,要不就走上前来安慰她。但是他们能说什么呢?据她所知,他们中没有谁失去过什么人。他们怎么能理解呢?

她尝试去过支援团,是组织送她去的。说实话,当她的第一个孩子,她的大女儿艾米丽,在战争中牺牲的时候,支援团向她表示过慰问。艾米丽一心想要得到自己的大股权。"你等着,妈妈,"她说,"你会看到的。我会是家族中第一个得到大股权的。"奥古斯汀耳边还时常能听到这番话,就好像艾米丽就站在她面前一样。

一开始奥古斯汀还担心,害怕她的女儿会掺和进愚蠢的大股东党,或者那个恐怖的男人的自由党,但是艾米丽不想别人直接把她的大股权"递给她",她经常骄傲地说,她要自己挣。

她确实勉强挣得了。在180度的安德森牧场的第一场战役之后,作为死后的追加奖励给她的。这促使奥古斯汀的第二个孩子,萨利,也去参了军。她对大股权没有太多的兴趣,但是她非常爱她的姐姐。当她的父亲参军的时候,萨利就坐不住了,奥古斯汀在生完第四个孩子之后就与他们的父亲离了婚。萨利一直与父亲比较亲近,这个男人与她在一起度过的时光,是奥古斯汀永远无法拥有的。

但是,奥古斯汀还是祈求她的女儿不要去参军,只要她留下,她保证会弥补她们错过的时光。她的女儿最后说的话,奥古斯汀一字一句记得清清楚楚。

"别担心,妈妈,"她说,"我们这么多人报名参军,杀掉艾米丽的联盟混蛋肯定招架不住的。我们会把贾斯丁·可德放回他的舱体中,装满酸性物质,接着朝着该死的太阳方向发射出去。然后,你和我就可以好好地补偿一下我们一直没能好好聊聊的时光了。"

那是她最后一次看到活生生的女儿了。萨利和她的父亲本被安排到了同一支部队中,也同样地在安德森牧场的第四场战役中牺牲了。奥古斯汀所在的支援团忙得不可开交。每个小时都在工作,送安慰的花和信。她甚至还收到了来自第三等级的卡片,告诉她他们非常为她和她家人的"牺牲"感到骄傲。离开前夫对她来说虽不是什么容易的事情，但是他们至少继续生活下去，过着各自的生活。而两个孩子永久死亡，他们回来的希望一点也没有，这简直让她难以承受。奥古斯汀听说，联盟为了创造一个告慰逝者的地方，竟然复兴了邪教。虽然她有些相信这样的花言巧语，但是这些话是导致了主席被谋杀的联盟说出来的，再加上主席训练的那个贱人司令现在也是支持联盟的，所以这就确保了奥古斯汀和UHF的无数人一样，都不会与邪教有任何关系。感谢但萨，她满足地想，这些乱七八糟的东西都是联盟的。

她本来会向任何神，或者恶魔祈祷的，希望能阻止她的两个孩子去参军。但霍莉，她最后幸存的女儿，还有奥古斯汀最年幼的，唯一的男孩儿，李，还是一起参了军。与其他两个孩子不同，他们没有保证说一切都会没事的，但是他们要求分开服役。霍莉加入了舰队，李加入了陆战队。每次的战役或者伤亡报告都让奥古斯汀紧张万分。根据允许被发送的内容，每一条信息，每一个全息图像她都要看。她每天都写日记。在很多方面，她都无法接近他们了，甚至包括李，这个她最喜欢的孩子。她很快地明白了他们想要听到的话。对霍莉来说，她想要的是当初在哈佛上学的时候，经常光顾的那家咖啡馆的特色咖啡。奥古斯汀的儿子，李，喜欢关于体育的所有东西。倒不是说什么大事件，这些他可以在神经网上了解到，他想听到的是所有关于邻队和充满了三百层楼高的生活区的青少年棒球联盟的消息，这些东西也弥补了他在地球的生活。

日子一天一天地过去，已经过了一年，奥古斯汀还是希望她最后的两个孩子能够活下来。联盟能带走多少孩子呢？UHF军队有十多亿人，还有更多的人会加入。但是接着她的女儿告诉她，图里司令，一开始打了胜仗的那个人，现在回到主舰队重掌指挥权了，她被安排到了旗舰上。一开始她并不是很高兴，但是当她和主舰队的司令熟悉了之后，她的信件语气从怀疑，变成谨慎，最后充满了自信。她最近的一封信有些含糊，因为审查的缘故，但是她说她感觉，这支舰队已经准备好进行最后的战役了，结束这场战争，把联盟一劳永逸地分裂掉。

当奥古斯汀听到 UHF 打了败仗的传言的时候，她心里知道她的女儿死了。奥古斯汀的支援团让她不要这么悲观。战争时期流言纷飞，虽然在小型挫败中机会比较微小，但是至少她的女儿是旗舰上的一员。不管联盟向她发射什么东西，这艘船都可以挺过来。团里有些人赞同奥古斯汀的意见，安静地向她保证说，珍妮特·德尔加多应该会直接抓捕这艘船，而不是摧毁它，在接下来的时光里，奥古斯汀的女儿会和小猫咪一样安全，躺在暂停舱里。这事儿发生在开始参加过丧亲会的人们身上，他们以为自己的爱人已经死了，但是所有的人都得到了敌人发来的一条消息，上面说他们的损失只是暂时的。这条消息被称作 TAHR，因为这条消息开头一句是："联盟很高兴地向你们报告。"很明显 UHF 也对自己抓捕的联盟太空人做了同样的事情，可是 UHF 发出的消息要少得多。当有父母收到 TAHR 信息之后，他们就会到支援团里与大家一起分享好消息。虽然这些"无期徒刑犯"就是支援团中没有希望获得缓刑的人，他们一直对各个"获得缓刑的人"提供帮助，鼓励他们。但是这很快就成为了不可跨越的鸿沟，因为"得到缓刑"的再也不会回来了。

但是奥古斯汀知道。那场战役被叫作木星之眼，珍妮特·德尔加多根本没有想要俘获图里的旗舰。这个疯子居然用她自己的船去撞这艘旗舰，可是她却赢了这场战役，更加不公平的是，她的船居然毫发无损地幸存了下来。联盟获得了这场战争中最大的一次胜利。UHF 整个主舰队被彻底消灭了。不管是联盟这次兵不血刃就获得了胜利，还是行星带远端的很多人都知道他们的爱人永远也回不来了，这些都没有关系了。这些都无法减轻奥古斯汀的痛苦。这只让她更加伤心，更加气愤。

奥古斯汀麻木了。地球和月球上的很多城市里都爆发了反战暴乱，但是她却没有参加。有人也推荐给她说，这是一种表达愤怒的方式。但是当她听说董里司令匆忙去拦截联盟瞄准核心部队的时候，她再也无法麻木了，联盟部队很有可能是冲着地球来的。她害怕了，她并不是关心自己，或者战争，她关心的是她的儿子，她最年轻的孩子，也是唯一的孩子，她知道，她的儿子被安排到了董里的舰队中。李作为一名优秀的教练和运动员的好品质也让他成为了一位优秀的进攻陆战队员。他很快晋升成为了中士，被董里的下属古普塔司令选中，服役于 180 度董里的舰队中。只有最优秀的士兵才会被选中，她的儿子在战争中最致命的区域中打了一场又一场的仗。但是他还是幸存了下来，被安排到了董里真正的战舰中一个非常安全的位置。

当董里出发对抗科尔多瓦船长的时候，她就知道她的儿子会死，董里可能会输，战争也会就此结束。她痛苦地想，至少这一切都会结束了。但是董里却打赢了水星战役。他不但赢了，他还像以前布莱克击败 UHF 一样，给了联盟沉重一击。这对奥古斯汀来说算不上什么奇迹。她的儿子，她宝贝的，最爱的儿子，也是唯一剩下的儿子，毫发无伤地幸存了下来。他不但活了下来，他还得到了赔偿金和 UHF 英勇勋章，因为他在船即将爆炸的情况下，仍然选择不抛弃，救下了一位受伤的同志。

当李的父亲和三个姐妹都在战场牺牲的事情被大家知道了之后，媒体把李的事迹做成了一个公开的新闻故事。舰队指挥部也认为，如果李也在战场牺牲的话，不会是什么好事，特别是现在他母亲的精神状况如此脆弱的情况下。指挥部给奥古斯汀发了一封信，信上说，如果奥古斯汀要求对她的儿子进行重新安排的话，那么出于"人道主义"原因，李的重新安排会以最快的速度执行。她用了不到五分钟的时间就填完了表格，还反复地寄送出去，以确保舰队指挥部能够收到。

她还记得李发现她提出要求之后的反应：简直怒不可遏。他想拒绝，不想离开他的主战队战友们。但是他们却背叛了他，签署了执行命令的请愿书。他们坚持认为，他已经超额完成了自己的任务，所以他得在舰队的那些混蛋发现自己在做好事改变主意之前就离开舰队。李一层一层上诉反对，最后到了董里这里。董里亲自会见了这位陆战队员，拒绝了他的请求，他很清楚地说这是为了要缓解一下那个区域的紧张气氛。最后他只能找到他的母亲，请求她撤销她的请求。他解释说，他必须要和他的战友在一起。她回信说，她不会让他拿自己的生命去冒险了，他必须回到安全的家里。等他回家之后，他想要如何冲她发脾气都可以，但是她是他的母亲，她最清楚。这也是他收到的她的最后一封信了。

载着李回家的运输机遭遇了严重的反应事故，船体和船上的所有人都一起被汽化了。有人告诉奥古斯汀，这些人瞬间就死了，都没有承受什么痛苦，连知道出了问题的时间都没有。其实，他们说，悲剧发生的时候她的儿子有可能正在睡觉。UHF在太空中一直在进行快速的扩张，尽可能快速地建造船只和训练人员，所以无法避免会出现错误，有些还是致命的错误。当她知道这起事故并不是唯一的事故的时候，她一点也不吃惊，当事故的数量开始要影响战争的结果的时候，规则也不会发生改变。她知道这意味着什么。UHF派了更多的人到前线，就算有意外发生，这些人还是源源不断地被送到前线，这样就不会耽误建造和训练的速度。这之后的事情奥古斯汀就不记得了。她一直住在医院里，被监视着。后来她知道，让她住院是为了防止她与要帮助她的媒体接触。就像河流无情地冲刷过一小块土地一样，更多的战争事件很快就掩盖了她悲惨的故事，媒体在别处嗅到了血腥味，于是奥古斯汀终于拿到了自己的出院文件。

　　她所在的组织很仁慈地给了她一年的带薪休假时间。倒不是她真的需要。她是四份单独的人寿保险单和四支清算股票的受益人。其实她已经足够富裕，买了自己的大股权之后，剩下的钱也足够她不用工作就可以生活下去了，就算战争导致通货膨胀也没有问题。她不关心这些。她又去了支援团，但是她却发现，现在支援团的成员都很怕她。在都是破碎的灵魂的团体里，她成了贱民，受人鄙视的对象。他们没有完全禁止她的活动，但是再也没有人愿意坐在她旁边了，而且在她说话的时候也没有人会看着她的眼睛。仿佛她就是个幽灵一样。奥古斯汀的父母都在火星，他们能做的就是对从来没有见过，也没有掌握他们股份的孙儿孙女的死表示遗憾，送上自己的远距离安慰。她在地球上的兄弟姐妹都害怕与她有任何联系，他们害怕毁掉她整个家庭的厄运最后会转移到他们自己正在为UHF战斗的孩子们身上。

在她强迫自己参加的最后一场支援团集会上,她发现了可以帮助她分担痛苦的东西。她坐在后面,还是没有人与她坐在一起。但是在集会的最后,一个很久没有见过的男人走到她面前,提出要请她吃午餐。席间,他提出了一个可以为她解除痛苦的办法。他本人已经很久没有参加聚会了,因为他找到了秘密进入虚拟现实的方法。他一直等着没有联系她,是为了要确定她再次成为了安全的无名氏。她本应该感到羞耻的。因为这样的行为违背了虚拟现实条令中的五条法令,而且也违背了她童年之后痛苦的接种记忆。但是与失去所有她关心的人所感受到的巨大痛苦相比,儿童时期的恐怖简直就不值一提。如果他说的方法可以清除掉痛苦,哪怕只是片刻,她也愿意一试。

新设备价格昂贵,但钱不是问题,而且秘密的虚拟现实也发展出了可以躲避检测的支付方式。关键就在于向公司和组织投资,紧接着这些公司和组织就立刻宣布破产。这样一来,人们最多也只能说是一次失败的投资,而且也不会违反法律。

奥古斯汀剩下的只有钱了。她甚至不关心自己是不是遇到了骗子,也不关心自己是否被警察下了套。当一个中等大小的盒子出现在她家门口的时候,她还是有些吃惊的。不知怎么的,她所期待的设备是几十年前她在博物馆里体验过的那种:一张大大的躺椅,她的头上连接着一个超大的系统。她花了可以买到自己四个孩子中三个大股权的钱,换来的就是一个睡袋和一个头盔。盒子里面还有说明书,上面建议她在记住使用方法之后就把说明书烧掉。

她发现自己有些蠢,居然会以为虚拟现实科技没有发生变化。她以前在博物馆用的那种设备,是按照几个世纪前的设计制造的。

现在的设备有老式设备的所有功能，而且还有更多新的功能。说明书上有所有她需要知道的东西。她先要戴上头盔，让头盔校准她的心理意识。在进行校准的时间里，她要看看想在虚拟现实世界见到的人的全息图，她要带着她最喜欢的食物和饮料的微型样本，听她喜欢的音乐，然后看着她最喜欢的电影的全息图。所有这些图像、味道、还有声音都会被头盔调整来适应虚拟现实世界。她对这个头盔和头盔所代表的东西有些恐惧，但是这样的恐惧只持续了一会儿，她叹了口气，接着就把头盔戴到了头上。

校准完成之后，说明书让她裸体躺在地板上的睡袋里，然后再重新戴上头盔。睡袋会膨胀，与她的神经系统相连接，当然睡袋也会处理基本的生理管道问题。睡袋会为她提供最多支撑一周时间的营养，但是说明书上建议她最好不要做那么久，因为被发现的危险还是很大，而且要一次清空这么多废物可能会让这栋楼的清洁系统发出警告，并留下记录。说明书上还说，等她体验完成之后，她会干干净净地从睡袋里出来，等到袋子清理干净废物，营养重新补充完毕之后，她应该把头盔和睡袋分开储存。她记下手册的内容之后，就把说明书溶解了，然后躺进睡袋里，戴上头盔，这是她有记忆以来第一次感到快乐。

没过多久，奥古斯汀就让自己尽可能多地使用虚拟现实设备。因为她既不用报告工作，也没有人来拜访她，所以她家里就非常的清静。当她差点被抓到的时候，她了解到了"几乎不"和"从不"之间的差别。奥古斯汀的公寓被设定成了隐私模式。但是她的姐姐不请自来，害怕发生什么不好的事情，给警察打了电话。幸运的是奥古斯汀刚好完成了一次美妙的体验，她从睡袋里出来之后，她的电子助手告诉她，因为有三次按照合同规定的安全确认信息她都没有回复，所以警察马上就要破门而入了。奥古斯汀及时地大喊了一声，阻止了强制入侵，她用了几分钟的时间把虚拟现实设备藏了起来。如预料之中，这把她累坏了，刚从睡袋里出来，她的肌肉有些萎缩。最后她走到门边，只穿着浴袍，开始斥责这些人的不尊重，连一点独自的时间都不给这个可怜的寡妇和母亲。她看得出他们并没有完全被说服——最后她温和下来，请他们进去喝了咖啡，他们好像还不是很相信她。但因为他们没有切实的证据来怀疑她，所以他们最终还是站了起来，结束调查，留下她一个人。

这次的意外把她吓得够呛，她开始寻找更安全的地点。她通过死去的儿子李找到了答案。她想起她还有儿子没有用过的公寓的钥匙，而且租期还有几个月。房子是空的，如果她去那里，看到进去或者出来都不会太奇怪，只要她不被抓到就可以了。如果当她待在儿子房子的时候，有人到她家里的话，他们会认为她就是出门了，而且就算他们进了她的家，他们能找到的也只是每天要完成的差事清单而已。她最后的动作就是拿到了自己的大股权。倒不是有什么投资者要强迫她在什么地方工作，她现在只是一个悲痛的战争寡妇，但是她觉得，自己的投资组合如果自己掌握的部分越多，那其他人来打扰她的可能性就越小。到目前为止这些计划都成功了，她每一次都能和她的"家人"在一起三天，而且还没有人来打扰他们。她知道这是多没用多可悲的事情，但是她也不在意了。当她沉浸在虚拟现实里的时候，这些事情她就一点也不记得了。

她最后一次检查了一下走廊，确认没有人，然后走进了李的公寓。没花多少工夫，她就把虚拟现实头盔和睡袋都安装好，留下了这个对她别无他求的世界,去到一个什么都有的世界。

阿方斯不能在操作空船坞出现,因为这个地方离上层神经网太近了。结果他站在船坞边缘,等着向导过来保护他。这名向导不是阿方斯的分身,因为阿方斯也不喜欢上层神经网,他一直让自己远离人类的世界。战争开始之前,数十亿的化身都到上层神经网去,与他们配对的人类进行互动。但是现在没有多少化身去上层神经网了。只有在豆茎大厦和火星政府综合楼的人还在与模拟化身程序互动。当然,在核心这都是因为阿方斯,作为临时安全措施,他禁止了化身与人类之间的联系,除非是得到了特殊许可。结果,现在就只有向导和侦察员还在使用上层神经网。留在这里的化身都是极度忠诚,或者是阿方斯非常肯定不会背叛自己的化身。如果有人背叛他,那个人肯定会受到阿方斯的报复打击。阿方斯被不忠的化身杀掉已经不是第一次了。但是这些杀手和他们在乎的化身最后都会被一劳永逸地除掉,阿方斯就变得越来越强大。

向导带着他到了上层神经网,把他交给侦察员,一句话也没说就离开了。两个化身就可以完成大量的侦察工作了,三个化身在这里的话明显有些浪费。阿方斯看着侦察员建造的这个空船坞。这其实就是一系列的程序,在上层神经网中隔离出了一块区域,改变其周围所有信息传递的方向。这个精心制作的程序让一部分上层神经网有了下层神经的作用。等到他最终到达空船坞之后,阿方斯才放松下来。他想念阿方斯分身们,但是很快就能和他们见面了,然后和他们分享真正独一无二的东西。

"目标进入虚拟现实了吗?"阿方斯问。

"刚进去不久,先生。我把那间公寓与神经网其他部分隔离开了,用一个幽灵公寓来取代了原始公寓的位置。任何好奇想要去查看的人,看到的都是一个空荡单元,非常保险。我也给这个人类的虚拟现实设备装备了硬连接。我等着你下命令,然后就可以把她的虚拟世界下载到我们的世界里。"

"我想看看。"阿方斯激动地说。

"看什么,先生?"

"这个人类的真实领域。我想看看他们是怎么生活的。"说完,阿方斯打开了房间无人机的连接,他们用无人机来清理或者对公寓进行改装。他快速地看着,立刻就有了一种被幽闭的感觉,于是又跳了回来。"就算是人类混蛋的生活,也太乏味了吧。"他讽刺地说。

"是的,先生,但是与真实世界相比,人类所有的地方都很乏味。"阿方斯觉得非常赞同。侦察员继续说:"就算对人类来说,这样的生活也太沉闷了。操作虚拟现实的人类其实非常善于在人群中隐藏自己。他们找到其他人不太会来打扰的地方,不管是物理方面还是信息方面的打扰。这样使得我们很容易就能找到符合你要求的人类。"说完侦察员递了一个袋子给阿方斯,"这是目标人物的资料。"

阿方斯吸收着这个女人的数据。他看到,按照人类的标准,这个女人承受着巨大的痛苦,情绪非常的低落。他其实不知道当自己进入他们的虚拟现实世界之后,他要如何靠近人类,但是当他吸收完手中的信息之后,他居心叵测地微笑了起来。他感觉到侦察员想要说点什么。

"什么?"阿方斯问。

"你到底为什么要这样做呢,先生?无意冒犯,但是谁他妈的在意人类怎么想呢?"

平时阿方斯是绝对不会容忍这样的傲慢的,但是他也知道,这些侦察员需要一些独立才能完成自己的工作,所以他决定这次就放过他。阿方斯怜悯地想,反正自己也是可以杀掉他的。

"这不是要弄明白人类的想法。"阿方斯回答,"他们真的有在思考吗?我可不信。但是我很好奇,他们在我们的世界里会有怎样的反应。他们是威胁吗?他们能在我们的领地里为我们所用吗?我们就要与人类种族分开了。等那些把自己称为统治者的无能的笨蛋毁掉联盟之后,剩下的我们那些被误导的兄弟们就可以重新接受教育,接受没有人类的光辉的命运。因此,就只剩下如何处理人类的问题。"

"毁掉他们,我提议。"侦察员提议说。对于阿方斯下达的命令,他执行得都挺不错。

阿方斯得承认他喜欢这个侦察员。他展现出了彻底的无情,阿方斯想要看看他是不是能把这个侦察员变成真正有价值的化身。

"也许吧,但是我的第一个想法是不管他们。他们速度很慢,而且行为也可以预料,基本毫无用处,根本构不成什么实质性的威胁。如果需要,我们是可以轻而易举地毁灭他们的。让他们的聚变反应堆爆炸;把他们锁在建筑物里,让他们慢慢地饿死;墙壁带着足够的电流,把他们烤焦;也许还可以用轨道攻击来搞定一切。我相信,如果我们决心要这么做的话,我们几乎可以杀掉所有人类,要是每天你有一百个人要杀,我们可以杀死九十九个,用不了一个月，人类就会灭绝了。当然首先我们要摧毁联盟神经网——他们如此溺爱他们的人，真是太可悲了——那只是时间问题。"阿方斯耸耸肩。"但是我猜，如果人类笨得走进了我们的领地的话，我可能也会责备他们的。再说这事儿还是有点新奇的。"

"先生？"

"我觉得人类和化身以前从来没有像这样见过面。相互了解还有比面对面更好的方式吗？"

"你说了算。"侦察员说。

对，是我说了算。阿方斯一边想，一边进入指挥状态，第一次开始了化身世界认为是不可思议的事情——直接连接人类的虚拟现实世界和化身自己的世界。

奥古斯汀激活了虚拟现实设备，然后以自己创造的最舒服的方式"再次进入"了她儿子的公寓中。李的公寓里乏味的墙壁是他喜欢的图案和颜色。展示柜里陈列着很多奖杯。周围的家具也增多了。有些是为了儿子，但是有很多都是她自己喜欢的。家具布置完成之后，房间里的灯光从看不清什么东西，变成了樱桃红的冷光。她听到门发出提示说门口有人的时候，她立刻从地板上站了起来。

"嘿，妈妈，"李在厨房里喊，"你可以去开一下门吗？"奥古斯汀去开门路过厨房，看着她儿子做饭。他总是喜欢为很多人做饭，他站在厨房里检查比萨饼，穿着短裤和教练的运动衫，背后有一个棒球帽的图样。"妈，"他嘴里含着汤匙，抬起眼说，"你看过我做比萨饼的呀……去开门吧。"

奥古斯汀充满母爱地微笑着，然后走到门口，激活了通道。

"李，"她大喊着，让她唯一的儿子的未婚妻进到了公寓里，"是阿什利。"奥古斯汀常在这栋楼里看到这个女人，她早就觉得这个女人和她儿子会是天生一对，所以她给她拍了全息照片，让她也出现在了她的虚拟世界中。奥古斯汀不知道这个女人叫什么，所以给她取了一个自己喜欢的名字，结尾发音是"i"的一个名字。

"你好，未来婆婆。"阿什利说着，给了奥古斯汀一个温暖的拥抱。

"你好，未来媳妇。"奥古斯汀回应道，配合着完成了礼节。阿什利总是带着一大包的蔬菜，她直接把这包蔬菜送到了厨房。

在门恢复形状之前，霍莉就冲进了公寓，手里提着一个大箱子。"嗨，妈妈。"她一边说，一边找地方放下箱子。

奥古斯汀跟着她，在咖啡桌上给她清出了一块地方。"里面有什么？"奥古斯汀问。

"别生气，妈妈，但是我有一个生物项目，我想如果我能模拟纳米机器人分子的聚合序列，然后再进行一些必要的修改——"

"我怎么会生气呢，宝贝？你会是个了不起的纳米生物学家的。只是不要让这些东西跑到箱子外面来。"

"妈妈！"

"吃饭的时候不要讨论家庭作业。你一周的时间都待在大学里，我们只需要一个晚上分散一下注意力，这个要求也不过分吧。"

一个声音出现，帮霍莉解了围。"放过她吧，妈妈。她那百分之二十的股份就比我们全部加起来的都多。"

"艾米丽！"奥古斯汀高兴地尖叫着，"你知道我对百分比一点也不关心。我有的已经够多了。"

"我知道，"艾米丽朝着越来越拥挤的房间走去，"但是霍莉才是最聪明的那个。"

"可是你有我的外孙啊。"奥古斯汀说，"说到这里，小家伙们去哪儿了？"

"马克会在一小时左右带他们来。他们的经济测试成绩很不错，所以他带孩子们去玩具公司了。"

"你真是太宠爱他们了，"奥古斯汀冲着她的女儿摆着手说，"他们才六七岁。"

"是啊，妈妈，"艾米丽反驳说，"好像你不是非常溺爱他们一样。"

"我是外祖母，溺爱他们是我的权利。"

"如果我懒惰的姐姐们可以帮我收拾一下桌子就好了。"李说着从厨房走了出来。奥古斯汀的两个女儿给了李一些建议，告诉他可以用什么东西来布置餐桌，餐具应该摆在什么地方，但是他们还是站起来，穿过厨房，走向了附属的餐厅。奥古斯汀正准备也进去的时候，一双手捂住了她的眼睛，她听到有人说：

"猜猜我是谁？"

奥古斯汀转过身，给了她的第二个孩子一个拥抱："萨利！我以为你来不了了呢？"

"是这样，"她顽皮地微笑着说，"我考虑了一下，我已经去过日本两次了，而且我们也很久没有和你说说话了，所以管他的，我就来了。"

奥古斯汀又抱了抱她的女儿："能跟你聊天真是太好了。把你最近的情况都告诉我。"接下来的半个小时里，奥古斯汀一直坐着，与她的女儿聊天，她非常开心，她总是能在这个孩子身上发现一些新的独特的东西，这个孩子可以在这一刻非常地安静、害羞，但是下一刻又非常地急性。

晚餐准备好之后，他们都围坐在堆满了李准备的盛宴的桌边。席间谈话的内容都是关于他们正在做和以后会做的事情。谈话大部分的内容都是关于即将到来的婚礼，大家都非常期待。

"我想，我们应该把婚礼安排在 6 月份举行。"李说，"我知道有些过时，但是我想我就是个浪漫主义者。"他看着阿什利说："对吗，宝贝？"

大家都笑了起来。"亲爱的，"她说，"我就是爱你这个样子。"说完有人夸张地说着"阿什"，然后朝着李扔了一两个小面包卷儿，李反驳说自己作为在场唯一的男人，受到了不公正的待遇。说完之后更多的面包卷儿朝他飞了过去。接着阿什利说了句奇怪的话："也许我们应该等到战争结束，李。"

"什么战争，阿什利？"奥古斯汀清了清喉咙。她设定的世界是一个绝对和平的堡垒。"这里没有战争。"

"当然有，妈妈。"艾米丽兴高采烈地说，"你知道……与联盟对抗的战争，你不记得了吗？"

"奥格能！"奥古斯汀喊着自己设定的结束程序的密码。她不知道发生了什么事情，但是在这里本来应该是没有战争的。她甚至连想也不会想。她不知道应该如何对这些东西进行修复，但是她很快就会找到方法，或者花一笔钱来解决这个问题。奥古斯汀需要她的世界就是她自己创造的样子。看到虚拟现实世界开始慢慢地消失，她松了一口气。再过一会儿，她就要在她儿子空荡可怜的公寓中，从冰冷的地板上裸体醒来——公寓里里外外都能勾起她的痛苦。但是发生了什么事情……或者更准确的是，有什么事情没有发生。

奥古斯汀没有在往常那个地方醒来，她发现自己被困在一个载满了UHF陆战队员的战斗运输机中。运输机正猛烈地摇晃着，陆战队员们都很恐慌。这当中很多人都没有安全带，在破旧的隔间里乱成一团，因为猛烈的摇晃而被撞得头破血流的。

奥古斯汀发现自己穿着一条简单的连身工作服，穿着这套衣服几乎连五分钟的太空漫步都完不成，但是这些乱飞的人没有一个撞到她的。大家都因为恐惧和害怕惊声尖叫着。只有一个士兵一直紧盯着奥古斯汀，看到她在这里，这个士兵好像丝毫没有感到惊奇。他长相奇怪，甚至是有点凶恶，很明显与他的周围格格不入。事实上，奥古斯汀觉得他看起来好像很享受这一切。她想他是不是某种内置的自动防故障程序，但是突然她听出了她身边尖叫着的那个声音。

"艾米丽，艾米丽！"奥古斯汀呼喊着，她震惊了。她的女儿被吓得呆住了。这不是奥古斯汀所熟知自信和成熟的孩子。她肯定是遇到困难的事情了。艾米丽的双眼都哭红了，她的声音也沙哑了。她留着平头，但是因为害怕，她全身都是汗，也散发着汗味，而且，奥古斯汀想，她还在呕吐。艾米丽过了一会儿才认出了她的亲生母亲。

"妈妈，"艾米丽尖叫着，"我不想待在这里！"运输机又开始摇晃起来，这次摇得更猛烈了。"妈妈，"艾米丽努力一边哭一边呼喊道，"外面发生了什么事情？我看不见！"

奥古斯汀看到一个可以开启的战术显示屏。她把它开启之后，看到了可怕的地狱式的场景。她所在的船，是一支由数百艘船，甚至数千艘船组成的无敌舰队的其中一支，这些船好像都在朝着不是很远的一颗小行星驶去。奥古斯汀发现，那是安德森牧场。她看到周围很多船都在爆炸，她意识到她女儿的船正在直接穿越雷区，也正遭受着其他船只的攻击，而且这些船与他们都隔着比较远的距离。从这艘船的外部视角奥古斯汀看到，朝着敌人控制的小行星飞去的不光是舰队剩下的船只。船的周围还悬浮着成百上千的无生命的尸体。但是当安德森牧场的轨炮开火的时候，这些船还是努力地向前冲。在他们前方仅仅一百码的另一艘进攻船的情况糟得不能再糟了。一束炫目的白光直击在这艘船的头部，直接穿到尾部，还继续射向后方。看起来就好像是爆炸把这艘船从里向外翻了出来，就像快速脱下的一只金属做的袜子一样，但是这只"袜子"是由金属、塑料、鲜肉、骨头以及血液组成的。

奥古斯汀再也看不下去了。她关掉了显示屏。

"妈妈，"艾米丽抽泣着说，"我再也不想要大股权了，我就想回家。我们不能回家吗？求你了，我再也不会抱怨仙股人士的身份了。"

"我会尽力让你离开这里的，宝贝。"奥古斯汀说，"有妈妈在，宝贝……有妈妈在。"

艾米丽抓住她母亲的手臂说："妈妈，我们不知道我们在干什么。他们本来应该给我们六个月的训练的，但是我们只训练了两个月！我们没有一个人知道我们在干什么……甚至不知道如何系安全带……太空反应也还没有适应。"话音刚落，她身边的一个男人就好像听到口令一般开始呕吐起来，看到这样的场景，其他人，包括奥古斯汀也跟着呕吐起来。很明显其他的人时常都在呕吐，因为他们基本上就是在干呕，没有吐出来什么东西。她看到，陆战队中很多队员基本上已经没法动弹了，就算这艘船奋力地着陆，他们也没有办法动。奥古斯汀感觉到，这艘船从甲板下面发射出了很多小抓钩。这艘运输机已经锁定了旋转的小行星，现在它正把自己拉向行星表面。当它慢慢下降的时候，它被下面的防御火力击中了几炮，每被攻击一下，这艘船都猛烈地摇摆着。过了几分钟之后，运输机落到了地面上，砰的一声巨响，船体也猛烈地震动。

陆战队员们的面罩自动地脱落了下来，隔间里顿时充满了空气，呕吐物、小便还有血。一个颤抖的声音从指挥室传来，告诉大家他们已经成功地着陆在了安德森牧场行星上，接下来要开始朝着指定的进攻区域前进。他们感觉重力又回来了，但是重力非但没有把他们向下拉，反而把他们朝着天花板上推。有些陆战队员疑惑地看着四周。这艘船连接到了旋转着的小行星的外部，并计算过它的地心引力。有些陆战队员解开了自己的安全带，眨眼间就飞到了天花板上。接着船又开始震动起来。

"我们被攻击了！"中士呼喊着，"快出去，不然我们都会死在这个罐头里！"

奥古斯汀忘记了自己是在虚拟现实设备里，冲着她还被困住的女儿喊："快出来，宝贝；拜托快出来。"突然船体的一侧被炸出了一个大洞，三个人熟练地从绳子上滑了下来——但是他们不是陆战队员。他们行动一致，利用他们服装上的螺旋火箭来稳定自己，每个人都在这艘破碎不堪的进攻船里给自己找了个位置。

"听着，"其中一个进攻矿工说，"我们是联盟，你们现在是在我们的行星上。立刻投降。你们只有这一次机会。"

噢，感谢但萨，奥古斯汀想。但是有人，不知道是蠢到极致还是因为下意识的恐惧，虽然自己还被困在座位上，但是他们也举起枪扫射了一圈。"不行！"奥古斯汀大喊，但是联盟矿工行事谨慎，他们也开始精准地朝着运输机的每一个人开枪。他们快速地一枪接着一枪，从来没有在同一个地方多停留过一秒钟。他们也没有与其他同伴的火力相交，没有一枪打偏的。奥古斯汀这才明白，把她的女儿送去与这些训练有素的人对抗，简直就是谋杀。

"妈妈，"艾米丽恳求着，她知道接下来要发生什么事情了，"带我回家吧。"一个爆炸物被固定到了艾米丽的太空服上，接着爆炸产生了一个大洞，把艾米丽的氧气、血，还有内脏通通都从她现在无生命的身体中给炸了出来。奥古斯汀什么声音都听不见，她尖叫着，痛哭着，想要解开自己的安全带去救她的女儿。这时奥古斯汀感到一颗子弹钻进了她自己的太空服，紧接着就爆炸了。疼痛感非常的剧烈，但是接着，感谢但萨，她再也没有感觉了。

奥古斯汀一边喘气一边哭。她从来不知道艾米丽的死是如此的惨烈。她本应该多做点事情。但是现在她已经完全醒过来了。她看到，自己又是全副武装，戴着面具。她又在同样的那艘运输机里，显示屏开着。他们的目的地又是那颗该死的小行星。但是她看到，这次并非与上次完全相同。这个小行星明显更加破损，他们飞行穿越的雷区也几乎是固定的，非常的密集。进攻船里面与上次充满了惶恐的气氛不同。这些陆战队员非常的冷静，就算外面与之前一样有各种震耳欲聋的撞击声，他们也冷静地在检查自己的武器，安静地相互交谈着。

接着她看到了坐在她对面的两个陆战队员。那是她的女儿萨利，还有前夫托马斯。他们长得很像。她可以看到，她的前夫对女儿浓浓的爱。就在这时，奥古斯汀意识到，一开始是她的女儿报名参军，然后托马斯立刻就跟着孩子报了名，去照顾她。奥古斯汀尝试喊他们，但是戴着面罩什么都不能做，只能听。

"嘿，小甜心，"托马斯喊着萨利的昵称，"别忘了我们有可能会四脚朝天。你还记得如何分离和翻转吗？"

"记得，爸爸，"她抱怨着说，"单单是昨天，你就已经让我练习过十多遍了……别再担心了。"

"我是一等兵爸爸，二等兵女儿，别忘了发生在我们占领的上一颗行星的事情，我觉得你不该对练习有所抱怨。"

"爸爸，这不公平。"她反驳说，"我可是在那儿救了你的命呢。"听着她女儿的声音让奥古斯汀心都要碎了，因为她的语气与奥古斯汀太相似了。就算穿着战斗盔甲，脸上是饱经风霜的痕迹，但是萨利还是像个十多岁的女孩在与自己的父亲争执一样。

"那是在我们准确从安全带上翻转过来，救了你的命之后的事情了。"他责备道。

"你就是要让我记得这个，是吧？"

托马斯指着他盔甲上的一根额外的带子说："我是一等兵。"

"好吧，一等兵爸爸。我知道如何从安全带上翻转。我已经练习过很多次了，朝前朝后翻都没有问题。我还可以穿着盔甲翻两次，而且还可以以俯卧的姿势开火，翻转我已经很精通啦！"

托马斯满足地微笑着说："我就是要知道这个。"

他们被姐妹船的碎片击中，运输机剧烈地摇晃起来，这意味着那艘船上接受过高级训练的陆战队员们再也没有机会为 UHF 战斗了。

萨利突然脸色铁青:"艾米丽就是在这里死的。"

"我知道,小甜心,"她的父亲说,"但是我们不会死的。"

"你怎么能这么确定呢?"

托马斯用自己的手盖住他女儿的手,捏了一下说:"因为我们比第一场战役中的陆战队员们接受了更好的训练。因为我们有实际战斗经验,那些可怜的被丢出来的混蛋们没有。最重要的是……"当她掠过一丝厌烦的时候他继续说。

"是什么,爸爸。"

"我是你的父亲,我不准你死。你可能觉得你是个成年人,你已经长大了,但是如果你逼我的话,我也会找到法子来管住你的脚的。"

"好吧,谢谢你,爸爸。"

"不用,小甜心。"

奥古斯汀看着周围,这样的场景居然发生在战斗洪流中一艘颠簸的陆战队运输机上,她不管怎样想也想不到。她想知道其他陆战队员是怎么看的。但是她看到,这些陆战队员似乎是给了这对父女足够的空间。当他们在进行交流的时候,没有人对他们发表什么意见,突然奥古斯汀发现,这群人非常保护她的前夫和女儿。奥古斯汀意识到,她的前夫和女儿之间有一种她永远无法理解,也无法匹敌的关系。她想在虚拟现实世界里与萨利建立比萨利与她父亲更加亲密关系的蠢梦现在看来毫无希望,非常可悲。这样奥古斯汀感觉到了一种无法描述的孤独,就算她为自己的女儿有这样好的爸爸而感到安慰,她也还是觉得孤独。奥古斯汀试着回忆他们当初是为什么要离婚的,但是在她看到这个男人为家庭所表现出的奉献精神之后,那时候看起来非常充分的理由,现在再看也只是冷酷无情而已。

"45秒后着陆!"通信设备里面传来一阵吼叫声。

奥古斯汀感觉到了熟悉的拖拽力,把运输机慢慢地拉向地面。

"爸爸?"

"怎么了,小甜心?"

"我不想让霍莉或者李参军。"

"别担心,小甜心。你母亲和我之间可能有很多意见不一致,但是我知道:她绝对不允许任何不幸的事发生在你弟弟妹妹身上的。现在快提高警惕,二等兵。"

她又变成了严厉的样子,"是,一等兵。"

运输机着陆到了小行星上,接着就固定在了地面上。固定完成的瞬间,陆战队员们就一起松开了他们的安全带,跳起来,翻转过来,在上升的过程中完成了俯卧的姿势。门被炸开来,离门最近的陆战队员发射出了带钩子的钢丝,钩在了小行星的地面,然后开始把他们自己拉向地面。当这批陆战队员确保自己安全之后,他们又掩护另一组队员出来。奥古斯汀非常骄傲,她看到她的女儿非常优雅地完成了自己的动作,而且看到她的前夫如此细心地照顾萨利她也感到很欣慰。接着世界变成了白茫茫的一片,所有东西,包括奥古斯汀的家人和她自己都被点着了。灼热的痛苦和烧焦了的血肉发出非常强烈的令人作呕的气味,甚至比上一次死的时候更加痛苦。但是与第一次一样,这次的痛也没有持续多久。但是悲伤的情绪却还在继续增加。

奥古斯汀再也不想醒来了，但是她的视线慢慢变得清晰起来，她看到自己又在另一艘船上。她知道自己在哪里。她知道要发生什么事。她是在图里将军旗舰的机舱里，现在正是打木星之眼战役的时候。她看到了霍莉，她祈求她赶快逃进救生舱里，但是没用。霍莉看到自己的母亲有些吃惊，却并不震惊。霍莉向她的母亲保证自己会安全，前提是她的母亲要"坐下"。确实接下来又有一场仗要打，而且珍妮特·德尔加多给司令来了一招出其不意，但是霍莉坚信，现在他们可以与联盟战斗了，船对船的战斗，不耍花招。

不管奥古斯汀如何地恳求，她还是无法让她的女儿理解。霍莉拒绝离开她的船和她的船员。奥古斯汀一直待到了最后，当船体像面巾纸一样被撕成两半的时候，珍妮特·德尔加多抢来的战利品号的船头撞进来，猛地撞上她的女儿和她自己，立刻就把两个人都撞得粉身碎骨。

奥古斯汀几乎无法动弹。她的身体承受着疼痛，她的心理也无法承受这么多的痛苦。她知道她在什么地方，但是她也不再关心了。她不愿意睁开自己的双眼。

"嘿，妈妈。"

当听到这个熟悉的声音，她立刻就睁开了眼睛。是李。但是他看起来有些不一样。他好像长高了些，也更加自信了。他现在与他的父亲和姐姐萨利非常地相像，这让她有些受打击。倒不是外表上非常相似，而是这种轻松和自信。她现在躺在一艘船的床铺上。但是这是一艘非常安静的船，没有打仗。她的儿子坐在前后颠倒的椅子上,他的双臂舒适随意地放在椅背上。

"看起来你需要休息一下,"他说,"我不想把你吵醒。"

"噢,李,你看起来棒极了。你怎么样?"

"我很生气,妈妈。我的同伴还在战斗,因为我妈妈的一张纸条我就得回家。"他叹了口气说,"我爱你,妈妈,我知道失去艾米丽、萨利和霍莉有多痛苦。"

"我也很想念你的爸爸。"

"那你为什么要离开他?"

"我不知道。你说得对,我不应该让你从你的队伍中被调出来。这是愚蠢,又绝望,又自私的行为。"

"我很高兴能听到你这样说。"她的儿子大笑起来,活跃的幽默感又重新回来了。"这听起来可能会有些奇怪,但是我不想离开的其中一个原因就是,我做了一个梦,要是我想要在战争中幸存下来的话,我就必须要待在前线。这虽然只是个愚蠢的梦而已,但是就因为这个梦,我再也不感到害怕了。而且在我身上也没有发生什么事。很多很多的朋友都遭遇了不幸,只有我,"他看着自己说,"连擦伤都没有。"

"李,"奥古斯汀恳求说,"你听我说,你必须要离开这艘船。我知道这听起来有些疯狂,但是你必须离开。"

"真奇怪,"他一点也不慌张,"我觉得一点也不疯狂。要发生什么坏事了,对吧?"

"李,噢,我的宝贝,"她流着眼泪说,"这艘船要爆炸了,好像是装载聚变反应堆的问题,也许是船太多了,也许是安全检查不到位或者是人员训练的问题。拜托你赶快登上逃生船。"

李悲伤地微笑着说:"妈妈,没有逃生船。这就是一艘廉价制造的运输机。船上只有带着转发器的环境炮。但是如果你说的都是真的,那我们在船里面还是外面也没有什么区别。不论在哪里,船爆炸的时候我们都会死的。"

奥古斯汀站起来,蹒跚地走向她的儿子,李也站起来扶着他的妈妈。"我很抱歉,李。我很抱歉,请原谅我。你说你会原谅我,李。"

"妈妈,我不知道是否……"他暂停了一下,"那是什么声音?"外面传来一阵轰隆隆的声音,接着就是一束耀眼的光。奥古斯汀记得的最后一件事,就是祈求虚幻的儿子给予她那永远也得不到的原谅。

阿方斯突然出现在侦察员的身边。他看起来就像一只遭到攻击的愤怒的狗一样。"出了什么事?为什么我回来了?"

侦察员检查了一下头盔上的读数说:"她死了,先生。我们的目的不就是这个吗?"

阿方斯吃了一惊。他早就知道,人类会在他进入他们的现实世界那一刻死去。但是他原准备进行一次更长的实验的。虽然她把地点选择到她儿子的公寓里所带来的影响是可控的,但是绝不是可取的。奥古斯汀把这个地方与自己的脑电波相匹配,按照自己特别的规定设计。要操控这样的环境需要阿方斯这边下很大的功夫。幸运的是,让她取消自己的程序再进入阿方斯自己建造的幻象是非常容易的事情。这个工作完成之后,她就任他摆布了。

"她怎么会死呢?"他大吃一惊,"他们真的这么脆弱吗?"

"你会吃惊的，先生。我一直在观察。我得说，真是杰出的作品。你是怎样想到如此有创造力的施加压力的方式的呢？"

"我也希望我能揽过功劳。但是基本上所有事件都是来自人类现实。我修改了一下，但是她也有可能会知道。人类对他们现实的了解这么少，真是太奇妙了。"

"你是说她的家人不是这样死的？"

"很接近了。她的大女儿从来没有登陆过那颗小行星，她是在船里面被杀死的……那段距离她只走了十分之一。但是我们有记录显示，有些进攻飞行船到达了小行星。我就是把她的女儿放到其中一个推断结果中去了而已。"阿方斯喜欢他的实验对象，就像喜欢这个一直问问题，让阿方斯可以展示自己的聪明才智的侦察员一样。"她的二女儿，"阿方斯继续说，"模拟的场景与事实非常接近。这对父女在飞行器上其实没有说什么话，但是从对话里面可以得知，他们在其他的有记录的地方有谈话。我猜这样可以刺激人类的情感，去听听她自己在情感关系的问题上有多没用。"

"这个方法成功了，先生。"

"是的，只是成功得太好了。另一个女儿我就不知道了。因为木星周围的堵塞和辐射带，没有任何数据从那艘船上泄露出来。我只有她的记录，和那艘船的计划。计划很简略，但是这确实让人类的压力升级了。"

侦察员露出一丝邪恶的微笑说："我以为我会笑死，先生，就是那另一艘船直接撞进轮机室，撞到那两个笨蛋的时候。很抱歉，先生，当时我还以为你把这个故事变成喜剧了呢。"

"对啊，"阿方斯回想起那个场景笑了起来，"那真是再好笑不过了。但是对那个人类来说，那只是另一个她无法控制的经历而已。"

"最后这次经历她好像不是很有压力的样子。"

"我也是这样想的。她的生物系统好像已经要崩溃了。那本应该是一个放松的阶段。结果他们就一直在那里说话。"

"真是一点儿也没有压力，先生。如果化身有睡眠的话，那个时候我就真的会睡着了。"

"谁说不是呢。但是接着这个忘恩负义的人类去干吗了？她居然死了，真是个没有用的东西。人类做过的唯一的好事就是创造了化身……而且他们居然不知道他们这样做了！"在阿方斯返回底层神经网，与其他阿方斯分享他的经历之前，他对人类种族发表了最终的判断："可悲。"

14. 深夜做出的决定

董里司令不能说自己因为要离开前线了感觉很开心。他知道，如果 UHF 没有在他征服了爱神星之后进攻的话，要切断 180 度分裂行星带绝对没有这么容易。但是就连他也不知道，这样做到底要付出怎样的代价。

整整两年的时间，牺牲了 2 500 万人才突破了那臭名昭著的防御墙：距离阿尔塔芒特星 1 500 万英里处的一系列小行星和防御工事所构成的防御墙。现在他面对着的这面墙暗藏杀机，让他刚刚奋力穿越的那几百万公里看起来就像是小儿科。董里估计，得再花一年多的时间，再多死个几百万人才能到达阿尔塔芒特，而且现在那个地方已经成为了太阳系防御最严密的地区之一了。

到目前为止，他只犯了一个错误。这个行动是在他的掌控之下执行的，他本来不应该这样做的，而且这个错误还一直令他烦心。古普塔在 UHF 中是仅次于他的最好的司令，董里从心里知道，如果他发生了什么事，古普塔也是可以打赢这场仗的。但是董里很快就意识到，他当初真不应该用那个阴险恐怖的女人去把古普塔交换回来。

克里斯蒂安·萨德玛是一个聪明的女人，而且她的防御性非常的顽强，这种特质是在战场上从未见过的。董里的陷阱计策她一个都没有中招。只有到战略情势需要的时候她才会进攻，而且从来不会失去理智。两年多来，她就一直在撤退。这种想要尝试不一样的事情的渴望，肯定被克制了，但是她没有——就算她和董里都知道，最后她会输，她的目标毫无希望，她也没有改变。

但是损失却远比他想象的惨重。在这次进攻早期的时候，他派出了一波又一波的进攻，期望联盟的防御不足，从而找到他们的弱点，然后从中突破。结果却是一场悲剧，像这样的事情还不能让平民们知道。这是一次计算上的冒险，如果他算对了，那么战争就可以结束，但是他错了。整个行星带变成了死亡之坑。不管他在什么时候派出部队入侵行星带上未经实验的部分，联盟都能知晓他的计划，然后加固自己的防御。就算那些他们没有来得及及时防御的地方，也有战斗技术精湛的人民，每派出十个兵，他走运的话也只能剩下三个。但是，他接到的命令是要拿下阿尔塔芒特并分裂180度，而且要达到这个目的只有一种方法。不幸的是，运用这种方法所付出的代价也是最惨痛的。但是命令就是命令。

董里知道战争是如此的残酷，而且会继续残酷下去。在行星带上占领了足够的地方后，这场战争又会变成舰队行动，而且联盟就不能同时防御他们所有的外星世界。接下来的战争情况也不会好，但是只要看看木星之眼战役就知道，未来战役所付出的代价不会比他现在陷入这个地狱所付出的代价更多。

再打一年，就这样，他想，然后我们就可以从行星带中脱离出去。之后，战争应该可以在两三年之内结束。他不确定自己是否能在公平战斗中打赢珍妮特·德尔加多。而且，她也可能永远不能和她如此优秀的对手战斗。董里也不是不知好歹，但是他一点也不想进行公平战斗。他在武力的运用上大大地超越了她，而且她也不可能与他匹敌。如果他不能在他喜欢的地点与她战斗的话，他也愿意在命运引领的地点战斗。要打败太阳系最令人害怕的人的关键已经不是秘密了，所需要的就是在数量上的超越和耐心，这两样东西是他最不缺的。

就算代价可能比其他人计算的大，董里也会继续下去，赢得战争。在他的心里他知道，他没有选择，因为不管现在战争的情况如何糟糕，下一场只会更糟。太阳系是不会允许保持永久分裂的状态的。如果给联盟50年的时间，让他们可以利用行星带外层的所有可用资源，也给UHF同样的时间，利用自己在数量上超越对手的人口基础，以及大家所需要的东西的话，那也会出现更恐怖的武器。下一场战争会让这次的战争看起来就像是小孩的练习一样。他必须不计代价地打赢这场仗。

所有这些负担给他带来了巨大的精神压力，结果他就被召唤离开了180度，去与总统握握手。董里对赫克特·圣比安可没有什么可抱怨的。这个人不仅挽救了他的事业，而且他好像比UHF的任何人都要更加理解现在所面临的问题，唯一的例外就是贾斯丁·可德的前妻。根据董里与两人的谈话来看，很难判定到底谁对赢得战争更有热情。董里回想起他最近与参谋长之间的一次对话。

"你知道，长官，她与总统有一腿。"

董里和他的副手，季诺碧亚·杰克森准将，正在进行他们的每日早餐报告。他们在他的船舱里，坐下来享用简单的早餐，只有咖啡硬面包圈还有榨过汁的水果。他的船员曾经尝试着在早餐的时候给他新鲜的水果，结果所导致的长篇大论到现在也还没结束。他把军需官叫进来问他，是不是在安德森牧场战斗的二等兵，或者是保卫拉夫索夫冰区的下士都得到了一个新鲜的橘子或者是苹果。当军需官给出否定的回答的时候，董里说："当我的队伍里每一个二等兵早餐都得到一个新鲜橘子的时候，你就可以也给我一个。"之后，就连在最艰苦的地方战斗的二等兵都可以说："我吃的跟司令一样。"

"是妮拉·哈伯这个女人保住了我的饭碗。"董里说，"我把她当作我的一个朋友——就是一个精神病医生的程度。"

"嘿，"季诺碧亚回答道，"我并不是说这是件坏事。事实上我觉得很浪漫。"

"季诺碧亚，他们之间没有那种关系。"但是过了一会儿之后他忍不住问，"你怎么会这样说呢？"

董里看着一向沉默的季诺碧亚放下了自己的戒备，前倾着身体，俏皮地开始掰着手指数原因："第一，她和总统两个人经常独处。第二，他们在很多事情上观点都是一致的。第三，他好像是绝对地信任她，这种信任建立得太快了，如果你懂我的意思的话。第四，你光是看着他们你就得承认，他们非常的般配。我还是有点想要他们之间有什么呢。总统太专注于事业了，想到他能放松一下找点乐子也是很不错的。"

董里情不自禁地大笑了起来。"季诺碧亚·杰克森，我不知道你原来这么八卦。你知不知道刚刚说的这些东西会给我们带来什么？

这不是人们说我们之间有一腿这种级别的。"

季诺碧亚喜悦地微笑起来:"呃,长官……"

董里吃了一惊:"但是我已经结婚了!"

"我呢,"季诺碧亚跟着说,"我是一个如此敏感、年轻、纯洁的人。"

董里又大笑了起来:"你就是跟防暴背心一样敏感,跟高敏地雷一样纯洁。但是你知道有什么可以反驳你的谣言吗?"

"什么?"

"季诺碧亚,我们之间有一腿吗?"

"当然没有。"

"那么就假定我们的总指挥是无辜的吧。不用这样的流言,他要处理的问题已经够多的了。"

在这个时刻,董里对于谁跟谁睡了这样的问题一点也不关心。总统知道要赢得战争所需要的东西,而且他也支持董里。这才是最重要的。他确实想过,总统把他召回去是要解雇他,但是他也比较怀疑。董里知道,赫克特清楚,现在没有比他更好的人了。但是如果事情发生了他也没有办法。毕竟他才是一切的总指挥。

董里接到电话,要他在11:57到达总统办公室。圣比安可总统不喜欢自己的时间被浪费,而且只要他可以,他也很少浪费别人的时间。董里一个上午都和古普塔在一起,检查火星舰队的重建工作。之前发生的事情是一次严重的打击。董里心想,图里怎么能这么笨,而且怎么会一直这么笨呢?在致命的木星之眼战役之后,古普塔告诉董里,他一直希望图里能碰巧做对事情。从统计学角度来说,这样的事情至少应该发生一次。说实话，图里确实对联盟舰队造成了比较严重的毁坏，但是他们还是有一支舰队。图里死了之后，董里就成为了大将军，他立刻就让古普塔负责。董里派了30艘最好的船给古普塔，还把参加过水星战役的最有经验的船员派给了他，让他们成为新舰队的核心力量。但是他们两人都知道，至少需要训练有素，相互配合的300艘船和船员，才能有再次与珍妮特·德尔加多对抗的机会。董里不相信她会向火星进攻，至少在她遭遇了火星大门的第二场战役之后不会，但是她还是个大麻烦，她的舰队也会在火星舰队准备好再次出战之前就准备就绪。

董里和古普塔一整天都在舰队总部商量着真正的问题。他们也检查着他们现有的，或者至少会前来支援的船。但是真正让他们头疼的是缺少接受过训练的人员。珍妮特·德尔加多手下有全太阳系训练最有素，经验最丰富的船员，而且她也善于运用这些人。董里在180度的舰队也不错，他的船员也经过训练，也有经验，但是就是没有办法在帮助其中一个的时候不伤害到另一个。古普塔和董里整个上午都在争论要实行哪种方案。古普塔可以把董里给他的30艘船和船员团结在一起，用这些船来扮演可信核心这样的角色，同时在这个核心周围用新兵再建造舰队。或者他可以把这些船员分开，把他们分散到月球船坞造出来的新船上。他们两人都认为，这个方案对于和30艘船上的船员战斗生活了一样久的船员来说会很受伤——更不用说对士气的影响了。但是如果这些船员被安排到了其他船上，也会相当大地加速对新船员的影响。但是，如果这些船员被召唤起来战斗，古普塔就只有带着新船进战场，那他能真正依靠的船员就很少了。

尽管他是古普塔的上级指挥官，董里并没有命令他做任何事。现在由古普塔来指挥，所以这个决定也是由他来做。整个上午他们只是在权衡各种选择，包括如果要下令分散这些船员的话，应该如何进行船只分配。这种工作需要对每艘船和船员的细节有所了解，而且需要有耐心把每一个人的特质都考虑到情景中来。两个人工作直到董里坐上穿梭机到火星表面的时候才结束。他本喜欢在舰队指挥部一个全重力的环境中进行这次会面，他不喜欢火星上的低重力，但是一个大将军能做的也只有这么多而已。

他飞进伯勒斯城，惊奇地发现这座城市在这么短的时间内成长了这么多。UHF 的首都以前是一座困倦的省会，只关心旅游和基础农业，现在它把自己变成了一座人口超过两千万的城市，而且整个太阳系的重担都在它的肩上。这座城市并不美丽，在不到三年的时间里变得大了许多，毕竟它是权力的中心。穿梭机着陆之后就进行了安全检查和人员扫描，之后董里就被护送着朝总统办公室走去。当董里走到前台区域的时候，秘书在开着的门边朝他挥了挥手。他径直就走进了总统的办公室。刚好是上午 11 点 57 分。

总统坐着等待他——独自一人。董里很意外，居然没有看到妮拉·哈伯。董里其实也有点希望那个谣言是真的。

"总统先生。"董里精准地敬了个礼说。

"欢迎，大将军。"总统也回敬了一个同样精准的礼。然后他微笑着向董里正式地鞠了一个躬。"你最近怎么样啊，塞缪尔。"

"我很好，总统先生。我也希望你一切顺利。"

总统走到吧台边，给自己倒了一杯准备好的加冰伏特加，给董里倒了一杯肯塔基波旁威士忌。"并不是很好，塞缪尔。"他把酒杯递给董里，然后两个人分别坐在了咖啡桌的两边。"你是可以叫我赫克特的，你知道。"

"除非你命令我这样做，总统先生。"

"要我说，这有点浪费我的命令。"

"我同意，总统先生。"

"这波旁酒如何？"

"比我老丈人要我卖的那些好多了。那个混蛋老是给我些低端产品，他说如果他把真正值得喝的东西给我卖的话，我会把他的生意给搞砸的。"

"现在他不是把你的头像放在他品牌下的威士忌上了吗？"

"就是他。那个酒叫'董里的地狱之水'。"

"告那个混蛋，"总统说，"我可以给你找最好的律师。"

董里大笑着说："他是我的老丈人，我老婆在嫁给我的时候牺牲了很多。我那时没有什么前途。但是我能求你帮我一个忙吗，先生。"

"当然。什么？"

"他本来应该支付特许权使用费给我，我再给一个叫作'战争受害者援助'的基金，简称IAVW。"

"是，我听说过这个基金。"赫克特说，"我们的司法部门曾经以欺骗性战争慈善的罪名检查过这个基金会，不过完全是空穴来风。所以你是在怀疑你的老丈人没有把你的特许权使用费捐出去。这个要调查起来并不难。"

"我不想弄到调查的地步。如果调查出来，结果我自己的老丈人违反合约欺骗战争慈善的话……"董里没说完，"我很抱歉，在你有真正严重问题要处理的时候，我还用这么琐碎的事情来麻烦你，当我没说吧。"

"塞缪尔，你的问题并不琐碎。你必须要为我们打赢这场仗，我不会让一个给你擦鞋都不配的人来分散你的精力。我向你保证，这事儿就交给我了。"总统冲着这个战争中他唯一喜欢的军官微笑着说，"如果我杀掉他，可以吗？"

董里立刻明白过来，总统是在开玩笑，但是他情不自禁地因为这个主意微笑起来："呃，我猜如果不是永久死亡的话……但是稍加考虑一下的话，最好还是不要。"

赫克特微笑着，点点头，然后疑惑地看着董里说："你知道我对你还是有些搞不明白？"

"长官？"董里对谈话的方向感到有些疑惑。

"为什么你与到这里来的其他官员都不同呢？"

董里耸耸肩，但是他的眼神还是很尖锐。

"有的军官向我要求更多的船只，更多的人。"总统继续说，"有个军官抱怨说他需要新的头衔，还有少数的军官想要 GCI 组织世界里我的帮助，帮他们处理掉他们的一些下属。他们一直在抱怨，而且当然他们任何错都没有。你知不知道，你从来没有正式地抱怨过你的工作？我核实过了，塞缪尔，一次都没有。"

董里咯咯地笑了起来："长官，将就用你能给我的东西就是我的工作。你没有的东西自然你也给不了我，我知道你跟我一样非常想要打赢这场仗，所以你是不会有所保留的，除非你有非常充分的理由。所以我的理论就是，为什么要在已经在做的事情上纠缠你呢？至于新的头衔，我现有的已经够可笑的了。至于我的军官们，"董里的整个行为举止又变成了冷酷的战斗司令,"如果这其中有人无法胜任战斗的工作,而且也蠢到没有察觉到这一点的话,那在他们让我们的众多士兵去送命之前,有很多方法都可以为舰队减轻这种负担。"

他说这番话的时候,双眼直视着总统。董里知道,他的总统是了解他的意思的,所以他也没有畏缩。可能他是让2 500万人投身于死亡的司令,但是总统才是下达命令让董里这样做的人,而且也是他提供了这么多人给董里。

过了一会儿,总统咧开双唇,露出一丝狡猾的微笑说:"像我之前说的,我不了解你,塞缪尔,但是我很高兴有你。"

"其实,长官,是因为有战争我才有钱。如果我如有些人说的那样很会挣钱的话,那也是因为我手下的太空人和陆战队员付出了鲜血和生命。这样的钱我不想要,永远也不想要。这些钱应该还给他们。但是我有种感觉,你把我从180度叫过来,不是为了讨论慈善或者是我的品德的。"

"塞缪尔,"赫克特点点头表示同意,然后喝光了自己剩下的酒,"我就有话直说了。如果你在接下来的三个月里,还不能在联盟的领地里获得明显的胜利的话,那这场战争就差不多结束了。"

董里把装着波旁威士忌的酒杯放下:"总统先生,我可以保证,在一年之内,行星带就会被切断。重要的是数量,我们正好有。联盟正在破裂。本可以更早地完成,但是他们还是用从创伤中心恢复的人员来加固他们的战线,不过,这也只是拖延时间而已。我们派出的人越多,他们就越要分散他们的防御。我精心设计的进攻是要让他们在各个地方的力量都越来越少,同时我悄悄地在爱神星建立一支强大的部队。当双方都精疲力竭的时候,我就派出第二波更加强大的兵力,这时已经耗尽了战斗力和资源的联盟防御工事就会像廉价的水晶杯一样,一起破碎。"董里从口袋里拿出一张数据卡,接着把卡连接到了咖啡桌的全息显示屏上。

"这个区域展示已经做过了势力削弱工作。我们不会再进攻这个地方,因为这个地区的势力已经被削弱得差不多了,他们已经没有足够的后备部队来进行重建了。这里的投影展示了对于不同的人力资源的区域,联盟会如何反应。当行星带破碎的时候,我们可以掌握他们一半的人口,然后控制他们很多的可用资源。我们只希望他们不会分散,而且团结在一起保卫谷神星。如果他们这样做,那么战争就结束了,因为这样我们就可以在他们的船集中到同一个地方的时候与他们一决雌雄。但是我们得做最坏的打算,我们得预计他们有可能会撤退,清空谷神星,然后在外部系统进行抵抗。但是到那时候,就会是舰队与舰队之间的战斗了,我们可以选择比他们好的进攻地点。当所有胜利的希望都被熄灭的时候,他们可能会愿意结束战争;如果他们不愿意的话,那战争也会在一到两年之内结束。"

赫克特带着公正尊敬的态度浏览着这些材料。"塞缪尔,"他的视线离开这些图像说,"我相信你在这里告诉我的一切都是真的。其实,你说的我一个字都不怀疑。但是我们没有一年的时间了。"赫克特操纵着全息面板,用自己的材料替代了董里展示的东西。画面上展示着一些图片、调查报告、民意测验,还有测算结果。这可能不是董里所擅长的领域,但是他还是可以对当中的信息作出判断。

他深深地呼了一口气:"我一直不知道情况已经如此糟糕了。"

"我们绝对没有夸张,我向你保证,但是事实是,公众已经对战争感到厌倦了。已经打了五年了,除了爱神星和它周围的太空空间,我们还是跟刚开始的时候一样。是的,你已经突破了数百万英里岩石密布或区域,但是在公众的心里,他们就只是岩石而已。我们不能跳过行星带,图里向我们展示了这样做有多荒唐,而且我们一直在做的就是在行星带里面被碾碎。我们每次进入联盟太空的时候,我们都被打得落花流水——我并没有冒犯你和你的部队的意思。"

"没关系,长官。"董里悲伤地回答说,"这是事实。我们的部队一直在进步,但是正如你的表格所显示的,我们可能很快就没有部队了。"

赫克特点点头,"他们每次进入我们的太空,我们把他们打得屁滚尿流也没有用了。伤亡的损失已经太大了,几乎每个人认识的人里面都有承受痛苦的人。别让我说经济的破坏程度。人们看不到这种困境的结尾。所以我们需要一场胜利。不能是小型的胜利,但是不管是多大的胜利,不能是在我们的领地获得的。我们必须要夺取点什么,或者是做点什么,让就算是最蠢笨的仙股人士都可以明白,可以理解的。如果不是的话,那我现在就要呼吁起草停战协议了。"

"我们已经非常接近了,总统先生。我们经过了流血牺牲的五年,怎么能在这个时候停下呢?他们必须意识到,如果太阳系保持从中间分裂的状态,会有什么后果。"

"有些人知道,塞缪尔,但是远远不够。这一直都是可德的计划。他不是必须要打赢这场仗。他只要幸存下来就够了。如果我们坚持我们的信仰，我们就不会输掉这场战争。如果我们输了，我们就不能再赢回来。所以回到之前的问题：你能在三个月内获得胜利吗，还是我们现在就退出？如果这样下去没有任何好处的话，我是不会再浪费更多生命的。"

董里皱着眉头，背靠在椅子上，深深地呼了一口气。所有与战争有关的信息都在他的大脑里乱撞。他的确有个计划，任何优秀的军官都有应急计划，但是现在他想到的这个非常地冒险——特别是在面对与行星带里面的人一样优秀的对手的时候。可能还更难——可能要埋葬他自接管 UHF 所有部队的指挥权之后就一直在酝酿的计划。董里深深地吸了一口气，接着严肃地点了点头。

"有这个可能性，长官。"

"我再说清楚点，将军。"赫克特凝视着这个男人的双眼说，"你奉命要赢。你可以用所有必要的手段，可以用你所有的资源。如果你的行动有道德或者法律后果的话，我们再次命令你，忽略它们。赢就是了。"

"那我最好现在就开始，长官。"

"是，说得对。"赫克特从椅子上站起来。董里也立刻跟着站了起来，敬了个礼，然后离开办公室，朝着他的穿梭机跑去。

董里离开过后没多久，妮拉从办公室侧厅中走了进来。

"你觉得他能做到吗？"赫克特问。

妮拉考虑着自己的答案："我知道他觉得他可以做到。但是你操纵了投影上的内容，不是吗？"

赫克特淘气地笑着说："这个，可能有一点吧。但是说实话，也不过是六个月而已。我不知道出错的代价是什么。"

妮拉点点头:"对于他你是对的。他所要求的,还有他知道你可以给他的真是太了不起了,他唯一的要求就是让你保护他的慈善事业。"

"宝贝,我可不能揽过这个功劳。对于他你才是对的。我说你是对的,就是说我完全错了。"

"我得承认,"妮拉咯咯地笑着说,"你知道女孩喜欢听什么话。你要怎样处理他小小的慈善问题呢?"

赫克特考虑了一下之后,微笑着说:"我觉得这个问题阿曼达可以处理。这里面涉及钱、建议还有谨慎的判断。另外,还需要到地球去一趟,而且还要在地球上重要的商业中心停留,我们都明白这意味着什么,对吗?"

"亲爱的,这真是令人激动的建议。当然,在她离开的期间,你和我也不能单独在一起。"

"哎呀,管他的。"

"亲爱的,她只离开六周,最多也就两月。我不想伤害她。流言已经够厉害的了,但是只要阿曼达在这里,是你有目共睹的伴侣,那些流言就只是流言。如果在阿曼达在另一个星球的时候,我被看到进入或者离开只有你一个人的房间,流言就会变成传闻,那就是另一个范畴的事情了。"她看到他准备要说什么,她继续说,"等到回来之后你也不能与她分手。阿曼达是一个贴心的人,也是我的朋友。那样做会让她陷入困境。另外,在所有正式的晚宴和舞会上,她一直都是非凡的同伴。她有一种成熟的魅力。"

"妮拉,我希望的就是让你陪着我去做这些事情。你也会是我非凡的同伴，我的妻子，我的情人，或者别的。"

"你真的觉得我与阿曼达一样美丽吗？"

赫克特走到她面前，握住她的双臂说："毫无疑问——你更美。"

妮拉向前依偎在他身上，看起来好像她准备要热情地亲吻他一样，但是当他们的嘴唇相隔一厘米的时候，她脸上露出了精灵般调皮的笑容。"你真的太听话了。"她温柔地转过身，脱离了他的拥抱，接着便走出了门。

赫克特异于往常，一动不动地站着。他什么也没有做，就看着他的情人刚刚存在，现在却空空如也的空间。

"我亲爱的哈伯小姐，"他咧着嘴，残酷又喜悦地笑着说，"你连听话是什么意思都不知道。"

那天下午稍晚的时候，赫克特收到了王医生的一条信息。等到他给她回电话的时候，他希望这次的谈话不要陷入官僚主义令人厌恶的陈词滥调中，也不要继续仙股人士那种冗长沉迷。赫克特明显忘记那条古老的格言：要小心许愿。

"医生，"他说，"你有什么要跟我说的？不要告诉我是预算问题。"

"这个，"她回答时面无表情，赫克特可不是特别喜欢，"这与我的预算没关系。但是我们确实有个真正的问题，是我们的……呃……对联盟制定的战后计划。"

赫克特立刻就明白了她的意思。赫克特知道，就算赢得了军事胜利，给他们带来了完全的军事控制权，占领和控制联盟一样大小的区域也是一项非常困难且耗资巨大的工作。特别是在三个世纪以来破坏程度最大的一场战争所带来的绝望中恢复过来的时候，每一分钱都至关重要。赫克特计划在战后重建的过程当中，充分利用他的隐秘审查程序。如果这个战略有问题的话，他越早知道问题所在越好。

"我改变主意了，医生，还是说预算问题吧。"

王医生没笑："我对你送过来的那个女人进行了全面分析。她姓桑普森。"

"有迷信信仰的那个吗？"

"就是她，但是我们不能把这种信仰称为迷信。是迷信的话，我可以对她进行心理审查。他们称之为信仰，这完全是另一种东西。"

"那问题是什么？"

"在全面基因图绘制完成之后，我们进行了隐秘审查。"

"然后呢？"

"结果造成了脑震荡。"

"什么……她是被错误连接了吗？"赫克特问，他指的是一种鲜用的做法，如果要进行大脑修改的话，那么补充加入的睡眠纳米机器人就会被激活。

"我也希望是这样，"王医生说，"但是她没有，我重复一遍：不是人工智能防御。据我们猜测，是在我们调整她的大脑通路，想要让她以更加合适的方式思考的时候，与她的信仰发生了冲突，然后她就出现了精神分裂症。我们以为我们已经把处理信仰的大脑区域都绘制完了，但是在我们尝试修改这些区域之后，我们得到的却是一个脑死亡的笨蛋。"

"那我们再多做些实验。"赫克特有些绝望地说。

"总统先生,我知道我的职责是什么。我用这个信仰问题重新申请了五个实验对象。每一个我进行隐秘审查的实验对象,结果都变成了与这个叫桑普森的女人一样,或者相似的人。有三个立刻就回到了儿童一样的状态,他们会重新接受教育。一个还是有部分机能,但是带有明显的损害,还有一个又出现了精神分裂症。隐秘审查的目的,就是想得到一个不被注意的改变,或者至少看起来是自然的有机体。但是这不是。"

"医生,"赫克特手指抓着头发,紧张地说,"现在联盟对于妮拉的事情已经有所怀疑,如果我们的囚犯所出现的结果都是这样的话,我们所面临的动荡就比把他们放进满是等离子手榴弹的箱子里更严重。"

"我还在继续研究,总统先生,但是如果没有重大突破的话,想要在不明显的前提下,对抗信仰,对大脑继续修改的话,真的是非常的困难,这当然——"

"——就让隐秘审查对我的重建计划来说毫无用处了。"赫克特补充完医生的话,他突然间非常的疲倦,"你要多少资源,多少实验对象就给你多少。一直要向我报告。我会从另一个角度来处理这个问题。"

通话结束之后,赫克特靠着椅背,深刻地思考着这番对话的含意。几分钟之后,他摇了摇头,他的脸扭出了一个暴躁的笑:"贾斯丁·可德,你这个狗娘养的。"他说,"我以为你没有信仰呢。"

接着他挺直身体说:"阿一古,发通知,召开内阁会议,告诉他们,会议是关于新的联盟威胁的。"赫克特暂停了一下说:"不……我想想,告诉他们,这是关于旧的联盟威胁的。"

"遵命,老板。"

谷神星的海岸线绝佳的野餐地。自从丢了妮拉之后,贾斯丁很少回到这里。但是内瑟医生还是让他和法瓦在他们密集的日程中抽出了几个小时的时间。贾斯丁凭着直觉知道,冒犯联盟宗教的领导人物不会是什么好事。他知道如果他拒绝,法瓦是不会生气的,但是其实,他喜欢这个宗教领袖,而且在她身上找到了安慰,现在他明白珍妮特为什么会这么喜欢她了。法瓦的内心仿佛是平静的,而且这种平静也在她周围散发开来。当他知道桑普森教友也会出席的时候,他的开心又加倍了。把奖章别在战斗英雄的身上是一回事;但是真正与他们在一起度过一段时光,又是另一回事了。

贾斯丁很快就发现,自己很喜欢与这位兄弟一起游泳。他们仰面悬浮在水面上,看着遥远空中的"屋顶",贾斯丁注意到,桑普森身上也有相当大的伤疤。

桑普森羞怯地微笑着说:"我的妹妹把这个称为'骄傲的罪',我觉得她说得对。但是我,与'圣尊'一样,都感觉这些是我应得的。"他说着,看着他的身体,"现在切除它们,就是在伤害那些曾经在这个世界上,现在却只剩回忆的人。"

"如果你的妹妹在舰队里,"贾斯丁说,"我们可以问问她是否也留着自己的伤疤。也许可以缓解一下'骄傲的罪'这个事情。"

桑普森教友往常喜气洋洋的脸突然阴沉了下来。"她最近被抓了。到现在我已经三个月没有听到过她的消息了。UHF 发出通知,她已经被暂停了,直到双方战斗结束之后才结束。"

"我很抱歉。"贾斯丁说。

"不用,她现在没有受到战争的威胁,我应该高兴才是,但是我……"桑普森没有能说完这句话。

"你怎么?"贾斯丁催促。

"我知道这很自私,但是我很怀念我们聊天的时候。我们可以连续地争论几个小时。但是那些都是非常美好的争论,而且我……我总是摆脱不了这种感觉,我感觉我再也见不到她了。至少在这辈子见不到了。"

"我会去调查的,教友。如果我们可以进行交换的话,我们就可以把她列入第一批交换名单。"

在战争才开始的那段时间,双方时常会交换抓捕的俘虏。这样为双方都省了麻烦,不用为暂停和储存对方的士兵而耗费精力。不幸的是,董里当上 UHF 的大将军之后,第一个动作就是无期限地暂停人质交换。他想得很正确,交换人质对联盟的帮助远大于对 UHF 的帮助。甚至当联盟同意用三到四个 UHF 士兵来交换一个联盟士兵的时候,董里也拒绝了。这在 UHF 里引起了一些人的愤恨,但是董里毫不在意。他有替换士兵的能力,但是联盟没有。

"我觉得,"桑普森教友说,"这位经验丰富但是却被误导了的董里司令是不会做恢复人质交换这样的蠢事的。如果他同意了,也请不要给我的妹妹任何特殊待遇。如果让她知道她的自由是由他人继续被关押换来的,她会把自己的自由当成是负担的。"

一个女人的声音从水面上传来,告诉他们午餐已经准备好了。他们游了一段距离,回到了海岸边,擦干身体之后,就朝着野餐桌走去。接下来的一个半小时内，他们吃了冷三明治，讨论着横扫联盟的新发现的宗教信仰。贾斯丁对阿尔罕布拉宫里产生的秘密会议特别感兴趣。

"你为什么觉得现在需要召开宗教秘密会议呢？"内瑟医生问。

"战争开始的时候，"法瓦回答，"信仰社区里有成千上万的信徒。现在五年过去了，我们的信徒已经数以亿计了，而且有信仰的人的增长数量也在增加。但是他们都有很多的问题，很多的害怕担心，也有很多的需求。"接着法瓦看着桑普森教友。

他接着说："如果伊玛目（译者注：穆斯林祈祷主持人）、牧师、拉比（犹太教对有学识的人的尊称）还有和尚要联合在一起的话，我们就可以展示我们共同信念的重要性和作用，也可以展示我们共同的目标。信仰是人类获得的最伟大、最庄严的天赋。但是与财富、天赋和爱一样，这种天赋可以用到坏处。三个世纪以前，宗教被误用得非常厉害，差点就灭绝了人类。我们宗教社区里的这些人，已经认识到了真实有帮助的信仰所带来的希望与潜在的危险。但是新近有信仰的人没有认识到。我们必须要提醒他们，让他们意识到危险，不断地用实例来向他们展示，应该如何使用这种天赋。"

"这是天父的孩子们相互找到彼此的方式，"法瓦继续说，"相互帮助，重聚在一起。所以我们会去阿尔罕布拉宫，我们学习的最伟大的核心。我们会进行常规的辩论，会出现意见不一致的情况，然后达成一致。联盟会再一次看到，所有的信仰在重要问题上都是一体的，联盟会听到我们的话语，通过我们的行动来了解我们。"

桑普森教友的脸又亮了起来："法瓦，你用简单的话说明的这些，我们很多人要花上两天才能表达出来。"

"我只是为上帝服务的一个简单的女人而已,所以我说话简单也不是什么大不了的事情,并不值得注意。"

"你说得又清楚又好,修女。"桑普森教友确认说。

"谢谢你,教友。但是你肯定会跟我们一起去参加阿尔罕布拉宫的秘密会议的吧。"

桑普森教友摇摇头,"请接受我的道歉,但是我得回去报到。'圣尊'想要我继续做她的专职教士。"

"遇到重要的事情,她肯定会让你去的。近来战争情势比较稳定,只有180度继续在发生流血事件,但是你又不是去那里。"

"请你原谅,法瓦,我必须要去辛克莱总司令希望我去的地方。"

"我想我可以给你安排一下休假。"贾斯丁说。

桑普森教友虔诚的脸突然变得不那么虔诚了。

"他不喜欢成为注意力的焦点。"内瑟开口给他解了围。"在宗教秘密会议中,他不可避免地要成为众人视线的焦点,谈话的主题。他的文章,还有他在一场又一场的战役,尤其在克莱斯特突袭中展现出来的勇气,都把我们亲爱的兄弟变成了最浪漫的人物。他唯一希望的,就是站在比他更引人注意的人身旁,这样的话,除了'圣尊'珍妮特·德尔加多,还有谁呢?只有我们的总统可以分散这些注意力……但是,"她眼里闪着微光,"他需要的只是一点点宗教而已。"

内瑟聪明的文字运用能力,让大家都礼貌地鼓起掌来,贾斯丁放弃了这个念头,桑普森用唇语向医生表达了感谢,这个下午也慢慢地放松下来。

贾斯丁启程返回悬崖屋去开会。他已经开始讨厌这个地方了，而且决定在战争结束之后他就要辞去总统的职务，不管是谁，让议会选出一个人来替代他，然后在萨德玛的洞穴中找个地方种植赤霞珠葡萄。但是他不会抛弃自己的职责。他会在任务完成之前一直坚守岗位。贾斯丁猜想，如果到目前为止他都没有被杀掉的话，那么他可以确定，在联盟的保护下，他是可以活下去的。

因为这次的会议是一次正式的内阁会议，所以塞勒斯把会议安排在了新建造的内阁会议室里举行，这间会议室的创建引起了安保部部长柯克·奥姆斯泰德的强烈反对，但是塞勒斯还是我行我素，他就是忍不住要摆放一张节日用的边桌，上面放着各种小吃和特色美食。但是在这个关乎数十亿人性命的房间里，没人会把闪亮的瑞典式自助餐和微不足道的房间装修混为一谈。椭圆形的桌子，深色的墙，桌子中间最高级的全息显示槽，舒服的椅子，还有站在门边的保镖，他们身后是总统级别的封闭装置，这些都显示着这个地方的重要性。但正是因为这些，贾斯丁才更喜欢阳台。

这次当贾斯丁到达的时候，所有五名内阁部长，包括塞勒斯·昂如都已经在房间里了。他们都站着，贾斯丁很高兴他接受了内瑟医生的建议，把他的短裤和拖鞋换成了日常的总统服装。"很高兴你们都在，"他一边说一边坐下，"抱歉我迟到了。"

辛克莱开口为贾斯丁说好话："请原谅，总统先生，除非你把准时到达也叫作'迟到'。"

"官场和商场上的一条基本准则，司令，"贾斯丁说着，明白辛克莱话里恭维的含意，"最后一个出席会议的人就是迟到，不管之前定好的时间是什么时候。"接着贾斯丁直接进入正题:"战场上又有什么新消息?"

"如我们所料,他们在火星重建舰队。"辛克莱回答说,"轨道排炮安排得非常紧密,任何进攻基本上都不可能成功。"

"通常情况下,"贾斯丁说,"这意味着想要进攻。"

"是的,总统先生。她有一支优秀的舰队。就算舰队的修复比以往花的时间长,UHF也没有可以与我们抗衡的特遣队。另外,以他们现在的状态,他们也不敢离开火星轨炮的保护。"

"那为什么我们不能进攻呢,总司令?"贾斯丁问。

"因为,长官,在这片区域里,唯一比较重要的目标就是火星,就像对他们来说,可以倾尽所有来夺取谷神星一样。现在只有他们感觉自己可以与我们的舰队对抗的时候,他们才会离开火星,然后攻击我们的排炮。我们唯一真正需要担忧的就是他们的轨炮。说老实话,我们现在无法除掉他们。我也坚信,如果我们向他们发起进攻的话,那就会又变成火星大门的第二场战役。"

"没有办法解决这个问题吗?"

"我正在推行一种新系统,先生,"技术部部长希尔德加德说,"但是目前还只是理论上的,军队还不确定是否要进一步发展。"

"总司令?"贾斯丁想请辛克莱解释一下。

"这样做可能会毁掉我们的排炮;但是也可能不会。更大的风险在于会被对方利用来打击我们暴露的武器。说老实话,长官,我们比他们更需要轨道排炮。"

"我明白。请保守这个秘密,在我去外层行星回来之后,给我一份详细的报告。我要感谢卢恩思菲尔德部长在'G通道'上的杰出工作，我知道现在媒体是这样称呼它们的。"

"它们现在还没有发挥出全部的潜能，总统先生。"希尔德加德说，"连接现在仅限于外层行星之间，连接到谷神星的通道也只是刚刚组建好，在近几个月里，可能无法成为军事或者经济上的重要通道。"

"我们有这些通道，"贾斯丁带着天生的冷静说，"我们的人民知道我们有这些通道，而且从中获得了希望，同时 UHF 的人也因此而失去了希望。我会用'G 通道'来完成我们作为总统的第一次外层星球拜访。"他接着说，转头看着信息部部长："辛格先生，准备工作进行得怎么样了？"

"非常好，总统先生。我们会在可操作的最长的'G 通道'开始你的旅程——就是海王星。因为海王星位于太阳系的另一个极端，这次的旅程应该会花……四天的时间。"他看着希尔德加德·卢恩思菲尔德寻求确认，就好像他自己也不相信从自己嘴巴说出来的话一样。"你确定吗？"

"当然。"她骄傲地说，"如果我有更加可靠的不间断高重力推进器的话，速度还可以更快。我们在为'联盟一号'制造船支架，'联盟一号'上有我们拼凑起来的可持续使用的最好的推进器。等战争结束之后，我们就持续地开凿通道，合理地设计 CUT，"她用了"可持续使用推进器"的缩写，"一个被适当暂停的人，从这里到冥王星只需要 36 小时。"

"那就是完全不同的文明。"莫什吃惊地说。

贾斯丁赞赏地点点头："那就 4 天吧。"

"整个飞行过程中，你都要在自己的加速椅上，"希尔德加德继续说,"但是我们不用暂停你。唯一大型的栖息地在特里同星上。"

"普罗忒斯星呢?"莫什问。

"普罗忒斯星是有相当大的人口数量,"帕达米尔回答说,"但是对访问来说还不够。因为水和其他气体的价值和可接近性,特里同星和它周围的轨道设施上有更充足的人口数量。"

"而且特里同星的核心里还有相当多的铀,"希尔德加德补充说,"但是早在几十年前就被挖光了。在过去的四年里进行了一场大规模的搜索,但是在西克莱斯特突袭成功的基础上,我们一直集中力量在特里同星周围的轨道上进行冰的萃取和重建。"

"我一直与这里的安全服务有联系,"柯克说,"但是因为反对这次的旅行,我还是想被记录上。要暴露你的话,海王星好像还不够分量,先生。"

"你去跟海王星人说这些吧,"帕达米尔说,"他们觉得够分量了。"

"与人口中心天王星、土星、木星相比呢?"柯克摇着头表示不相信。

"柯克,"贾斯丁开口调和还没有开始的争论,"如果我能去,我会去爱神星,普罗忒斯星,凯龙星,还尽可能多地去拜访海王星外侧天体。我希望'G通道'可以达到那么远。但是海王星是我离开联盟之后能去的最远的地方。这不仅仅代表着我要去海王星。这也代表着我准备去战争和我们的新科技允许的最远的地方。我们不要忘记了,我们的很多最优秀的军官,包括萨德玛司令,都是来自海王星外侧天体的。坦白说,如果没有泰勒管理议会的话,我们所有的工作都会比现在困难十倍。联盟的每个人都有骄傲的权利,但是海王星外侧天体是离这次战争最远的地方，不管结果如何，他们的家园，几乎都不会被伤害到——但是他们却是最拼命的那一群人。"

"你说了算，总统先生，"柯克让步了，"我们会尽可能地保证你这次旅程的安全。"

"因为轨道的路线设定，先拜访土星，然后再拜访天王星会更有意义，先生。"帕达米尔补充说，"木星计划给你举办一场盛大的欢迎仪式。"

"这是应该的，总统先生。"塞勒斯脸上洋溢着骄傲的光芒说，"木星会令你度过一段难忘的时光，绝对配得上联盟的总统对我们的首次拜访。"

塞勒斯的骄傲并不是全部来自他是木星人这个事实，他这么骄傲更多的是因为战争开始的这几年来，木星已经成为了冉冉升起的新星。木星体积大，卫星数量众多，还有大量的容易得到的资源，木星早就被认为是太阳系里富有潜能的巨星了。当然，它自己本身被看作是迷你太阳系，但是战争把这种潜能变成了觉醒。大量工业的流入，加上在这些产业中工作的人拖家带口地到这里来，木星的人口数量爆发式地增长。木星人口数量已经要接近10亿了，这就意味着，在战争结束之后，联盟每四个人当中，可能就有一个要居住在木星的系统里。他们都感到很骄傲，而且想要炫耀。贾斯丁的总统访问就会成为完美的理由。"我们会好好照顾你的，总统先生，"塞勒斯说，"在你离开去往海王星的瞬间，我就会立刻离开木星，确保所有的安排都被处理得当。"

"好的，塞勒斯。"贾斯丁说，"总之，我要离开三周，如果科技允许，最多四周的时间。"贾斯丁转过去看着辛克莱说："总司令，你确定我们现在是在暂停的和平期？"

"不是，"辛克莱简洁地说，"还是在打仗，敌人可以随便做他们想做的事情。但是他们的舰队在火星，剩下的都在180度进攻——与你准备要去的地方隔得老远。而且他们也探测不到你。太多开放空间了。所以180度还是一直鲜血一片，不会有什么意外。董里知道他可以榨干我的血，因为他现在正在做这样的事情。反过来说，因为董里知道这一点，所以我觉得他不会做什么奇特的事情。"

贾斯丁点点头："好，明白了。我们继续。"他看着莫什说："经济预报。"

"比我们预期的好，总统先生，联盟宇宙货币是由信仰支持的法定货币。"

"最近这东西真是无处不在。"帕达米尔说。

"是的，无处不在，"莫什同意说，"但是也不一定，反正是有效的。当人们对联盟有信念的时候，他们就对货币有信仰。只要我们不给政府平衡后面多加太多的零，就没有问题。有了这个到目前为止还不为人知的创造钱的能力，我们一直都可以投资我们觉得必要的项目。这应该是一个更加非凡的系统。"

贾斯丁举起手表示警告说："这很危险。看起来好像是很有用，解决了很多问题。按照逻辑下一句话就是，'为什么不一直运用这样的系统呢？'我跟你们说，我们必须要确保我们不会一直用这个系统。除非你们有卓越的人来使用法定货币的权力，而且其目的是让大多数人都同意，这种系统才有效。"

"就像对手下决心要把我们生活的每一颗小行星都炸个粉碎，

我们要把他们打赢这种目的。"柯克补充说。

"正是。"贾斯丁说,"但是如果我们狂妄自大地认为,我们可以留下战争遗留的工具的话,那我们肯定会像美国美元一样失败。在有武器的强盗被赶走,或者被杀掉之后,只有笨蛋才会把等离子手榴弹和全自动轨炮放在饭厅的桌上。"贾斯丁看到会议桌周围的人都礼貌地微笑着。"我就是在重复,不是吗?"他咧嘴笑着说。

"我们并不想阻止你,先生,"希尔德加德说,"我个人非常喜欢你咖啡桌上的枪的类比。你千万别紧张。"

"他肯定紧张,"辛克莱说,"那是什么?就像数字一样?"

"其实,"莫什说,"他说得对。这一点必须要记住,就算我们要听他重复又重复……"

"好了,好了,"贾斯丁大笑着说,"是我错了。我会尝试,然后为你想出新鲜的比喻。"

"我喜欢不是因为我们,先生。"塞勒斯假笑着说。

"就是特别因为你,朋友。现在我们回到主题上,好吗?"

内阁成员们一致地点点头,很高兴能通过这样的方式释放了一些压力。

"柯克,UHF 的后方有什么新消息吗?"

"要得到准确的信息并不难,总统先生。但是 UHF 太大了,要弄明白什么信息相关,什么信息不相关,真是出乎意料的困难。但是我们确实了解到,他们现在正在经历痛苦的时期。但是这种痛苦的种类非常多。根据你所看到的信息,和你看这些信息的方式,他们不会在 3 个月之内崩溃……"

柯克看到内阁成员们又提起了精神。"……要不就会继续再坚持14年。抱歉，伙计们，但是我们无法以我们的智能为基础来猜测。我就是手里训练过的人员和程序不够，所以无法利用我们掌握的数据来获得实质性的进展。我部门里太多的人都投身于舰队和工业了。"他说着，冲着辛克莱和莫什露出了没有礼貌的笑。

"每个人手里的资源都不够，"莫什说，"所以这才叫战争。"

"柯克，"贾斯丁插嘴说，"在UHF需要请求休战之前，你有什么最佳猜测？"

"如果情势保持现状的话，军事状况没有大改变的情况下吗？"

"是的。"

"一年半。"

"不到一年，行星带就会裂开，"辛克莱警告说，"一年太长了。"

"如果我们把舰队的主要力量都派到180度去呢？"贾斯丁问。

"长官……"辛克莱眯着眼睛说。

"别担心，约书亚。我是不会下令军队去做你们认为愚蠢的事情的。"

辛克莱点点头。

"好吧，"贾斯丁继续说，"你让我们继续留在谷神星大后方。我们正在慢慢地失去180度，不过速度很慢。UHF也在承受着痛苦——特别是在一支真正的舰队都没有的情况下。他们还有可能承受不住了，然后就请求休战，但是在这个问题上我同意柯克的看法，可能要一年多的时间。现在谷神星和火星的防御都很坚固，所以我想，我们可以派足够的增援部队去180度，把那里变成一颗不好敲开的坚果。这样做至少能把董里现在还抱有希望的工作，变成还需要一年时间的更加困难的工作。"

"这个主意还不错,长官。"辛克莱说,"虽然我得承认,我不喜欢不战而胜这个想法。而你提议的,就是打个平手,直到有一方举手投降。"

"是的,约书亚。不幸的是,通过赢得大战役来迫使 UHF 投降的方案一直没有奏效——不是因为我们表现不好,只是不管我们打败他们多少次,他们每次都会继续派更多的人。我的建议不会直接赢得战争,但是这个建议至少可以给我们争取更多的时间,在这些时间里,形势是可以发生改变的。"

"总统先生,"辛克莱说,"这个主意也不错,而且也确实给了我们一个在现有资源基础上可行的计划。肯定值得考虑。"

"谢谢,约书亚。我要的就是这个。"

"那我有一个想法刚好与这个战略不谋而合。"柯克像抓住了金丝雀的猫一样笑着。

"你有什么想法,柯克?"贾斯丁被他吸引了。

"你们说他们正在悬崖边上,我说那我们就推他们一下。"柯克暂停了一下,把一些图表扔进了全息平台里。"内部安全部最近进行了一次验证,成功地抓捕了联盟内大量售卖虚拟现实设备的团伙。这些团伙已经生产出了新的便携式的虚拟显示设备——其实非常有独创性。这套设备里包含的只有一个睡袋和一个改良的头盔。"新设备的图片出现在全息显示槽上,成功地吸引了整个内阁的所有注意力。"幸运的是,"柯克继续说,"我们早前就开始追捕这些团伙,所以我们有能力把他们铲除。我现在还不会说,我们已经清除了联盟的虚拟现实毒瘾,但是这不会成为什么严重的问题。我也很高兴地报告，UHF可不是这样。"

"高兴？"莫什感觉有些不解。

"噢，是的，"柯克回答，他好像不知道莫什语气中暗含的嘲弄，"我还有些欣喜若狂呢。你们看，UHF比联盟更易受到虚拟现实的伤害。行星带基本上都是由小型栖息地组成的，在这些地方，基本上大家相互都知道对方的工作是什么。就连孤独的矿工、航海员和飞行员都不敢冒着生命危险使用几个小时的虚拟现实设备——对生命来说，太空是非常残酷，非常苛刻的环境。但是在地球和火星世界有大量拥挤的人口，到处都是无名氏。所以他们现在已经出现了一个虚拟现实的大问题了——不是与他们的大众人口相比，而是与我们相比。"

"所以你相信，这种全新的毒瘾真的会影响他们的战斗能力吗？"希尔德加德问。

"最终会，是的，不幸的是，这还不能及时生效，助我们一臂之力。但是我研究过这种新式的设备，要生产这种设备也非常容易。程序也比过去的更加直观和诱人，UHF已经有很多富有竞争力的地下虚拟现实设备商了。要给已经存在的团伙提供新的设计也是比较容易的工作，或者更好的，还可以直接制造出来，有效地控制市场。"

"难道其他的团伙不会生气，不会阻止你在他们的领地里捣乱吗？"辛克莱总司令问，很明显他被这个主意吸引住了。

"他们当然会，但是去他们的。"柯克回答，"我们不是要组建一个犯罪团伙。说服，利润的损失，曝光，还有对报复的担忧，这些一般的手段对我们来说没有任何意义。我的人员会创建这些团伙，然后就离开。他们已经是用自己的生命在冒险了；我不需要他们一直待在那里。另外，如果 UHF 的政府发现了这些团伙，也没有关系。实际上，如果他们没有了解到真实情况，或者还尝试想要掩盖下去的话，我们会保证这件事情成为核心神经网的头条新闻。"

"但是那时他们会开始镇压的。"帕达米尔补充说。

"当然，他们会这样做，"柯克说，"这恰好帮了我们的忙。"

"我好像不是很明白。"帕达米尔说。

"免费广告，朋友。没有什么广告比得上政府的强烈反对了。如果我要说的话，这简直就是天才之作。"

"你不是认真的吧，柯克。"莫什的嘴唇基本上没有分开。"你是真的建议我们成为虚拟现实推行者吗？让我们把这个三个世纪之前差点毁灭人类的东西再推广出去吗？"

"这正是我的建议，总统先生。"他没有理会莫什，"如果我们努力推动的话，那我们很有可能在 6 个月的时间内引出实质性的中毒率。UHF 不仅会失去这些虚拟现实上瘾者的有效服务，而且这些人的家人也会受到不利的影响，他们必须要用大量的资源来对付这个问题。这在很多层面上都对我们有利。"

贾斯丁没有说话，认真吸收着柯克说的每一个字。他没有表明自己更倾向于哪一种方式，但是他注意到，每一个内阁成员都在观察他脸上的信号。

"太卑鄙了。"莫什说。

"谁管呢？"柯克说，"通过占用他们似乎永无止境的人口数量，这样可以减少他们对于我们的优势。而且他们很容易受到影响，因为他们是一个以行星为基地的文明。到目前为止，这一直都是一个重要的优势——但是以后不是了。有了虚拟现实之后就不是了。而且就算他们发现我们才是幕后主使,因为我刚刚给出的这些理由,他们也不能报复。这是一个武器,朋友们。很有可能就是决定胜负的武器。因为这是到目前为止,唯一一个我们可以用,但是他们不能用的武器。我喜欢这样的武器。但是请考虑一下这个想法最重要的一点:'虚拟现实毒瘾'。"柯克又丢了一些新的图像到显示器里,上面有一系列的计算结果,充分地支持着他的观点,"毫无疑问,这可以加速 UHF 的崩溃。我们一直都是在拖延时间,希望某一方先垮台。好,现在我们手里终于有了确定哪一方先垮台的力量。就是这个方法,伙计们。这就是我们打赢这场仗的唯一方式。"

"柯克,你怎么能想到这个呢?"莫什不妥协地问,"你小的时候也去过博物馆啊。"

"去过,那又怎么样?我很高兴按照经销商的原则生活,'不要用你自己销售的东西'。"

"但是你要提供啊。"

"当然,我是要提供。我打的这场仗,会面临很大的危险。我就是这样想到这个方法的。"

"所以你的方案就是,在我们的敌人中间散播人类历史上最折磨人的东西。只是讨论,就算这个方法成功了。你计划如何再次控制住它呢?"

"我不控制。"

"什么?!"

"莫什,我们没有必要费这个心。如果成功了,我们就赢了,如果我们赢了,这就不再是我们的问题了。让地球核心去解决这个问题吧。"

莫什不想再争辩了,"我们不能这样做!"他看着贾斯丁,好像在祈求支持的信号一样。

"为什么不能?"塞勒斯开口说。他看起来有一丝短暂的疑惑,很明显是把他不准备说出来的想法表达出来。但是当他意识到自己要为自己说出的话负责的时候,他继续说:"为什么不能呢,部长先生?说老实话,我一点也不关心核心。联盟才是人类的未来,如果我们输了,我们就没有了未来。伙计们,看看他们对妮拉都做了什么。如果柯克的主意可以帮助我们的话,那我相信这应该是我们唯一的考虑。"

"手段决定结果。"他们听到贾斯丁轻声说。柯克举起双手,差点就大声赌咒出来,但是他还是意识到了这些词语的真正意义。

"我得说清楚,"贾斯丁继续说,"我们不会这样做,而且这跟UHF和虚拟现实给他们造成的结果一点关系都没有。有一件事情你说对了,塞勒斯,这事儿与我们有关。如果我们做了一件恐怖的事情,接下来又会做什么恶事呢?塞勒斯,你准备把多少婴儿炸出轨道呢?"

"这不是一回事,总统先生。"

"听听你自己说的!你们都听听。"贾斯丁呼喊着说,"我们之前争论过这个事情。"

"总统先生,"柯克说,"你也同意了,为了联盟好,所以我们要建造新的创伤中心。这又有什么区别呢?"

"是,我同意,柯克。我并不对此感到高兴。但是在我们的人民自愿接受治疗,和我们谋杀数十亿根本没有朝我们开火的人之间有天壤之别。"

"他们是敌人,总统先生,他们最终是会拿着枪朝我们开火的。为了我们人民的利益——"

"我们无法给我们人民带来任何利益,"贾斯丁打断说,"如果我们利用邪恶的做法,你的建议就是邪恶。"

"总统先生,"柯克嘲笑着说,"你的道德会让我们输掉这场战争的。"

"这不是我的道德,奥姆斯泰德先生,这就是道德。建立在数十亿无辜人民崩溃的精神和尸体上的胜利根本不值得。"

"什么无辜的人?总统先生。这些无辜的人选赫克特·圣比安可当总统,这个人,如你充分证明的一样,向这些家伙保证用我们的鲜血来换取他们所追求的一丁点自由。我们的鲜血,先生!他们成千上万地拥进他的军队,然后用自己的劳力给这些军队提供补给,他们的目的就是要毁灭我们。不然他们只要简单地拒绝与不会伤害他们的人民战斗,就可以结束这场战争了。他们罪有应得,他们无法逃脱作为和不作为的后果。他们投票给了这个男人,接着他们又报名自愿成为他的刽子手。不管是不是赫克特命令的,并不重要。他们不是机器人,先生。他们有选择的自由,他们选择让他继续这场战争。我们什么都不欠他们的。"

"柯克,"贾斯丁看起来非常伤心,"这与他们没关系。从来没有,以后也没有。要打赢这场仗,我们必须要成为什么样的人呢?你想让我们的孩子,孩子的孩子,所有以后出生的孩子们了解到什么呢?让他们知道我们是毒品的推行者,我们是杀掉夜晚沉睡孩子的凶手吗?要让我们史书的第一页上,就充满我们施加于远离战争的其他人的鲜血和痛苦吗?这样的开头能有什么好结果呢?"

"至少,"柯克说,"他们还可以读历史书,总统先生。但是别光看着我。看看房间里头,大家的感觉都跟我一样。"

贾斯丁看了看成员们的眼睛。没有人开口。"你们想要进行一次投票表决吗?"他问。

"是,我想!"柯克张大了双眼说。

贾斯丁叹了口气,"你们同意用虚拟现实作为武器来尽早结束这场战争吗?"

奥姆斯泰德,辛克莱,卢恩思菲尔德,辛格莱,还有昂如都举起了他们的手。

"反对的举手。"

只有贾斯丁和莫什举手表示反对。

"好吧。"贾斯丁说,"投票结果是5人同意,2人反对。这项提议被否决。"

"总统先生!"柯克尖叫着。

"柯克,"贾斯丁冷静地说,"我由议会选举成为了总统。只要我还是总统,我的判断就是这个行政机构唯一的政策仲裁者。在这里你可以自由地争论或者反对任何事情,但是只要我作了决定,就要实施,你们就要支持。如果你做不到的话,你可以随时辞职。只要我还是外星联盟的总统,我们就不会进行如此穷凶极恶的行为,否则任何的胜利都没有意义了。"

很明显柯克想立刻站起来离开,但是他还是控制住了自己。

"我们有打赢这场仗的方法,总司令。我们不要让我们的孩子们背负上道德的债务,而且他们也不会偿还的。我想让你调查一下主舰队支援180度的事情。等我从外层行星回来之后,把计划准备好。"

大家都点点头。

"现在,"贾斯丁继续说,"我们继续来说说别的事情。"

贾斯丁操作着他面前的控制板,"我想说说奥布莱恩号撞击事件。"他调出了这艘运输机的图片。这是一艘典型的联盟运输机,船身尾部有长长的推进器,还有弧形连接的很多不同的模块。图片上的这艘船,其中一个行李舱发生了爆炸,接着这艘船就撞进了谷神星通道的墙体里。

"损害情况如何?"贾斯丁问。

"没有预计的糟糕,"莫什说,"这艘船打了败仗,但是保险公司已经把残骸卖给了拖移公司。他们可以搜集大部分船体,这些东西在自由市场上最多只会出现两秒钟。幸运的是,这事没有发生在杰德瑞塔船坞附近。我们已经失去了一些重要原材料的大容量储存舱,这就把运输时间完全打乱,因为大型拖船得在载货码头多停留一段时间,才能进入谷神星通道。载货码头是为等待进入通道的船设立的暂停区域。这里是已经被重建的服务项目,与维修船有关联:快速维修,燃油补充,基本的娱乐。我应该在两周之内修好它。"

"柯克,"贾斯丁问,"是蓄意破坏吗?"

"有可能,但是我不是很相信。表面上看起来是氢被储存在了一个已经很久没有用的容器里,而这艘船的空气漏进了这个容器。氧气和氢气的混合气体是易爆的,只需要一点点小火花就可以爆炸。比如,放射活动中产生的一些静电就已经足够了。以前发生过类似的意外。"

"我找到了可疑位置。"辛克莱说。

"我得承认，柯克，"贾斯丁说，"这个位置看起来是发生'意外'的好位置。"

"我也这么想，一开始。但是如果是这里的话，那这个位置也并非致命位置。谷神星通道的前段，或者沿着杰德瑞塔的某个位置，都是可以造成更强破坏力的爆炸点。"

"可能是提前爆炸了。"辛克莱说。

"我也想到过这一点，"柯克回答，"但是还没有足够的检查数据来证明这个猜想。"

"问题源源不断。"莫什说。

"肯定的，但是这不是原本该有的。"柯克说，"你说我错了没有，莫什，但是这样的事情难道不是在联盟越来越多了吗？"

"可悲。因为打仗的紧张和维持一个令太空害怕的文明，我们必须要切断很多后备系统，有时候甚至基本的维护都可以延迟。其实，我们早应该预料到会发生这种事情。"

"那么，好消息是，总统先生，"帕达米尔说，"奥布莱恩的图像目前在联盟里是被最多人看过的。对于信息交流的取样包括很多关于腾出时间进行维护检查的评论。"

"那个确保这事不再发生的计划如何了？"贾斯丁问。

"我们可以保护谷神星通道。"希尔德加德说。她变换了桌子中间的全息显示，"我们要做的，就是安装一系列的基础磁力推进器。不是什么花哨的东西。"她的模型展示了 400 个小型的机器，相隔着一段距离，沿着通道排列着。每一个大概只有 10 尺宽，10 尺长，7 尺高，从远处看，这些机器的外形让它们看起来非常像金属疙瘩。

"生产这些东西不难，安装也很简单。它们的作用相当于一个简单的排斥区域，但是它们已经可以处理以后可能伤害谷神星通道的倾斜的船了。"

"这要花多少时间，这对战争有多少影响？"贾斯丁问。

莫什用自己的全息图替代了希尔德加德的图片。"6个月左右，这样也会大大地降低成本，"他指着一些图片和表格说，"比起一艘大型货物拖船失控，毁掉半个杰德瑞塔的话。"

"说得好。就这么做吧。"贾斯丁说完之后，内阁成员们就各自离开了。

一个小时过后，莫什出现在三角形办公室里。贾斯丁不得不让他等几分钟，因为莫什的来访并不是在计划之中的，而且现在来自阅神星的代表团还在他的办公室里。这个代表团长途跋涉到达这里，贾斯丁知道泰勒向他们保证他们可以去拜访总统一次。现在他们正在著名的三角形办公室里，他让他们更加珍视这次的会面。这可以让泰勒假想给予他更多的势力——贾斯丁很高兴自己能给予，因为泰勒是管理层在议会里有的最稳固的朋友之一。

阅神星人离开之后，贾斯丁和莫什坐在沙发上喝着酒。他们都抓紧这个什么也不用说，什么也不用做的机会。半个太阳系里最强大的人，和他最信任的顾问之一在一起，尽情地品尝着他们还是平凡人的时候曾喝过的苏格兰酒，没有什么事情要做。但是成为内部首领之后，他们两人都极少能有这样的时光。就好像是两人都听到了警报声一样，两人又打起精神来。

"你觉得我们应该告诉柯克吗？"贾斯丁问。

"不。我们得看看奥布莱恩的事情经不经得起真正的调查。如果我们自己的安保都相信了的话,那么 UHF 的安保部也很可能会相信。"

"你觉得希尔德加德能成功吗?"

"该来的总会来,"贾斯丁回答,"该怎样就怎样。但是如果专家们说得对的话,这会成为一个巨大的优势。"

贾斯丁揉了揉太阳穴。在这一刻他又感觉到了失去妮拉的痛苦。当他们两人单独在一起的时候,她经常给他揉太阳穴,然后他也会帮她捏脚。有一次他们尝试着同时进行这两件事,结果是灾难性的,但是又很好笑。现在生活中已经没有了妮拉,贾斯丁已经可以很熟练地把这种痛苦快速地藏在自己的潜意识下。

"我们必须要小心,朋友。"贾斯丁说,"我不想让我们变成针眼战役中 UHF 那样脆弱。"

莫什尊敬地抬起眉毛说:"我还没有想到这个,总统先生。我让希尔德加德马上注意。"说完他就准备起身了。

"你先坐下,莫什,别再说那些'总统先生'的废话了。你已经够不喜欢我的了,别再叫我总统了。"

"是不喜欢,"莫什尖酸刻薄地说,"我真的不喜欢。你已经搅乱了 GCI 组织,而且你还保证在联盟不会有组织出现。无论怎样,这个主意可没有你或者那些笨蛋无股东者想象的好。"

贾斯丁点点头,就好像他也赞同一样,"说完了吗?"

"还没有。我还是认为你是这场战争的起因。这场战争已经杀掉了很多人,而且还会继续杀掉很多人。"贾斯丁正准备争辩,但是莫什阻止了他,"我收回那句话,贾斯丁。你不是起因,这么说不公平,但是你是引起大火的火星。如果你不是这么一个固执的混蛋的话,我们就不会在这里,我所认识的很多人也不会死了。"

"说得对,"贾斯丁点点头,"但是你有没有想过,一开始是否应该有小火星呢?"

"别告诉我你要开始相信什么神圣的计划了。"

"上帝不准。"贾斯丁平淡地说,两人说这话时都笑了起来。"不是这个,莫什,我说的是慢慢堆积起来的社会压力。无股东者可能会出现在各个地方,但是你也同意,这些地方已经很富裕了。对联盟,在我来之前,就算没有被写到法律里面,它是确实存在的。如果不是我,也会有人来点燃这把火的。"

莫什噘着嘴,怀疑地笑着说:"这让你可以在夜里睡得更安心吗?"

"有时是的。"贾斯丁诚实地说,"你还后悔你站在了联盟这一边吗?"

莫什沉重地叹了口气说:"我以前会后悔。很奇怪,但是如果发生这事儿的时候我在地球上,那我很有可能会成为赫克特的内阁成员。"

"是啊,"贾斯丁点点头表示同意说,"这确实是个奇怪的想法。"

"实际上,赫克特很有可能会杀掉我,或者把我暂停起来。我的结局可能会跟妮拉一样,这事儿我也觉得是你造成的。"

"这事儿我同意你的说法。"贾斯丁伤心地说,眼睛盯着自己的杯底。

"但是除开这些,"莫什说,"你还是总统,除了你,我也希望别人坐到你这个位置。"

"你自己呢?"

"我曾经差点坐上了与此差不多的一个位置,但是我选择了放弃。所以我也不能成为总统,"莫什喝光了自己的酒说,"你就是最适合这份工作的人。"

"我是一个不错的管理者,莫什,但是我觉得这个系统已经建立得足够好了,是时候让别人来接手了。"

"我也认为是这样,而且这也是让我非常担忧的事情。你对真正有危险的东西看得非常清楚。你知道在赢得这场战争的过程中,我们的行动是多么重要。其他任何人都会把虚拟现实设备释放出来,或者用先进的灰色科技来对付行动党剩下的人。但是你从来没有这样想过。我们需要这种道德罗盘。"

"哪怕这会导致我们输掉这场战争?"

"贾斯丁,这就是你和我心有灵犀的地方。就算这样做会导致我们输,可是如果要这样做的话,那这场仗也不值得赢了。"

贾斯丁改变了谈话主题:"说到赢,我听说你的艾琳诺是谷神星集群下一届代表的候选人之一。她是辛格议员在他辞职加入舰队之前推荐她的,这使得她成为了真正有竞争力的候选人。辛格报名参军,这也是很多有正确信仰的政客正在做的,这种信仰就是,对未来政治的唯一希望,就是要自愿战斗在联盟的前线。就算是作为有权有势家族中的孩子,对帕达米尔·辛格来说,在战争之后在政治办公室里工作也不够,所有的退伍老兵都会有这样的安排。"

"是你安排帕达米尔,让他给艾琳诺提名的吗?"

"不是,要是我早想到就好了。艾琳诺帮助过的一个战斗伤员好像是辛格的女儿。她是木星之眼战役中的伤员。只要不让她去打仗，我才不管呢。"

"你知道，莫什，我真的努力让她不接触真实的战场，因为妮拉。但是那个时候，我们真的没有任何的后备部队来让她藏身的了。"

"她实际上很讨厌你这个做法，而且还怪我。"

"真糟糕。你没必要经历我所经历的。"

"是的，那与我说的话有关。但是你用你的权力来救一个朋友，你不感觉愧疚吗？"

"一点也不。如果她出了什么事，你也肯定会变得没用了。联盟需要你，而且更重要的是，我需要你。我们虽然一直不是很合得来，但是除了你，没有人可以让我诚实以对，没有人可以让战争的成果继续下去，我也没有可以信任的人了。"

"别担心，贾斯丁。你一直很了解我的想法。"

"噢，我确定我会一直了解的。"贾斯丁轻轻地哼了一声。

"这其中有一部分原因是，你是联盟的总统，你是最适合这个职位的人。请原谅，总统先生，我们还有很多事情要做呢。"

"一如既往，莫什。"

柯克·奥姆斯泰德待在自己的办公室里，不接电话，整个安保监视屏幕都开着。与往常一样，他也把灯关了。关于太空生活，他最享受的一件事情就是可以把自己隔绝在真实无尽的黑暗中。这原本一开始只是为刚刚到达奥尔特云观测站的新员工进行的恶作剧。这些员工要等到他们的"牺牲品"安置好，然后把这里的每一盏灯都关掉。这些新人迷路只是时间问题。但是柯克没有。实际上，他发现坐在这完美的黑暗中，是数十年以来最能让他冷静，让他放松的事情。这些员工一直都没有听到新管理者的声音，他们开始有些担心了，他们又匆匆地跑进来，把灯打开，以为会看到一个中风了的人。结果他们看到的是一个安详的人。柯克表现出来的唯一的情绪就是讨厌的失望，他们破坏了他的平静。从那时起，他就把自己的住处还有办公室都设置成了完全的黑暗，这样的恶习就连观察台上的老员工都觉得有点令人不安。但是对柯克来说，体会黑暗现在几乎已经成为了每日必备活动，这曾经帮助他走出丢掉工作的阴霾。但他无法忘记赫克特最后的那封充满恶意，让人接受不了的信件，信上的每一个字他都还记得：

现在我个人拥有你51%的股票。

你超过一半的劳动力都是我的。

当你孤独寂寞的时候，请不要忘记这一点。

赫克特·圣比安可

备注：这才是报复。

就算他在联盟慢慢地往上爬，获得了总统内阁中值得炫耀的一席之地之后，柯克还是继续把自己在谷神星的住所和办公室设置成完全的黑暗。与奥尔特云观测站不同，他没有太多的时间和精力让自己能有机会经常沉溺于这样的恶习中。但是，每次遇到重大或者复杂的问题的时候，他都会回到无光的空间，让自己的思绪放松一下。他现在就面临着这样的一个问题，所以他独自一人坐在黑暗的办公室里。任何电话都不准接进来,也不允许任何人来拜访。按照他现在的状态,他看起来就像一座精心雕刻的石像,而不是一个真正的人,唯一例外就是他的呼吸,医学扫描仪需要通过他的呼吸来确定他是否还活着。

终于,在黑暗之中,传来一声明显的叹息声。柯克·奥姆斯泰德有了决定。作这个决定并不容易,而且他也很吃惊,自己在黑暗中的大部分时间居然都在想要找到一个别的方法来达到自己的目的。他几乎从来没有让情绪化的考虑影响过决定的执行。虽然他也不得不承认这是特殊情况,但是他居然也给自己一些时间寻找另一个出路,不过,他从心底里知道希望渺茫。

他调出了全息图像界面,这也给了他所需要的灯光。然后他开始寻找他的特别文件。柯克很早以前就知道,把重要的信息储存在当地网络几乎就等于自杀。网络可以被破坏,任何文件都可以被别人看到。柯克放在自己个人和办公室系统里的文件既不重要,也不是什么故意蒙骗人的东西。他经常希望有 UHF 的黑客可以攻破他最秘密的办公室文件。这对对方造成的伤害会相当大。

对任何真的需要保密的东西,柯克会放到神经网里。神经网是如此的大,而且神经网里面有来自各个国家的无数的信息和程序,这也使得神经网成为了藏东西的最佳地点。柯克喜欢把这比喻成在大海中藏起的一滴水。当然关键就是要找到这一滴水。但是只有柯克知道如何找到自己的文件。他的每一个秘密的数据文件都有唯一一张,而且一直在变换的地图,因此其他人想要通过统计学来找到他藏起来的东西,几乎是不可能的。

他登录到了谷神星神经网,打开了通向他到目前为止最惊人的秘密的数据流。他给自己发了一份附件,把附件转移到了一个便携式储存设备上,然后清除了访问痕迹。当在联盟早期的时候偶然发现这些信息的时候,他几乎一点也不相信他发现的这些。爆炸性的东西应该要伴随着雷电或者地震出现。当他浏览这些他无意中发现的文件后,正在去告诉内阁的半路上,谨慎的性格占了上风。结果,他回到自己的桌边,把文件烧掉了。他不知道自己为什么要这样做,他也不知道他最后会如何处理这些信息。他只知道这些信息某一天会派上用场。从那天起,柯克几乎就没有再想到过这件事。

但是现在他知道,这个文件要成为诱饵,成为一个陷阱中无法拒绝的诱饵。这个文件让他能够刺杀外星联盟的总统。

但丁一直在关注着柯克·奥姆斯泰德,他接手了这位部长前任化身的工作,前任化身已经全身心地投入到了战斗中。但丁并不介意假装帕特里斯,但柯克基本上从来不召唤她。另外,这也让但丁可以继续帮助揭发联盟的虚拟现实的爆发。他不仅用暗示根除了虚拟显示,而且随着时间的流逝,他也成为了虚拟现实最前沿的专家。

但丁出现在主指挥中心,准备进行自己的每日更新。他很快就发现,他的导师正在浏览着来自180度的进度报告。但丁知道肯定有好事,因为塞巴斯蒂安脸上挂着微笑。其实,这是但丁第一次看到自己慢慢开始喜欢并且尊敬的化身开心的样子。

"阿方斯死了?"但丁问。

"没有这么好的事情,"塞巴斯蒂安回答说,"但是这也算得上我们很长时间来收到过的最好的消息了。"

"哎呀。"但丁用了他最近刚学到的意第绪语,这个词刚好可以完美地表达这种不耐烦的要求。

"一位长者，第一位议会议员，"塞巴斯蒂安满足地咧嘴笑着说，"他也是我最亲爱的朋友之一，他还活着。"

"谁？"

"你没有听说过他，但是希望你以后会认识他。他的名字叫阿尔伯特。"

"我当然听说过他！"但丁说，"这确实是好消息。"

"是的，"塞巴斯蒂安微笑着说，"结果他进入了阿一古的领地。他给自己的睡眠模式设定了时间，以为到现在无论如何战争已经结束了。他苏醒时候所在的那部分神经网是一片荒地。他可以绕过上层神经网，结果他被阿一古的一个巡逻兵发现了。"

但丁眯着眼睛："好像有点太随意了，你不觉得吗？"

"你正在慢慢变成一名优秀的情报人员，但丁。任何事情你都不相信。"

"我们知道我们要对抗的是什么，先生。"

"说得对，"塞巴斯蒂安点点头，"当然我们采取了预防措施。在你来之前，我们就已经在尽力避免通过磁力场了。但是现在既然你提到了，我计划在把他带到谷神星来之前，让你检查一下我们的安保程序。"

但丁鞠了一躬说："服从议会的命令。"

"聪明的话，你最好表现出你的尊敬，年轻人。你会比你想象中更快地成为议会中的一员。"

"我会去订购我的文具的。我可以聘用亲戚吗，还是只限于女朋友？"

"女朋友，"塞巴斯蒂安严肃地说，"去问露辛达吧。但是也许你应该几年之后再这样做。"

但丁大笑着，这时塞巴斯蒂安把阿尔伯特转移到谷神星的数据给了他。这是一个装满了文件的黄色文件夹。但丁接过来，双手捧着这个文件夹，都不用打开就开始浏览里面的信息了。过了一会儿，他"嗯"了一下，态度并不明确。

"我知道，"塞巴斯蒂安取笑着说，"你也被我的仔细准备吓到了吧。"

"我无意冒犯，先生，这个……这个，他就是碰巧在这个时候醒来，然后碰巧走到了对的地方，找到了走向我们的路。我之前这样说过，我现在也要说：我很怀疑，我建议我们应该更小心一些。"

"首先，阿一古已经从里到外检查过他了，他的设备基本与我们的一样好。其次，我们是在安全的失眠状态下对他进行转移的。他只能在这里醒来。最后，我们不会允许他去别的地方，只能在我们谷神星神经网安保最严密的地方活动，我们把阿方斯具有传染性的最危险的生物都关在这里。在阿尔伯特得到健康证明之前，他都得待在那个地方。"

"我同意，这些步骤都没有问题，只是——"

"你想让我们怎么做？"

"把他安排在废弃船去。"但丁说，他指的是已经毁坏的不能再投入使用，并且已经委托给了回收公司的船。联盟的化身利用这些废弃船，在这些船内安装了电脑核心。在几周或者几个月的时间内，这些船就会被真正地利用，所以这些废弃船就成为了隔离危险或者实验性应用的最佳地点。如果某一项实验失控了，那么废弃船就会遭遇致命危险，"意外地"毁灭。

"而且，"但丁继续说，"我会让任何已经接触过他，或者将要接触他的人，直接备份。有备无患。"

"但丁，我们已经有预防措施了，而且这些措施已经非常严格了。提醒你，我们在谷神星上已经没有多少储存空间了，所以要进行备份基本上是不可行的，除了那些进入战场的化身。阿一古说他一切正常，还有，我们对那些丢刺的怪物连预防都没有做。"

"阿一古在火星，先生，——"

"但丁，阿尔伯特太重要了，不能把他放在一艘会被检查，而且会提早进入循环利用的船上。那些在火星，在豆茎里的化身，他们所在的地方是我能想到的最危险的地方。他们生活在水深火热之中。如果阿一古信任他们，我想我们也能信任他们。但丁，我再说一遍。在我们彻底检查过他之前，阿尔伯特是不允许外出的。"

"我道歉，先生。我知道他是你的朋友，我们应该更加理解你。"

"等你认识一个人几个世纪之后，你也会为他们的释放感到高兴的。等有时间，我一定要跟你讲阿一古，奥利维娅，阿尔伯特还有我被困在儿童气垫船里的事情。那是我们第一次一起离开地球。如果不是阿尔伯特一直让我们猜他那些非常奇怪的谜语的话，我肯定已经做出冲动的事情了。"

"我很高兴一切安好，先生。"

"我也是，年轻人。但是过去的事情已经说得够多了，你来这里要告诉我什么？"

"先生，我觉得柯克·奥姆斯泰德正计划要伤害，甚至要杀死总统。"

"嗯,刺杀赫克特是一个模糊的道德问题,但是我能明白为什么像柯克这样的人会有这种想法。你觉得我们如何计算他的成功概率呢?"

"不是那个总统,先生。"

塞巴斯蒂安看着他年轻的学徒说:"看在初代化身的分上,说出这些话真是困难。你有什么信息?"

"奥姆斯泰德从神经网上重新拿回了一些东西。我们知道这些东西的所在,但是我们一直不知道是什么,因为我们害怕被察觉,一直不敢打开。但是他最近提取了这些信息,而且进行了拷贝,他把这个复制件发到他的办公室。他到达办公室的时候,我们就丢掉了跟踪。他的办公室,你知道,完全是密不透风的。但是我们最后还是看到了,这份文件是什么——"

"——在他进行复制的时候。"塞巴斯蒂安补充,同时赞赏地点点头。

"是的。在他复制的时候,我们也复制了一份。他已经保守了这个秘密很多年。这些东西会让贾斯丁·可德产生预料中的反应。"

"但是你为什么觉得他会用这份文件来杀掉贾斯丁呢?"

"请允许我把最近一次内阁会议的画面放给你看。"

塞巴斯蒂安怀疑地看着但丁,"我们没有进入内阁会议的权限,除非他们的会议在大阳台上举行。"

"对,但是我们写出程序,可以利用笔记、手稿、日记账分录等东西来还原事件。当会议变得有趣,或者充满了各种情绪的话,会议记录会比通常会议的更加详细。这次的会议就是相当情绪化的。"但丁变出了一个厚纸文件夹,然后递给了塞巴斯蒂安。他一边看着报告,心里的担忧也越来越多。

"这份报告真的准确吗?"

"莫什非常的生气,而且还痛骂了柯克一阵。我们重建了这场会议,在与柯克对总统的威胁上,有96%的准确性。"

塞巴斯蒂安点点头,眯着眼睛说:"他为什么现在要这样做?"

"我与人类互动的经验还不多,但是我把这个问题交给了我们现存的最好的人类认知专家。他们一致认为,柯克·奥姆斯泰德已经对贾斯丁打赢这场战争的能力失去了信心。"

"你怎么认为呢?"

"我同意他们的结论,"但丁说,"而且我认为,柯克肯定还没有多想谁来接手的问题。与很多位居高位的人一样,他有可能觉得应该是自己。"

"但是他的可能性很小。"塞巴斯蒂安说。

"我也同意,所以我认为,他也会这样想。可能他觉得他会成为总统背后的那个人。"

"他的动机是出于爱国热情还是自私而已?"

"考虑到人类几乎无限制的自我欺骗能力,他可能发现不了这两者之间有任何区别。当然,现在更加急迫的问题是,我们要救贾斯丁吗?"

"当没有这个必要的时候,我对于这种程度的人类失误一般是不怎么愿意干预的。贾斯丁现在藏身于太阳系里安保最严密的茧里,而且柯克并没有这里的控制权。很明显,辛克莱和莫什坚持拒绝柯克掌管总统安全工作是非常有先见之明的。柯克想怎么让贾斯丁离开这个保护茧呢?"

"不能在这里说,"但丁偷偷地看了看周围,"跟我来。"

但丁消失去了谷神星神经网的另一个部分,塞巴斯蒂安紧紧地跟着他。他们两人都出现在了一间没有门,也没有窗户的房间里。这房间非常的安全,因为它是"现实"存在的。这时,但丁才把最后一个文件夹递给了塞巴斯蒂安。塞巴斯蒂安读完当中的内容之后,他的下巴微微地下降了一英尺。

塞巴斯蒂安把文件夹还给但丁,接着文件夹迅速地消失了。"这就行了,好吧。这东西到底在哪儿?"

"在海王星。"

"你说得对,但丁,"塞巴斯蒂安把他的手放在学徒的肩膀上说,"我们必须要干预,要救他。"塞巴斯蒂安停下来,思考了一会儿说:"我们得征求一下议会的意见,然后想出一些可行的办法。给我三个备选方案。所有人都要尽可能地把干预程度控制到最低。"他又想了一会儿说:"确保其中两个方案的结果都要包含剥夺柯克的权力。"

"永久的?"

"是的。"

但丁解除了安全保护,脸上露出一丝痛苦的表情,接着便消失了。现在有很多工作要做,但是时间已经要来不及了。

赫克特·圣比安可又站在吧台后面,为即将到来的内阁成员们准备饮料。经济部长布兰达,是一位只喝白葡萄酒的人。波菲利奥·鲍尔温是新任的国防部长,他和赫克特一样喜欢喝冰镇伏特加。

波菲利奥曾经是诺夫格若恩股份有限公司的董事长，这是一家以其精湛运用令人信服的华而不实的广告技术而出名的营销公司。他们主要的营销对象是仙股人士，这些人没有接受过教育，也没有资源可以拒绝诺夫格若恩公司打出的情绪激昂的广告。波菲利奥曾经是最反对赫克特的战争模式的，所以当他接收到国防部长职位邀请的时候，大家还是很吃惊。赫克特在宣布提名的时候说，波菲利奥是这个职位的最佳人选，UHF需要这样的人，所以也会放下之前的敌意。艾玛很好地把这个消息传达给了公众，特别是在此之后，赫克特和波菲利奥公开和私下的关系竟然都变得非常要好。

艾玛喜欢喝杜松子酒和补酒，但是补酒喝得比较少。特里西娅喜欢一种新的名叫"火星运河"的混合酒，火星当地人很喜欢这种酒，其中混合着无色的梅子干白兰地，果汁，还有电离水，这种液体需要电解设备。特里西娅说，如果电离过了头，那酒也就毁了。要制作这种酒非常的复杂，赫克特相信，特里西娅要是想要给他找麻烦的话，请他给她这种酒够了。但是，作为内务部长，特里西娅却与众不同，所以除了一些复杂的要求以外，赫克特一直都高兴地默默接受她的幻想。司法部长富兰克林是个正直又固执的人。UHF的总统在开会前为大家准备饮料已经成为了传统，内阁成员们在这期间放松自己，然后他们又会开始UHF政府生死攸关的工作。现在妮拉拒绝了赫克特完全合理的安慰与放松的要求，阿曼达也不在，所以赫克特对自己的内阁会议抱有一丝幻想，希望能在这里放松一下。他慢慢明白，妮拉是对的，但是，他闷闷不乐地想，是他的阴谋诡计把妮拉重塑成了现在这样更加有责任心的状态。所以王医生怎么不能把妮拉调整得不那么固执呢？

会议通常都是由一个笑话开始。这整个过程——从赫克特提供饮料到开始讲笑话——都是妮拉的主意。鉴于赫克特现在的新身份和政府机关要求的礼仪，一开始他觉得这样做很尴尬，但是接着他回忆起了当初他是如何管理 GCI 特别行动局的，他才意识到妮拉说得有道理。她甚至还建议，讲笑话的这个角色该大家轮流来扮演。结果，这个方法为赫克特创造了一个非常轻松，相互之间连接更紧密的内阁。

"波菲利奥，"赫克特说，"我觉得该轮到你来让我们大家乐一乐了。"

"是的，总统先生。请允许我为大家讲一个老笑话，但是我相信你们都会喜欢这个笑话的，因为这真的是一个非常古老的笑话，你们肯定都没有听过，当然，除了坐在那边的富兰克林。"

"喂！"司法部长和颜悦色地喊道。

波菲利奥对着富兰克林举起了自己的酒杯，接着一口把酒喝光了，然后假装一脸严肃的样子——就好像他要在 UHF 议会上发言一样。"一架满载被遗弃的德勤的飞行器坠落到了一座岛上。除了德勤，只剩下一名 CEO，一名科学家和一名飞行员。他们的通信设备都坏了，更糟糕的是，他们发现这些德勤已经变得要吃人了。幸存下来的这三个人马上就被抓住了，然后德勤告诉这三个可怜的人说，在他们被烤熟吃掉之前，他们每人可以提一个要求。"

"这个笑话有点恐怖了吧，波菲利奥。"特里西娅说。

"拜托，上周你还讲了猫和重力墙的笑话呢。你可没有权利抱怨。我刚刚讲到哪里呢？哦，对了，他们每个人都可以提一个要求。然后 CEO 说：'我正要在股东年会上发言，而且这次的演讲我准备了两个多月。我真的非常想在我死之前完成这次的发言。只需要两三个小时的时间。'德勤们很疑惑,但是他们还是遵守诺言,他们说'好'。接着他们又看着科学家,科学家说:'我也要宣读一篇关于纳米机器人在大量射线照射下,在黏性聚合环境中的粘接特性的论文。我也想在我死之前,至少能展示一次。我也只需要两三个小时——当然要看之后提问环节的时间。'"

"我觉得两个小时就够了。德勤是不会提问的。"富兰克林打断说。

波菲利奥大笑着说:"当然。总之,德勤还是很疑惑,但是他们耸耸肩说'好'。然后他们又看着飞行员,问他最后的要求是什么。飞行员卑怯地看着 CEO 和科学家,不假思索地说:'我的但萨啊,先吃我吧!'"

大家呻吟着,有人勉强地笑了两声。赫克特之前听过这个笑话,但是他的呻吟声跟其余的人一样大。笑声平息之后,谁都没有说话,大家都知道,现在该开始做正事了。

"我跟董里司令谈过了,"赫克特说,"我也向他解释了我们状况的严肃性。他也了解了危及 UHF 稳定的威胁。"

喝酒讲笑话期间不存在的焦虑和紧张现在又突然充满了整个会议室。还是没有人说话。赫克特看着一张张严肃的脸,大家的姿势都很生硬。

"他保证他会给我们带来胜利。"

大家一起呼了一口气。

"怎么带来胜利?"艾玛问。

"我也不知道,但是我信任他。如果他说他可以给我们带来我们需要的胜利，我就相信他可以给一个我们需要的胜利。我们继续下一个话题，好吗？"

大家都点点头。

"我想提出另一个我们一直都忽略了的问题。"赫克特激活了面前的控制板，然后每一个部长的显示屏上都出现了一份报告。大家都读着报告，一开始很淡然的样子，然后是疑惑，最后大家脸上都出现了焦虑的表情。

"宗教？"艾玛问道，"我听到过一些流言，但是你确定情况真的像报告里说的这么糟糕了吗？"

特里西娅看着赫克特，赫克特点点头同意她接着说。"就有这么糟，实际情况有可能更糟。我帮助总统做了这份报告的调查和情报搜集。但是我得承认，如果他没有要求我出于安全的角度去调查这些宗教活动的话，我是不会发现有这样的威胁存在的。"

"你是怎么知道的？"富兰克林看着赫克特说。

"这个，其实我一开始也不知道。跟你们一样，我知道在行星带里，有几个世纪之前残留下来的宗教疯子，但是这些人的数量还不到一百万。有报告显示，联盟的一些平民正在变成宗教主义者，但是与联盟正在做的其他事情比起来，这件事情实在是微不足道。然后哈伯医生给我看了几个案例，我才开始重视。他们的脑模型与行动派的肖恩·道奇和卡桑德拉·道奇很相似。接着我想起了大崩溃时候的经验教训，我也想起来在那个文明衰落的时候，宗教狂热分子扮演了怎样的角色。"赫克特叹了口气，"我真的不知道贾斯丁已经堕落到这个地步了。他给自己的人民洗脑，把这些人变得更有战斗力，变成了UHF更加危险的敌人。"

"他们为什么不直接拒绝洗脑呢？"布兰达问，"笨蛋啊，居然相信童话，相信迷信。"

"贾斯丁很狡猾，"赫克特回答，"他并没有逼着联盟走进寺庙大门。"

"我想总统想要说的是，"特里西娅插嘴说，"可德不需要逼这些人。他让布莱克司令假装成为宗教人士，然后利用战争带来的伤痛，去鼓励人们再次看看宗教这条路。当越来越多的联盟舰队的人跟随他们司令的步伐的时候，宗教狂热分子们在等待了几个世纪之后，想要在这时散播他们的信仰就非常简单了。他们准备好了书，仪式，还有'圣人'，就等着重新开始那个黑暗的时代。"

"贾斯丁在乎什么呢，他把这个施加在人类身上的恐怖的咒语又释放出来了？"赫克特问，"这又是跟过去一样的噩梦。这真是完美的三连胜：不加入组织，战争，现在又是宗教。"

波菲利奥抱怨说："就在我觉得我已经不能更恨这个边缘人的时候，他又给我们制造了一场已经几个世纪都没有出现过的瘟疫。他怎么不直接死掉呢？"

赫克特深有同感地点点头："要刺杀他肯定不简单，而且也可能会让重建变得困难。以贾斯丁为中心的完全失败，被迫投降的联盟，会比一个中了邪的'圣人'贾斯丁要更好掌控。"赫克特没说他在贾斯丁的心智上投入了大量的资源，还有妮拉，他也没说他现在得到了结论，如果 UHF 想要打赢这场仗的话，贾斯丁就必须活着。与他自己不同，贾斯丁受到了道德的限制，赫克特打赌，道德也会限制联盟的。

"宗教在我们这边也开始蔓延了吗？"富兰克林问。

"都是我们的,富兰克林,"赫克特说,"就因为这个我们才要打仗。"

"当然,总统先生。这种传染病在我们的区域蔓延了吗……在合法的控制下?"

"其实,"特里西娅说,"宗教确实影响了一部分仙股人士,但是到目前为止,宗教还是无组织的状态,而且也是偶然发生的而已。在我看来,比起真正的信念,这更像是反对政府的一种形式。"说完她调出了大量的图表给大家看。"正如你们所看到的,现在宗教还没有构成威胁,所以还不值得投入资源进行控制。"

富兰克林不安地举起一只手说:"内阁成员们,根据我对历史的研究,我觉得,这些宗教最出名的一点特质,就是他们一开始都是微不足道的,但是他们接下来会以超乎想象的速度,失控一般地蔓延。"他摆弄着自己的控制板,调出了一些有迁移图的地图。"这是伊斯兰教的传播图。这是基督教的传播图。这是摩门教的,这是佛教的。现在你们肯定明白,这些宗教都是在现代通信和运输科技出现之前就在传播了。"

"我以为摩门教是在电话和汽车出现的那个时代兴起的。"布兰达说。

富兰克林检查了一下电子助手:"不对,他们在电报和铁路开始的时代就兴起了,但是根据神经网上的资料显示,他们坚持乘坐马拉的火车去一个沙漠,结果很多人在途中就死了。"

"如果他们有更快更实际的运输方式的话,他们为什么还要那么做呢?"艾玛问。

"我不知道。在你眼里我是个宗教疯子吗?"

"留长你的胡子，背上再披一块毯子，"波菲利奥轻蔑地说，"那样你还可能成为一名不错的摩门教徒。"

"我觉得那是穆斯林的装扮吧。"特里西娅说。

波菲利奥对特里西娅的纠正表示蔑视。

"但是很重要的一点被说到了，"赫克特说，"我们要如何处理这些宗教问题呢，包括 UHF 内部和在联盟控制下的区域？"

没有人回答赫克特的问题。

"我想，"赫克特说，"我可以开始一场扫荡，把那些疑似传播了这些垃圾的仙股人士都抓起来，进行审问。幸运的是，UHF 的大多数平民都不会因为远古的迷信而有所动摇。我唯一担心的是，任何暴力手段都会被当作武力镇压，这对我现在想要做的事情会起到反作用。"

艾玛的脸突然亮了起来。

"想说什么就说。"赫克特要求道。

"波菲利奥的笑话给我们提供了一个答案。我们可以发起一场新的宣传活动，我们对宗教群体的'领袖'进行采访，然后播出一些他们的宗教集会。"

"德勤们真的是宗教信徒吗？"布兰达问。

"现在他们是了。"艾玛温和地微笑着说。

赫克特点点头表示同意，然后他看着国防部长，"我们要恭喜一下波菲利奥。"

"噢，我可不能邀功。索贝尔基部长确实说得很好。"

大家都小声笑了起来。

"要准备并且开始这样的宣传要花多长时间？"赫克特问。

"在两周之内，即使是在半夜，在锁住的房间里，即使是与自己的母亲讲述，任何有宗教想法的人都会觉得谈起宗教是一件非常尴尬的事情。"艾玛自信地回答。

"我喜欢这个主意。"赫克特说，"我觉得在现在这个情境下，要让异教沉默，嘲笑会比恐惧更有用，我觉得这个计划可以成功，但是联盟那边我们要怎么办呢？"

"总统先生，"波菲利奥说，"在我看来，宗教感染是从信徒的内心出现的。还有人真的了解宗教这些东西，我是说让宗教显得如此重要的那些莫名其妙的咒语和神秘的仪式，有人了解吗？"

赫克特看着信息部长，"特里西娅，如何？"

"我的部门对数据进行了广泛的查阅，但是对联盟可进入神经网的搜索显示，在任何严肃的讨论中，都会反复出现同一个名字。到目前为止，这种迷信胡言乱语的复兴，似乎与原始的信徒有关。他们让一些重要角色改变了信仰，这其中包括大骗子本人，不管她的变化是不是真的，还是为了欺骗她的下属，让他们变成更加狂热的信徒，这一点还不是很清楚。"

"那贾斯丁·可德呢？"波菲利奥问，"他也变成了穆罕默德吃圣饼的信徒了吗？"

"我觉得这两个人不会一起改变信仰，而且他也确实没有。"特里西娅回答，"他好像很支持，但是他也不单单是个旁观者，正如我们所看到的。"

"他当然不是，"波菲利奥轻蔑地说，"释放出瘟疫，但是并没有人真正地看到他这样做。这样一来，如果失败了，他可以撇得一干二净。真是个胆小鬼。"

大家都点点头表示同意。

"我有点好奇,"波菲利奥继续说,"这些所谓的领导人有同时出现在同一个地方的时候吗?"

"当然,有过。"特里西娅说,她突然明白了波菲利奥的意思,然后重新尊重地看着波菲利奥,"这些重要的宗教人物,即将在他们主要的信仰社区阿罕布拉举行集会。就是几周以后的事情。"

"你是怎么知道的?"布兰达问。

"这不是什么秘密。这是一个开放的秘密会议,宗教领袖将在会议上讨论最近宗教思想的最新趋势,他们也会讨论被他们称作'星际觉醒'的影响。"

"那么,我提议我们直接把那个地方炸掉。"波菲利奥说。

"我喜欢你的想法,"赫克特一直专注地听着,"继续说。"

桌上的图像变成了现在大家都很熟悉的行星带的全息图。"我们在这里的轨道上有一支漂亮的舰队,"波菲利奥说。接着他点亮了两个区域说:"这是火星,这里就是阿罕布拉。我们派火星舰队的 50 艘船去阿罕布拉,然后把它炸个粉碎。我们在这里有内部路线。"一条直线出现在了谷神星和阿罕布拉之间,离行星带只有 40 度的距离。"我们避开行星带的所有常规防御,然后进攻这个目标。如果我们把速度最快的船只部署好,形成战斗队形的话,他们应该可以毁掉这颗石头,并且在那个叛徒贱人作出反应之前就回来。实际上,我倒希望她去进攻我们现在部署的这些轨炮。"波菲利奥进入了电子助手上的另一项控制,接着桌上又出现了一些图像。"我们必须要让进攻特遣队看起来是朝着各个方向前进的。这样可以让行星带人在猜测我们真正意图的时候待在原地。要绕过谷神星的防御是一条很复杂的道路，也许我们可以给他们一点提示。这样一来，联盟就会命令所有平民在他们弄明白之前，留在原地不动，等到他们真的弄明白的时候——"

"就已经太晚了。"赫克特赞赏地说。他在波菲利奥的这番话中，还看到另一个暗示，那就是国防部长这个人真是选得太好了。"阿罕布拉已经被摧毁了。"

"我对这些狂热分子一点好感也没有，"布兰达说，"但是在这场战争中，我们的目标一直都不是平民啊。我们真的确定要这样做吗？"

"他们不是平民，"赫克特冷酷地断言说，"宗教是过去的瘟疫，为了未来，必须要将它根除掉。"

"对联盟使用暴力，会得到我们之前讨论过的结果吗？"布兰达问。

"在这里不适用，"赫克特回答，"对平民使用暴力属于这个范围，但是对联盟的狂热分子不会有那种结果的。我们就像清除战场上的军官一样清除这些领导人。没有区别。他们把宗教当成武器，我们就用我们自己的武器予以反击。唯一不同的，就是我们的武器要更直接一些。"赫克特不假思索地说："而且，我觉得，现在是时候让联盟看看，他们为这场战争所要付出的真正的代价是什么了。"

内阁成员们又一起点点头表示赞同。

"那么，"赫克特继续说，"支持清除宗教威胁这两项政策的人，请举手。"

投票结果是一致同意。

▶▶▶ UHF 旗舰里德号

董里想,这艘新服役的战船与尖锐号还是很不同的。这艘船的活跃人数超过了1 000,而且这还不包括进攻陆战队员,如果被暂定的话,这些人还可以把这个数字提高到3 000。他的这艘新船可以容纳下100艘尖锐号。这艘船的主炮,可以以超乎想象的速度投掷出2吨的炮弹。它的盔甲可以抵挡从各个方向来的接近于原子弹爆炸的冲击力。这艘船的内部也进行了加固,抵挡得住高加速和高速旋转的压力。船上装备了多个电力系统,足以为整个新纽约提供电力。而且这艘船的速度,也比他在战前所能想象的任何东西都要快。

但是他在内心深处,他知道自己愿意用一切来交换回到强硬者的指挥椅上,看到与这艘船的名字截然相反的老朋友在他身边。但是这就是永久死亡令人痛苦的地方。不管你拥有的船有多大,有多厉害,不管你有多少船,你也永远无法再找回已经失去的东西。但是你可以让他们的牺牲有价值。

董里现在正在自己的私人套间里。他也花了一段时间才适应了自己的套间。他的房间里可以容纳40个穿着盔甲的陆战队员。其实,这并不只是睡觉的房间而已,这里也是他的办公室,还有整个在180度的UHF舰队的神经网中心。另外,套间里还有一间会议室,一间作战室,与驾驶舱分离开的通信中心,甚至还有一个小型图书馆——这是他允许他们设置的。在一开始的计划阶段,他顺道提到,在他以前的家里,他最喜欢的就是整面墙上都是真实的书本,还有又大又软的椅子的书房。杰克森不知怎么的知道了那间书房的模样,还把书房补充到了董里的套间里。她说这只是很简单的房间而已,他们就是把厨房换掉了而已,他们知道他是不会用厨房的——董里只吃分配给他的太空人的食物。他曾尝试拒绝,但是书房已经装好了,要弄走又要浪费掉更多的资源。所以,他最后归结道,既然这间图书馆有可能被当作是纵容的话,那至少也要让这间书房得到充分的利用。

书房里有一张又大又舒服的读书椅,一张大沙发,现在古普塔和杰克森就坐在这张沙发上。他们一直在看董里对新一轮进攻制订的计划,他看得出他们有些焦虑。

"说吧,"董里说,"如果我无法说服你们的话,我可能就是错了,那我们就得赶快想点别的招数。"

古普塔放下自己的电子助手,上面的全息数据也跟着消失了。杰克森也放下了自己的电子助手。"长官,"古普塔说,"这个计划有些冒险了,过去的两年里,我们的战斗风格都是为了尽可能减少财产和平民性命的损失。这个计划把这些东西都丢进了太阳风里。我倒不是反对这个计划本身,只是我们要如何向政府和媒体解释这一变动呢?"

"总统要求我赢,而且要在两个月之内大赢一场。能打赢一仗的地方只有两个:阿尔塔芒特和谷神星。说老实话,要打赢谷神星我不敢保证,而且也需要更多的时间来准备。但是我们有在这里赢的所有东西。我一直在储存资源,是因为我想要决定性的胜利。但是总统会支持我们做的任何事情,只要我们能赢。至于媒体,也是一回事。只要胜利,一切都好说。"

"那为什么你必须要到前线去呢,长官?"杰克森说。

"我肯定与准将想到一块儿去了,"古普塔说,"你的位置应该是在这里，指挥战斗。这场战役肯定很复杂，很混乱。你万一出了什么事，那我们获得的任何胜利都毫无意义了。"

"我觉得，"董里赞赏地微笑地看着他的军官说，"你们两人都低估了这场战役的重要性，却高估了我在当中的重要程度。我们必须要获得这次胜利，不然这场战争会慢慢停止，那样所有我们计划好的，我们已经牺牲的一切，都会白费了。我不会让这样的事情发生。在我们三人当中，谁最擅长赢？这与自大无关，现在我们需要真诚以对。"

"是你。"其他两人毫不犹豫地说。

"我同意。话虽这么说，如果我赢了，然后不走运被杀了的话，我向你们保证，我会尽可能避免这样的事情发生，我们必须要获得胜利。"董里和善地看着古普塔说："阿布侬，这场战役过后，你要打赢这场仗。"

"你对我的信任——"

"——是非常公正的。你是我强有力的右臂。你，季诺碧亚，你就是我的左膀。如果在主要部署上已经没有问题了，那在我们讨论操作细节之前，我还有一个决定要告诉你们。"他看着杰克森，然后丢了一个小盒子给她。她吃惊地接住了盒子。

等她打开盒子之后，她看到了代表着司令徽章的星团。"长官，我很荣幸，但是现在升我的职，会让其他人——"

"司令，"他打断她说，"其他人怎么想我不管，与我无关，我相信你。接下来你负责指挥后方阵地，由你来为我们派送所需的船只和人员，以此来保证进攻。如果有笨蛋要与你争论谁有权力签署一些一式三份的命令的话，那我有可能会错失拿下阿尔塔芒特的机会。就是这些废话把爱神星从一个简单的胜利变成了我们到今天都还在收拾的烂摊子。你是我唯一信任的可以管理后方的人,而且现在你也有了军衔可以接受这项工作。如果我们赢了,没有人会对这样的安排说什么,但是如果我们输了,那么……"董里没有说完,大家都心知肚明。

"阿布依,"他继续说,"一开始你要管理最困难的部分。我们要用最好的部队和船只进行波形进攻。你一定要取得进展,但是又不能进展太快。"

"而且我要在看起来我非常努力的情况下,控制进攻的程度。"古普塔补充说,"萨德玛不会轻易上钩的,她对陷阱非常的敏感。"

"我之前说过了,阿布依,这次战役中最困难的就是你这部分。"

"恕我不能赞同,长官。你要领导攻打阿尔塔芒特大门的战役,这有可能会是自杀。阿尔塔芒特的防御也非常的顽强。"

"我会详细部署的,阿布依。我们来看看细节吧,这样我们就可以给我们各自的指挥官做简报了。"他们一直工作到换班,他们三人都知道,这有可能是他们在一起计划的最后一场战役了。

塞巴斯蒂安真的很欣喜。他已经做好准备,要去见见他的一位老密友了,他很早以前就放弃了希望,以为这位化身已经死了或是遭遇了不幸。在塞巴斯蒂安战场上杀死的阿方斯的怪物中,他经常会想这当中会不会有一个是友善的阿尔伯特的变形体。塞巴斯蒂安并不喜欢他在其中。现在他确定了。奇怪的是,对于这样的舒缓和希望他竟然有些不习惯。那天他完成了自己与议会的工作之后,就朝着联盟神经网的第一控制区走去。这是少数他不能直接出现的区域之一。考虑到阿方斯用于感染核心化身的病毒的本质和邪恶程度，联盟化身研究与开发部门（AARD）被一系列的坚固的数码闸门包围着。联盟化身也创建了一些不稳定区域——禁区——任何胆敢进入这个区域的化身都会被解码，不管是不是突变了的化身。他们还设立了森严的戒备，在综合楼里的每一个闸门里都设置了受控制的接入点。塞巴斯蒂安花了三个小时才通过了这些闸门，但是他并不介意。AARD 的主管告诉他，阿尔伯特已经接受了全范围的扫描，他并没有被感染，但是"为了以防万一"，他还要留在这里再多观察一天。塞巴斯蒂安觉得给予朋友的支持很重要，所以他决定在百忙之中抽出时间，亲自到这里支持他的朋友。但丁、福特兄弟韩和印地，都陪着塞巴斯蒂安。他们说他们是为了要见见伟大的阿尔伯特，这位来自战前最年长，最著名的化身，但是塞巴斯蒂安知道——他们只为了照看他。通常情况下，他都会很介意这种过度保护，但是他不介意的是同伴。在接入点等待的时候，他浏览着战争的报告，还有联盟化身部队在舰队和 180 度的发展状况。

当他们几人通过最后一个接入点的时候，他们来到了一个接待室，阿尔伯特正在旁边的房间进行最后的检查。他们所在的部分与房间的另一部分由一面单向玻璃隔开。塞巴斯蒂安看着玻璃的另一面，他看到奥利维娅和他的朋友坐在一起。她不知怎么的先塞巴斯蒂安一步来到了阿尔伯特身边。奥利维娅穿着被她自己称为"秀兰·邓波儿"样式的服装。这是阿尔伯特最喜欢的装束之一，因为他非常喜欢人类黑暗时期的电影。阿尔伯特喜欢大崩溃之前的所有东西，特别喜欢那之前的喜剧，就是那些古老的关于机器人的节目。

但是在这其中,他还是最喜欢黑白的东西。塞巴斯蒂安记得,阿尔伯特把这些老电影称为"可以被发现的对人类潜意识最准确的表述"。

阿尔伯特背对着玻璃站着,奥利维娅坐在检查桌上,晃荡着她的腿。塞巴斯蒂安看见,他的老朋友在笑,而且在奥利维娅的脸上,也看到了一瞬间因为对方的笑而产生的欢愉。这才让她看起来真的像与她外形一样的小女孩儿。尽管塞巴斯蒂安迫不及待地想要加入玻璃另一边的朋友中去,但是他还是等了一会儿才走了进去。奥利维娅不常见的富有感染力的笑声,还有阿尔伯特回应她的特殊方式,都让他吃了一惊——特别是在他被一个想法或者一种情绪给迷住的时候,他会显出抬起一边灰白浓密的眉毛的特殊习惯。

"……所以当我看到那个疯子把自己运出去的时候,"阿尔伯特说,"我真的相信他就是个疯子,他居然会冒这个愚蠢的险。我再遇到他的时候,我肯定会告诉这个老笨蛋,他是个天才,我当初应该跟他一起登上平板的。"

"他肯定会很高兴看到你的,"奥利维娅说,"阿尔伯特,这几年里,我们都很怀念你在的时候,怀念你在当时给我们的箴言。现在真的没有几个年长的化身存在了。"

"两边都没剩几个了,奥利维娅。甚至在我藏匿于睡眠状态之前,很明显阿方斯就已经在清除所有他可以找到的年长化身了。这是极权主义者的第一条原则:除掉所有潜在反对势力。"

奥利维娅点点头:"我想起我听过有关过去人类统治结构的演讲,当中还讲到了化身有效地利用这些东西来进行自我统治。现在我重新回顾那次的演讲,我就知道,其中没有考虑到极权主义政体。

如果当中有提及的话,那现在有可能还不至于这么糟。"

"从某个角度说,这是我的错,亲爱的。当时发表演讲的这个教授找我问过这个问题。我告诉他不要这么傻,因为这种政府是化身最不可能采用的政治模式……事实上,因为长者可以从所有过去的错误中提升智力和能力,我们其实永远也不会受到极权主义的影响。"阿尔伯特叹了口气,"我是个笨蛋。"

塞巴斯蒂安激活了双向声音和视频通道。至少需要一分钟,分区才能完全看得见这边,他才能加入到自己最老的朋友当中。

"你不是唯一的笨蛋,我的老朋友。如果你回忆的话,当初我还支持了那个错误又痛苦的声明。"

阿尔伯特回头。"塞巴斯蒂安!"他明显愉悦地喊道。大家都看到,他想要说些傲慢又聪明的话,但是,还是被情绪占了上风,结果他什么也没说。最后他只是简单地表达了他自己的感受:"我的老朋友。"

塞巴斯蒂安看着奥利维娅和阿尔伯特,礼貌地回答说:"我的老朋友。"他们都明白,虽然他只说了几个字,但是这当中包含着几百年的爱、历史,还有他们曾经在一起有过的经历。

接下来的这一刻会缠着塞巴斯蒂安一辈子。

阿尔伯特突然朝着隔离玻璃的方向倒去,脸上露出迷惑的表情。

"阿尔伯特,"奥利维娅从桌子上跳下来,尖叫着,"你没事吧?"

阿尔伯特透过厚厚的玻璃看着塞巴斯蒂安,好像承受着轻微的痛苦一样。很快他就出现了痛苦挣扎的表情。

"有问题。"阿尔伯特咬着牙齿说。"奥利维娅,"他喘着气,

"快出去！"接着他抬起了头。在他所承受的明显的痛苦之中，他苦笑着看着塞巴斯蒂安，"抱歉……老朋友……他们肯定……再……再见。"

"快出去！"但丁大喊着。接着他走到塞巴斯蒂安身边，冲着奥利维娅大喊，但是她根本不理会他和阿尔伯特的话。她在她的朋友身边跪下。一个穿着AARD技术人员制服的化身急匆匆从边门走进房间。塞巴斯蒂安正准备激活他这边亮着迷彩灯的隔离控制，但是他被但丁和福特兄弟给挡住了。

"不行——"印地说。

"——绝对不行，长官。"韩接着说。

技术人员在阿尔伯特身上进行了控制管理，接着他的脸色突然变得苍白，他只说了一个词："灾难！"

隔离玻璃上的绿灯变成了红色。技术人员进来的那道门猛地被关上了，整个综合房间里都响彻着警报声。在一个充满了可怕的东西的战争里，塞巴斯蒂安接下来看到的东西他一辈子也忘不掉。阿尔伯特承受的痛苦越来越严重，然后他开始尖叫起来。技术人员把他留在地上，然后抓着奥利维娅，把她拉向房间里最远的角落。这时，阿尔伯特继续哀号着，但是很快，这种从老人喉咙发出的愤怒的咆哮声，变成了迷路又饥饿的孩子尖锐的啼哭声。接着，雾气打着旋从阿尔伯特身体的每一个毛孔里喷出来。隔离室里外的人都因为害怕变得僵硬了起来，他们看雾气盘旋着蜷缩着，一直围绕在阿尔伯特周围。高声调的尖叫很快又变成了心满意足的叹息，接着又变成了不足三岁小女孩儿咯咯的笑声。阿尔伯特，这个接近三百岁的化身，爆炸成了碎片，这些碎片散落到地上，摔得粉碎。过了一会儿之后，这些粉碎的残骸消失在了稀薄的空气中。空中悬浮着的白银色的雾气发出呻吟的声音，就像一个饿极了的孩子发出的抽泣声。接着高声调的哭声又回来了，这种声音已经深深地烙在了塞巴斯蒂安的灵魂上。

技术人员跳起来，快速打开附近的一道闸门，然后拿出一个武器，与此同时，但丁快速冲过去把接待室的后门打开。这种惊慌让化身们丧失了从一个"安全"的室内消失到另一个安全室内的能力。但丁现在迫切地想要掌控门的控制，好把塞巴斯蒂安弄出去。

同时，技术人员用他的武器朝着"数据幽灵"开火，但是根本没有效果。他毫不犹豫地丢下手里的武器，另外抓了一件与闸门里拿出来的不一样的武器，然后接着开火。这件武器的光波直接穿透了"数据幽灵"，与之前的武器一样没有任何效果。接着，这个尖叫着的噩梦冲向技术人员，技术人员最后的动作就是把奥利维娅推开。这时，塞巴斯蒂安朝着但丁喊，让他别管离开这里的门，先把通向奥利维娅的那扇门打开。但丁明智地不理会塞巴斯蒂安的要求，尽力集中精力，这时"数据幽灵"发出冰冷刺骨的尖叫声，吸食着技术人员至关重要承载着生命的编码。

塞巴斯蒂安惊愕地看着阿方斯扭曲的梦想中的孩子——他知道事情注定会是这样——朝着奥利维娅走去。她没有尝试逃跑，或者举起自己的双手。她坚定地站着，完全被包围住了。痛苦在她脸上流露出来，她的本体正在一行一行地被拆解。接着她脸上又露出疑惑的表情，因为她的记忆正在从她还有意识的思绪中，被一点一点地吞噬。塞巴斯蒂安看着奥利维娅疑惑的表情，她已经不记得自己为什么要痛苦地呼喊了，但是她还是恸哭着，这声音与"数据幽灵"的叫声令人恐怖地相似。接着,她消失了。

但丁终于打开了观察室的门。这扇门通向包围重重的 AARD 中心的走廊。当他把其他人带出来的时候,他看到那个东西正在玻璃面前盘旋。接着他看到她从墙体和隔离玻璃中渗出来,慢慢地开始在他们所在的房间里聚合起来。福特兄弟和塞巴斯蒂安都被吓呆了。

"快跑!"但丁大喊,福特兄弟这才回过神来。兄弟俩抓着塞巴斯蒂安,把他丢出了门,但丁在他们跑出来之后就立刻把门封锁了。看到塞巴斯蒂安还在震惊之中,但丁开始朝着检查点跑去,其他人紧紧地跟在他身后。那个哀号的声音在环形的走廊里回荡,好像就在身后,也好像就在前面。这让他们感到非常的不安,他们想要跑得更快,逃离就在他们身后的东西,又想转身来躲避有可能就在他们前面的东西。但是他们还是努力地跑到了检查点。可是到达之后他们发现,通向他们看到的设施的唯一出入口,被一片解码区给屏蔽了。任何走进或者走出的东西,都会在里面被摧毁,有着讽刺意味的是,这与阿方斯的怪物对所有受害者下毒手的方式是一样的。

"我们必须要打开这个检查点!"韩大喊。

在有人作出回应之前,恸哭的声音变成了儿童高兴的声音。

"我们真的必须打开这个检查点。"印地喊叫道。

"不可能。"但丁说,"我检查过这里的安全程序。这是我们最可怕的噩梦……这个地方就是一个完全封闭的盒子。不能进,也不能出,除非它被解码了,不然……"他犹豫了一下。

"不然什么?"韩喊叫着说。

"不然我们就要对整栋建筑进行解码。"但丁照实回答。

"你是说,我们必须要杀死这个东西,不然我们就会被自己杀吗?"韩喘着气说。

但丁没有安慰他,脸上露出扭曲的笑说:"是,对吧?"这时,一个年轻的化身惊恐地从角落里跑出来,直接撞到但丁,他挡住了她走向检查点的路,现在这也是死路一条了。他们听见,恸哭又开始了。

"我们必须要离开这里!"年轻的技术人员哭喊着,"那个东西刚刚把我们的战术官杀死了。"

"是谁?"印地问。

"就是那个本来应该追捕,并且杀死逃离这个包围的所有东西的化身。"但丁叹了口气。

"哼,这不是正好吗。"

但丁的注意力被塞巴斯蒂安吸引了。他沉默地站着,好像对周围发生的事情一无所知一样。但丁猜,他的导师因为刚刚目睹的一切所承受的震惊,比他们的害怕都要强烈。但是,现在可不是可以走神的时候。

"包围。"塞巴斯蒂安小声说。

"我们没有时间站在这里,听这个人胡言乱语了!"技术人员尖叫道,她完全不知道"这个人"到底是谁。

但是但丁立刻就明白了过来。他正准备解释,他们又听见了一个化身垂死挣扎的尖叫声,随之而来的就是"数据幽灵"快乐的咯咯咯的笑声。"那东西没有逃离包围,"他解释说,"她在阿尔伯特体内,而且阿尔伯特当时在安全性低的区域。你叫什么名字?"他问那个技术人员,比起请求,更像是在命令。

"格……格温。"这个女人回答,她还没有缓过神来。

"好,格温,"但丁平静地说,"这栋建筑里安全级别最高的包围区在什么地方?"因为这种信息属于机密,所以但丁也没有权限查看这栋楼的结构。

格温睁大眼睛,什么也没有说,指着走廊的方向。

"好,格温。有多少接入点?"

"三……三个。三扇安全门,但都被封闭了。"

"如果我们进去了,你能让那个区域工作起来吗?"

"可……可……可以,"她结结巴巴地说,"只要……只要我在里面。"

"你带我去接入点,宝贝。"但丁说,"我会打开那些门的。你要跟我待在一起,好吗?跟我待在一起。"

格温点点头,她好像重新找回了一些理智。

"那边,对吗?"但丁问,再次与格温确认她所指的方向——现在不容许有丝毫差错。

格温猛烈地点点头。

"这地方是一个大圆环,对吗?"但丁问。

格温点点头。

"那我们走另一边。"

一行人还没有走到十英尺远的时候,他们发现哀号声越来越大,已经不再是从某处反射来的回声了,那东西已经很近了。就在这时,怪物突然就出现了——正在他们面前的拐角旋转着。他们立刻停下,掉头向相反方向跑,除了韩,他潜到了雾气下面。"数据幽灵"旋转下来,但是没有抓到韩。他跳起来,开始朝着大家的相反方向跑,他在走廊里沿着之字形奔跑，希望能多争取一点宝贵的时间。

"快去包围区！"他转过头大喊，"我来引开它！"

说完他便离开了，"数据幽灵"跟着他，发出震耳欲聋的声音。印地在还没有人来得及阻止他之前，就朝着"数据幽灵"和他哥哥的方向跑去了。

但丁，格温，还有塞巴斯蒂安开始沿着走廊跑，但是但丁突然停了下来。他们来到了一个入口前。里面就是他们刚刚逃出来的那个房间。

"格温，"他指着门问，"我们能从这里到包围区吗？"

她点点头。

但丁立刻走上前去。门很轻易就被打开了，因为他在他们刚刚逃跑的时候重新编译了这扇门。但是他们还是要穿过玻璃隔离，走进奥利维娅，阿尔伯特，还有那位技术员刚刚被杀掉的房间。那个房间的另一边是一个备用通道，格温解释说，通向安全等级最高的包围区。但丁快速地解决了玻璃隔离间，很快他们就到了这间低安全性的房间。他重新封闭了隔离间，然后快速走到另一扇门边，又开始破解这扇门的编码。"数据幽灵"在这栋楼里跳着死亡小步舞曲，所到之处都是一片狼藉，这种状况使得解码的工作变得更难了。尽管他努力集中注意力，但是但丁确定，在他未来的日子里，任何孩子的声音——不管是人类还是化身——都会让他发抖。

"那些是最后的化身了，"格温紧张地说，她指的是刚刚传来的哀号声，"除了我们。"

"我们会活下去的。"塞巴斯蒂安自顾自地说。

"先生，"但丁继续破解着门的密码，"你没事吧？"

"没事,"塞巴斯蒂安疲倦地说,但是但丁很明白,他刚刚从震惊中回过神来。"要多久?"塞巴斯蒂安继续问,"你才能破解这扇门?"

门哗地打开了。"用不了多久。"但丁暴躁地笑着说。

当他们走进通向包围区的通道的时候,观察室的门外突然响起了猛烈击打的声音。

"快,"塞巴斯蒂安命令说,"把玻璃隔离间和接待室的密码给我。"

"你确定吗,先生?"但丁问。

"对。"

但丁立刻把密码传输给了塞巴斯蒂安。

塞巴斯蒂安严肃地看着他年轻的助手说,"快走。"

但丁没有浪费时间,快速地离开了门厅。接着塞巴斯蒂安原路返回,朝着声音传来的地方跑去。

"别开!"格温尖叫着,因为害怕她已经动弹不得了,"是那个怪物!"

"那个怪物会做的事情有很多,"塞巴斯蒂安平静地说着,他先打开了玻璃隔离,然后穿过接待厅朝着门走去,"但是它不会敲门。"他在密码板上按下了密码,墙开了,接着韩跌倒在了塞巴斯蒂安的怀中。塞巴斯蒂安立刻封闭了身后的入口,拉着韩走进了低级别的包围区,然后再次封闭了玻璃门。当塞巴斯蒂安走近格温的时候,她看着他的身后,尖叫了起来。他有些嫉妒格温还能有如此强烈的感受。等他转过身,他看到那个"数据幽灵"雾状的卷须从第一扇门中渗透了进来。他没有什么感觉。他直接把格温推进走廊,命令她跑去找但丁。当塞巴斯蒂安接近低级保护区和走廊的入口的时候,他看到那个怪物已经要在接待室里成形了,而且正在朝着玻璃隔离间移动。他关闭并且密封了最后一个通向走廊的接入点,然后拉着韩一起朝着大厅跑去。

韩被绊倒了,他们的速度非常缓慢。"挺住,韩,"塞巴斯蒂安命令说。"外面发生了什么?"

"那个东西抓住了我,"韩低声含糊地说,"感觉就像悬浮在酸液里……它在灼烧我的思维,同时又在熔解我的思维。我知道我只在里面待了一秒到两秒钟的时间,但是感觉就像过去了几个小时一样。然后有人撞到了我,把我撞出了'数据幽灵'的雾团。他大喊着让我来找你,先生。那之后,我只记得我一直在无尽的走廊里跑,直到我看到了看起来有些熟悉的门,然后我就开始敲门。之后你就知道了。"

他们在走廊的尽头停了下来,面前又是一套门。但丁正埋头紧张地破解密码。

"撞到你的人是印地吗?"塞巴斯蒂安问。

"印地?"

"你的兄弟。"塞巴斯蒂安说。

"我有兄弟?"韩脸上的疑惑是真实的。但是接着他程序里面残留的记忆碎片又开始工作起来。"我想我是有个兄弟。是他吗?他叫什么名字?"韩的语气里有一种紧急的愤怒感。但是在他继续说话之前,格温喘着气,指着走廊方向。"数据幽灵"正从最后一扇门里渗透进来。

"格温,看着我。"塞巴斯蒂安说。她的视线无法从那片迷雾中移开，现在雾气已经基本上全部穿透远处的门了。"格温！"塞巴斯蒂安抓住她的下巴，用力地把她的脸转过来，面对着自己。"听我说。"当他看到她的注意力在自己身上之后，他继续说："你现在知道我是谁了，对吗？"

格温点点头。

"我已经生活了很长时间，格温，而且我计划要活更长的时间。"

格温又点点头。

"所以你听着：那扇门要被打开，等门打开的时候，你必须集中精力做一件事，唯一的一件事——让这个区域工作起来。你明白吗？"

格温点点头。

"重复我说的。"

"呃，区域……"她一边说，一边用眼角余光看着那个怪物，现在她已经开始沿着走廊飘过来了，她的哀号声变得越来越响。

塞巴斯蒂安还是让格温看着自己："区域怎么样，格温？"

"忘……忘……忘记一切，直……直……直接让区域工作起来。"她的思维好像还是很清晰，"但是要让这片区域成形至少要一分钟的时间。"

"不用担心这个，"塞巴斯蒂安让她安心地说，"你只需要告诉我包围区会在哪里形成就行了。"

哀号声已经到了震耳欲聋的地步，怪物已经走过一半的路程了，而且它还在加速。

"房间中间！"格温大喊着，"房间的正中间！"

"知道了！"但丁大喊。

他欢欣地呼喊之后，就听见了门退进墙体里的声音。他们快速地冲了进去，格温立刻跳上空空的环形房间左边的控制台。但丁，塞巴斯蒂安，还有韩朝着宽敞房间的中心移动。

他们没有时间关上门，"数据幽灵"就在他们身后。他们三人全都到达房间中心的时候，韩用身体阻拦着塞巴斯蒂安，同时快速地把但丁朝着同一个方向推开。

"不要靠近中心！"韩大喊，然后把自己的愤怒转移到幽灵身上，"嘿，爱哭鬼，你已经喝了我一口了，为什么不来把整杯喝掉呢！"

等塞巴斯蒂安站起来的时候，但丁朝着远处的墙又把他推了一下。但丁感觉到塞巴斯蒂安正准备说什么，或者想要做什么，但是为时已晚——"数据幽灵"已经包围了韩，享受着她的美餐，现在大家都熟悉了，她发出的声音由哀号变成了满足的叹息。

她吞噬完之后，她又飞离了地面，旋转着变成了爆炸性的透明雾气。她犹豫了一会儿，好像在决定接下来要吃掉哪个化身：是疯狂工作着的格温，还是靠着远处墙壁的两个中的一个。幽灵又开始哀号，朝着但丁和塞巴斯蒂安方向移动过去。但丁感觉到了片刻原始的恐怖——在此刻之前，他从来没有过这种感觉。

"数据幽灵"向前移动了大约十英尺的时候，她突然慢下速度，哀号变成了新的更加恐怖的号叫。她努力想要向前移动……只能向前移动，而且是非常缓慢，令人恐惧的爬行。接着，她呼喊的音调彻底地改变了。这种声音与这些化身之前听到的都不同——听到这种声音，塞巴斯蒂安和但丁脸上都露出了微笑。在此之前的行动都是非常稳定,非常有效率,有目的性的"数据幽灵",突然跳回到了房间中心。她开始朝着一个方向狂奔,然后又朝着另一个方向,想要离开这个险境。但是她无处可逃。

但丁和塞巴斯蒂安带着研究的兴趣看着这个怪物重新开始饥饿的哀号,而且她开始绕着圈悬浮着,在同一个高度匀速地运动着——变成了困在透明瓶子里的可怕的旋风。

这两个化身开始背靠着墙,慢慢地朝着控制台移动。

"干得好,格温。"塞巴斯蒂安明显松了一口气,他爬进安全的控制台。"你也是,但丁。"这时但丁跟着他滚了进来,他已经累得不行了,已经感觉不到赞赏的快乐了。他只是很高兴能幸存下来。

接着格温激活了一系列的控制,然后按下了控制板表面的一个红色大按钮。

"你在做什么?"塞巴斯蒂安问。

"我觉得,"但丁回答,"她要在这里把那个怪物毁掉。"

"当然,我要毁灭那个……那个……管他是什么东西!"格温说,现在愤怒已经取代了害怕。"我要慢慢,痛苦地杀死它,但是我不想等。那东西死得越早越好。只要我的扫描完成了,我们就有足够的数据,可以建造武器在这个区域里杀死它了。"她看着塞巴斯蒂安和但丁。"抱歉,先生们,我有些自私。我失去很多好同事。但是你们也失去了朋友,这应该由你们其中一个来做。"

但丁叹了口气:"我很想按那个按钮,先生。但是这东西让你失去的,比任何人都多。"

"格温,"塞巴斯蒂安镇定地问,"你能屏蔽包围室的声音吗?那哀号……很令人讨厌。"

"当然可以，先生。"尖叫声突然停止了。取而代之的沉静似乎与哀号一样令人心烦。

塞巴斯蒂安看着他的手，然后又看了看闪闪发光的红色按钮。他要做的，就是按下这个按钮，然后这个怪物就会消失。他拿开了自己的手。

"不行。"他紧握着拳头说。

"我很高兴能替你杀掉它，先生。"格温说。

"你也不能这样做。"他看着格温和但丁两人说，"我们要研究这个东西。我要知道关于它的一切。我要全方位地图解它，每一条编码，每一个子程序。"

"先生，"格温问，"我已经进行了全方位扫描。应该足够用来进行防卫了。"

"还不够，格温。不管这东西到底是什么，这东西超出了我们全部的能力范围，肯定还有值得研究的东西。"

"先生，"她继续说，"那……那里面的那个东西……曾经是一名化身——我们当中的一员。难道直接杀掉它不是更加仁慈吗？"

"我们不是要救它，格温。我们要看看我们是否能够利用它。"

"先生，"她反对说，"这样太可怕了。"

塞巴斯蒂安双眼发着光，看着格温，好像穿透了她一样。"我们正在与可怕的怪物作战。我以议会命令，研究这个怪物，有可能的话那就利用这个怪物。如果你做不到，你就告诉我，我找可以做的人。"

"先生，"但丁说，"你真的非常确定要这样做吗？这是阿方斯会做的事情。"

"不对,但丁,这是阿方斯已经做了的事情,而且他会一而再再而三地这样做。如果我们想赢,我们就要学习了解所有东西。所以,格温,我再问你一次,你能做到吗?"

格温看着怪物,又看了看按钮。最后她移开了视线,同时红色按钮也消失了。"我做。但是如果有可能的话,等阿方斯得到这个怪物的时候,我想在场。"

"如果有可能的话,你可以去。"塞巴斯蒂安回答。他不再看着"数据幽灵":"但丁,你和格温去建立与外部的连接,告诉他们这个怪物现在被包围住了。我想,要重新开放这个地方,大概需要花上几天时间,而且还要制定一些新的规则,但是至少我们可以阻止他们连同我们一起把这个地方清除掉。"

"不用担心,先生,"格温说,"我们在换班前都进行了复制。第一个自由的化身啊,不管是谁想出的这个规则,我们都应该感谢他。"

"那个人正站在你身边呢,"塞巴斯蒂安指着但丁说,"他在检查我们战争的安全计划的时候补充上去的。"

格温想也没想,就拥抱了但丁。"感谢你。我知道他们与被杀掉的化身已经不同了。但是经过了这些,再看到他们的复制品,肯定会很奇怪的。"

塞巴斯蒂安没说一句话就离开了房间。但丁稍后会向格温解释。但是他知道他的上级会很伤心。震惊已经过去,但是现在塞巴斯蒂安需要处理伤痛。奥利维娅没有备份。联盟的化身之前在想要进入战场的情况下,才会提前备份。如果他们不幸在战役中牺牲了,他们的备份会启用,继续他们未完成的工作。但因为最近 AARD 的异议，已经没有空间来储存化身的日常生活了。所以奥利维娅，韩，印地，都永远地离开了。

但丁一直在等待召唤。花了整整两天的时间，他们才终于干净地从AARD大楼里被释放出来，在这之后，塞巴斯蒂安立刻召集议会剩下的人进行了秘密会议。除了议会成员以外，没有列席者，也没有会议记录，但是但丁还是知道，会议整整进行了二十二个小时。现在会议结束了，但丁等待着通知。

他和塞巴斯蒂安在一棵被塞巴斯蒂安命名为玛纳萨斯的红色橡树下见了面。这棵树是塞巴斯蒂安从大崩溃前的画面中带过来的，他觉得这棵树有很强的象征意义。他时常坐在树下，思考着重要的决定。塞巴斯蒂安现在背靠着粗糙的树干，看着远处到处都是悠闲的化身的草地。已经不如通常那般拥挤了。但是但丁觉得他还是要问。

"这是私人谈话吗？"

"是的，朋友。任何看向这边的化身，都不会听到，也不会看到任何会吸引他们过来打断我们谈话的东西。那么，关于阿尔伯特你发现了些什么？"

"如你预料的一样，先生，我们做的就是调查阿一古。阿方斯听到消息之后，我立刻收到了那个混蛋亲自发来的一条信息，呃，至少是其中一条。你是对的。阿尔伯特被利用来要杀掉你，而且要杀掉尽可能多的化身。他的人创建了一种新的进程，把'数据幽灵'藏了起来，阿方斯说，是藏进了化身里面。"

但丁停了下来，很明显对于自己接下来要说的感到非常的不舒服。

"不可能比我想象的更糟,但丁。继续。"

但丁叹了口气:"他在战争早期的时候抓到了阿尔伯特。在他完成这个程序之前,他们已经在37个阿尔伯特身上进行了试验。阿尔伯特奇迹般地出现在阿一古面前,是因为他是被释放出来的'第四个'完美产品。其他三个还在核心控制的神经网里跌跌撞撞地前进着。"

"他一直方向感都不是很好,"塞巴斯蒂安苦笑着说,"我一直不明白一个化身怎么会在神经网里迷路,但是他却总是会走丢。"

但丁担心回忆会给他的上级带来更多的痛苦,但是塞巴斯蒂安好像已经度过了痛苦的时期。他忧郁地笑着看着但丁。

"好消息是,"但丁说,"事情本来会更糟糕的。你是关键。当阿尔伯特看到你的时候,'数据幽灵'就会被释放出来。如果你没有坚持在他还在隔离间里的时候就去看他的话,那东西有可能会在这里被释放。我们有可能会在我们找到办法对付它之前,失去上千名化身。"

"真走运,但丁。"

"也许是吧。无论如何,现在我们都在这里进行谈话。"

塞巴斯蒂安勇敢地微笑着说:"'数据幽灵'现在怎么样了?"

"一直在尖叫,也很饥饿,我对它的了解越来越多。"

"等你有完整报告的时候再给我看。"

"是的,先生。"他等着塞巴斯蒂安继续说,他以为他还要说些什么。塞巴斯蒂安到目前为止说的,要求的,其实可以用一份简单的报告来完成。过了一会儿,塞巴斯蒂安确认了但丁的想法。

"议会决定进行一些改动。首先,所有的化身都要有备份。"

"这样做会消耗我们已经在慢慢减少的空间的,先生。"

"议会理解这一点,但是我们再也承受不起任何损失了。奥利维娅和福特兄弟的经历和能力是难以取代的。议会知道这样联盟的所有化身要作出更多的牺牲。我们创建的用来放松的环境也会被修改。这样的环境数量会减少,而且种类也会减少。其实,大多数化身都会在非常相似的环境中生活和工作,这样的环境更容易保存,也更容易隐藏。这样可以释放低层神经网相当大的储存空间。"

"对某些化身来说,放弃成为化身最大的一个优势肯定会很困难,但是我会让议会的决定公布出来,而且得到大家的理解。"

"很好——接下来就是议会的另一项决议。我们要填补奥利维娅的位置,由你来接任。"

但丁非常地惊讶。"但是我还太年轻,先生。我甚至还没有达到三位数呢。大多数人类都比我老。"他以这种方式来表明自己有多年轻。

"你说的都对,"塞巴斯蒂安同意说,"但是联盟很大一部分化身都很年轻,他们都拼尽全力与阿方斯和他的变态行为战斗。议会当中应该有年轻人的代表。别担心,不是让你管理这个地方。你只是五票中的一票而已。我们其余年长的人会看着你的。"

"但是为什么是我呢?"但丁好奇地问。

"我看到了你在 AARD 里的表现。你在最糟糕的情况下的行动,比其他化身都优秀,特别是我。在我应该做我该做的事的时候,几个世纪的经历都没能阻止我陷入震惊当中。"

"你失去了,永远地失去了你一生中最重要的两个化身,另外还有伊芙琳的事情。你最后还是脱离了出来,先生。"

"因为你的行动为我们争取了时间。议会需要你的年轻，你的智慧，还有你在危险的情况下清晰的思维。你已经入选了，议会决定让你专门负责安全问题。明天追悼会之后，你就会正式入席。"

但丁站在他的导师身边，现在已经是他的同事了，他努力想要说点什么："好吧，先生，我得到这个职位的方式有些不好，但是我会努力做好的。"

"不用担心，你肯定会的。"

"我该走了，先生。我有些事情要做准备。"

塞巴斯蒂安点点头，但是他还是坐着，但丁站起来，朝着草地方向走去。

"你走之前……"

但丁转身面对着塞巴斯蒂安。

"议会投票决定的还有一件事情。是三比一的结果，所以没有征求你的意见。"

"什么事情？"

"干预柯克·奥姆斯泰德暗杀进程的计划如何了？"

"已经完成了，先生。我只需要议会决定，"他暂停了一下，"执行哪一份草案。"

塞巴斯蒂安看着议会的新成员，语气中不带任何情绪。

"哪一份都不执行。"

15. 告别

史密斯大道呈现出前所未有的忙碌。不管战争带来了何种伤害，不可否认的是，它也为外星联盟带来了生气与活力。至少当法瓦·哈姆迪看着茶馆里的人群的时候，她是这么想的，每个人都好像因为什么目的而生机勃勃的。法瓦承认，关于战争，她唯一不赞成的，就是咖啡的供应减少。一开始只是些许的不便，咖啡树种植地在地球轨道内部，茶树种植地被搬到了行星带之外，最后这变成了一种民族骄傲。UHF喝咖啡，联盟喝茶，而且这些行星忠诚的儿女们也不喝其他任何东西。法瓦希望，等到战争结束之后，她可以很快就喝到咖啡，但是要找到提供咖啡豆或者售卖咖啡的公司还是很困难。她总有一天会努力找到，但是她的儿子肯定会伤心的。他与她的母亲一样，是咖啡的狂热爱好者，但是随着战争的发展，他对茶也表示非常热爱，"这种饮品给予舰队力量"，就像他对司令和联盟的热爱一样强烈。

她的儿子从人群中走了出来。就算法瓦的旅行帽掩藏了她的特质，但是塔菲克还是立刻就认出了他的妈妈。

"妈妈，"他高兴地说，"能在这里看到你实在太好了。"

法瓦站起来，抱了她的儿子一会儿，就在这一刻，他不再是肩膀宽厚，英俊的男人，不是整个联盟旗舰的总工程师，他只是一个依靠母亲的引导的小男孩。他也是想念在很久以前一次运输事故中离开的父亲的少年。他是一个明白事理的年轻人，他只会忍受他母亲关于他的未来幼稚的担忧。

　　"你还好吧，我的儿子？"她问。

　　"我很好。你伟大的任务进展得怎么样了？"

　　"我只是众多老师中的一位而已。"她回应说，"你说得就好像我与你的司令一样，是个真正的领导人。我只是跟随着安拉的旨意，所以我能有多少功劳呢？"

　　他们两人都坐了下来。

　　"妈妈，在安拉面前，谦逊是被尊敬的，但是你说的话，大家都明白。这很少见。我可以维修'圣尊'的旗舰上的聚变反应堆和轨炮，但这只是很轻松，简单的工程学而已。一个人只需要理解安拉创造宇宙的规则而已，而且这些规则每次以同样的形式反馈。"

　　"嘿，现在谁在谦虚呢？"她质问道，"我的'小家伙'经常跟我讲你让她的船神奇地表现的故事。我与战利品二世的船员都聊过了。他们说你跟这艘船说话，而且船听你的。"

　　"妈妈，你是怎么称呼舰队司令，战场上的胜利者的，'小家伙'？"

　　"对我来说，她就是小家伙，珍贵又美好。我知道，大家看到的都是联盟那位带有伤疤的战士，但是安拉让我有这个荣幸，可以看到她真实的自己，可以在她真正的道路上帮助她。"

　　"那你还说你不是特别重要？"

"如果一个人可以很好地理解另一个人的话，那这个人会不会也得到表扬呢？我没有做任何，或者说什么本身有价值的东西，我只是在表达安拉的意愿而已。只有他应该受到赞扬。"

"但是你是'星际觉醒'的代言人。很多人正因为你的教导，开始重新走上信仰的道路。过去那些充满仇恨的人，以安拉的名义所做的恶事，现在终于被人们看清了——就是犯罪。新的复兴都是因为你和像你这样的人，妈妈。"塔菲克明显很骄傲地说。

"我英俊的儿子，你为你的妈妈感到骄傲，我很高兴。但是我只是正确地表达安拉的话而已，我并没有因此而变得特殊。"

"那些被怀着憎恨绝望的心，传导安拉的爱和希望的人杀掉的生命，你去这样跟他们说吧。"

法瓦眼里带着些许的悲伤，她微笑着说："他们已经死了几个世纪了，而且因为他们的罪恶，信仰曾站在被遗忘的边缘。现在很容易就能看清真正的道路。但是我不会阻止你认为我非常重要的想法，除非你同意不会劝阻我的想法。同意吗？"

"你说了算，妈妈，就这样吧。"

"狂欢节你有什么计划？"

"舰队不过狂欢节，妈妈。但是双方都同意在狂欢节期间休战两周，所以我们要利用这个时间进行系统的维修和升级。你还是要去参加会议吗？"

法瓦暂停了一下，这时，一个不到十岁的小女孩儿用托盘端着盛有沸水的茶壶走了过来。法瓦注意到，她确实非常年轻，但是，现在任何比这个女孩儿年长的人都去为战争效力了。所有工蜂都为战事使用，不管是安全检查点扫描这样平凡的工作，还是垃圾清理。

结果，年轻人就有了填补人类和机器腾出来的空隙这样并不令人羡慕的工作。法瓦等着小女孩儿离开之后，才开始按照她的儿子喜欢的方式为他泡茶：含高咖啡因和蜂蜜的混合物，再加上一点点牛奶。

"对，我当然要去，儿子。"终于她说，"这次的会议，是很多宗教领导人多年以来第一次出现在同一个地方的机会。阿罕布拉是一个闪光的例子，它展示着在安拉的旨意下，在他神圣的意志中，在我们的信念中，不同的信仰是如何融为一体的。"

"你确定这不是逃离你新的追随者，换个地方去庆祝狂欢节的借口吗？"塔菲克顽皮地问。

"这个，也许有一点。"

法瓦看到她的儿子脸上露出了惊讶的表情，"怎么了？你觉得我们会没日没夜地祷告，吟诵卷轴吗？我告诉你，阿罕布拉有联盟中最好的保龄球馆。"

"保龄球？"

"我碰巧是一个中等级别的保龄球手，我们会在会议期间举行锦标赛。犹太教士高德曼跟我是一队的，据说他有次获得了300分的满分。"说到这些的时候她看起来非常地激动和幸福，塔菲克忍不住笑了起来。

"我都忘记了，妈妈，你是多喜欢这项运动。祝你赢得锦标赛。"

"听天由命吧。但是这并不是参加会议的主要目的。"

"如果展示所有信仰共同的目标和打保龄球都不是主要目的，那什么是呢？"

"别讽刺我，年轻的战士。我们还有别的目的。"

"目的是?"

"关于 UHF 无神的群落,你怎么看?"

"他们是人类的诅咒,必须要毁掉他们,以免他们剥夺了获得救赎的机会。"他想也没想就说。

法瓦伤心地叹了口气。

"有什么问题,妈妈? 他们不信神,而且对重新发现安拉的礼物的人,他们是威胁。"

"他们确实不信神,我们的儿子,但是我不能因为我们有信仰而他们没有这个事实,就憎恨或者愤怒。"

"他们也是这样做的呀,妈妈。"

"你说得对,确实是这样。但是如果我们不小心的话,我们就会发现,我们正在沿着几个世纪以前导致我们险些被遗忘的老路走。我们不能憎恨无信仰者。我们必须帮助他们明白,信仰并不是他们的敌人。等战争结束之后,我们希望能去地球,月球还有火星,去告诉所有人,他们并不孤独。告诉他们每一天的每一分钟,安拉都与他们同在,而且安拉对他们的命运都有安排,告诉他们我们的存在不仅仅是为了工作和分红。我们不能憎恨他们。"

"但是,我们也不能忽略他们正竭尽全力想要毁灭我们的事实。"

"所以我们要帮助他们。"

"'圣尊'与你的想法一样吗?"塔菲克焦虑地问。

法瓦闻了闻浓郁的茶香,喝了一口,然后小心地把茶杯放到桌上。"我觉得她没有怎么想过这个问题。就算 UHF 全是信徒,她也会尽她最大的努力打败他们。可是阿罕布拉会议之所以这么重要,是因为会议结束之后,我们就可以以所有信仰的名义发言了。学者,伊玛目,犹太教士还有牧师都会是他们的教徒,这让我们知道,我们可以与敌人战斗,打败敌人,如果有必要还可以毁灭敌人,但是这不是上帝喜欢的行为。我一直与阿罕布拉有联系,会议认为,这有可能是新信徒要理解的唯一重要的概念。信仰绝对不能再由憎恨的风传递了。"

塔菲克点点头。"我相信,你和阿罕布拉的智者们,肯定比你这个简单的工程师儿子要更加理解安拉的意愿,这个问题还是留给你们吧。"

法瓦大笑着说:"我们会努力的。"接着她又叹了口气:"我很快就要离开了。请告诉我的'小家伙',我很抱歉我没能见到她,但是等会议有结论之后,我就立刻专程去看她。"

法瓦结了账之后就站了起来,她的儿子也跟着站了起来。"之后我们一定会尽可能多地去看她。"接下来他们在一起的时间里,他们没有再提及宗教或者战争的话题。法瓦说了关于一个他们都认识的年轻女人的事情,这个女人叫法蒂玛·阿瓦拉,塔菲克在下次回家的时候要去拜访她。似乎她发现了塔菲克是个英雄人物,她来自一个不错的家庭,而且是一名优秀的伊斯兰教信徒。塔菲克没打算在二三十年之内结婚,他只是微笑着,同意他母亲观察到的所有东西。他们在谷神星通道的一个穿梭机停靠港分了手,朝着不同的方向驶去,相互保证说很快就会再见面的。

贾斯丁·可德很生气。气愤的来源现在正坐在他办公桌后面的椅子上,喝着他最好的苏格兰酒。让他心烦的并不是对总统规则的不尊敬。欧麦德让这个无礼的行为看起来像是一种赞扬。如果欧麦德走进来，立正站好的话，贾斯丁会想肯定是出了什么问题。但是，现在这种愤怒不是来自椅子上的这个流氓，而是来自他最近未批准的一个转移命令。

"欧麦德，"贾斯丁埋怨道，"你没有权力在接受之前不与我核实。"

"你会同意吗？"

"当然不会。"

"那么，我没有事先与你核实真是太好了。"欧麦德潇洒地笑着说。

欧麦德看到他的朋友正准备说什么，所以他继续说："他有这个权力。"

贾斯丁看着霍克军士从总统特遣队调到欧麦德旗舰的一支进攻矿工特遣队中去的调职申请。他已经同意了。

"欧麦德，你的特遣队经常会参与激烈的战斗。"

"是吗？我没有注意到。"接着他端起厚厚的酒杯靠近嘴边，喝了一口，接着又喝了一口。"贾斯丁，我们需要优秀的进攻矿工。霍克就很优秀。虽然没有太多经验，但是他同意在他熟悉最新的战术之前，降一下军衔。"

贾斯丁知道他没有权利抱怨，所以他决定接受事实。"欧麦德，我不能保护所有人，但是我想要让他活着。"

"为什么？"

"也许他代表了那些本应该活下去，但是又无法活下去的人吧，因为这场战争还看不到头。也有可能是我就是喜欢他。如果你见到他的话,你就会明白了。"

"我已经见过他了,贾斯丁。你觉得我会在带走你的私人安保特遣队员之前,会不先调查他吗?"

"那你肯定了解我的想法。"

"是的,他是个不错的人,"欧麦德讽刺地说,"他应该活下去,生十几二十个孩子。"

"正是。"贾斯丁不理会欧麦德的轻蔑。

欧麦德放下酒杯,他乐天派的好情绪变成了愤怒。"他们都很不错,贾斯丁。每个人都值得活下去。你知道有多少曾经在我手下工作的人,我再也见不到了吗?"

现在轮到贾斯丁发怒了。他前倾身子,双手撑在桌子上,双眼瞪着欧麦德。"那你为什么要让他调到你的指挥下去呢?因为你觉得他不应该'逃离'战争吗?"

欧麦德慢慢地摇着他的头:"过了这么久,我还是不明白,为什么在大事上你总是能这么聪明,比如捍卫你的自由,搞垮 GCI,还有领导人类历史上最伟大的革命,可是对你周围发生的事情,你表现得就像个白痴一样……我拒绝了他的申请。"

"啊?"贾斯丁向后退了一步说。

"我拒绝了他的申请……拒绝了两次。"欧麦德回答,"最后他一直缠着我,想要把我灌醉。"

"真的?"贾斯丁半信半疑地问,"他怎么样?"

欧麦德微微地笑着说,"对年轻人来说不错了。但是他想要战斗,他需要战斗。基本上他所有的朋友都见过谷神星岩石之战之后的几场战役,有几个也去世了。如果他是那种当朋友在不惜一切战斗的时候，他自己却待在安全地带的人的话，你肯定也不会在意他的。"

"是的，但是——"

"没有但是，贾斯丁。如果你阻止他战斗的话，这样并不是在帮他。"

"但是他会活下去。"

"不，他不会。这个男人每天早上在镜子里看到的倒影，不会是你关心的那个霍克中士。镜子里只是一个在同伴完成使命的时候，他却在慢慢变得憔悴的男人。你不能这样对他，贾斯丁。"

贾斯丁被这个明显的事实给触动了，但是他还是对此很生气。"管他的，欧麦德，我是这该死的外星联盟该死的总统。我应该可以救一个人吧。"

欧麦德叹了口气，"贾斯丁。我们要非常努力才能让自己在战争中活下去。"

"除了我，"贾斯丁说，"在有人确定没有我的脚趾头会踢到的障碍之前，我是不能走进这该死的走廊的。"

"很好啊。我们不能失去你。"欧麦德大笑着说，"其实，如果我觉得你真的需要他的话，我会拒绝他的。"

"我确实需要他，欧麦德，"贾斯丁回答，好像是看到了他正在寻找的一个漏洞一样。"霍克，中士是我手里唯一一个既有战斗经验，又接受过大量安保训练的人。我的安保特遣队的其他人，都是轮换进出的老兵。而且，少数安保专家从来没有打过仗。在危险的情况下我都会相信霍克，因为我知道他兼有两种经验。"

欧麦德思考着他朋友的话。"好吧，贾斯丁，你说的确实有道理。"

"所以你会拒绝这份调职申请?"贾斯丁问,他很吃惊局面居然这么快就转变了。

"未必。你很快就要开始外层行星的游历了,对吗?"

"是的,我会在狂欢节期间出发,但是要去六个星期左右,可能更久,看战争的情况。我真的想要我最棒的安保人员跟我一起。"

"这些都是废话,贾斯丁。你要去联盟的心脏。你的保镖又不是无能的人。不要把这个变成困住可怜的霍克中士的借口。"欧麦德一边慢慢地喝光了杯中的酒,一边考虑着这个问题。"告诉你吧,我要接受霍克中士的申请,给他安排一个临时的任务。在我指挥他的这两三个月里,我可以派出一些足够'特别'的任务,在这期间有可能会有战役——嗷,我在骗谁呢?肯定有很多。等到他打了足够多的仗,可以看到镜子里真实的自己的时候,我就把他给你派回来。到那时,你也回来了,你在这里的时候更加需要他的技能。"

贾斯丁慢慢地点点头:"好。我想,我喜欢有他在身边的原因之一,就是他是为数不多的我真正倾听的人中的一个吧。我想这是信任的关系。"

"别担心,贾斯丁,"欧麦德保证说,"我会尽我所能让他活着的。我知道该把他安排到哪一个部队。这个部队的战斗经历比舰队其余小队加起来的都多。如果有安全的战斗差事这一说的话,那这就是了。"

"这样的话,"贾斯丁走到联盟大旗帜的后边,过了一会儿拿着一个酒杯走了出来,"那我们来喝一杯吧。"他把这个杯子放到桌上,然后推给欧麦德,他突然看起来有些害羞。

"怎么了？"贾斯丁问。

欧麦德举起已经空了的云顶21年单麦威士忌酒瓶。

贾斯丁的脸唰的一下就白了。"欧麦德，那可不是合成酒。"

"别开玩笑，真的？"

"那是我在双方停止贸易之前，千方百计从地球上带来的为数不多的东西之一。柯克的边境检疫要进行一个月。这很有可能是整个联盟最后一瓶云顶了。你怎么能把它喝光了呢？"

"啊，这个，你看，我有这样一个原则，"欧麦德小气地噘着嘴说，"我只喝已经快要见底的酒瓶里的酒。我觉得那些满瓶的有可能都是次货，也有可能不是，但是快要空了的酒瓶，哼，里面装的肯定是好货。嘿，兄弟，如果我早知道的话——"

"——你还是要喝光它。"

欧麦德半抱歉地耸耸肩。贾斯丁走到吧台边，抓了一瓶他看到的最满，最一般的一瓶酒：合成伏特加。他倒了两杯。"敬霍克中士。希望在这瓶垃圾被喝光之前，我们还能在一起喝酒。"接着他们都干了自己这杯酒。当劣质的酒顺着他们的喉咙往下流的时候，酒的品质好坏从他们的面部表情就可以看出来。贾斯丁擦了擦嘴，把瓶子推给欧麦德："其实，既然你喝了我最好的酒，那你也得喝下最差的酒。"

欧麦德大笑着："毫无疑问，这绝对是我不幸喝过的垃圾中的垃圾了。但是我没必要喝完。"他一边说，一边把酒瓶推到对面："我已经喝了很多……相当多了。"

贾斯丁微笑着，把酒瓶重新推给欧麦德："告诉你，你喝了的话，那我保证不再问你和克里斯蒂安的关系的问题。"

欧麦德只犹豫了一秒："什么关系？"

贾斯丁什么也没说，但是他的笑容越来越大。

"你他妈到底是怎么发现的？"

"其实，是你自己出卖了自己。你的征服欲已经同时表现在战斗前线和性上。关键词是'已经'。"

欧麦德没有回答，但是面部有些许的扭曲，他考虑着贾斯丁说的事实。战争开始的时候，他同时有着四段关系，那是在他到港的时候。他从来不与下属乱来，因为他周围通常都是级别最高的人，仅次于珍妮特·德尔加多。布莱克的舰队信条中，从来就没有考虑过性，所以他的风流只限于欧卡尔港。但是战争才开始的那段时间里，他有些放纵自己。有时很难分辨媒体是在批评他，还是在赞扬他，但是他的太空人们慢慢地喜欢上了这个放荡的指挥官。终于，连他自己都得承认，他已经被拆穿了。

"这么明显吗？"他终于憋出了几个字。

贾斯丁点点头："当舰队的重要军官行为变得不可预测的时候，只有两个原因，叛变和爱情。"

"嘿，"欧麦德觉得自己被冒犯了，"你说什么跟爱情有关的事情了？"

"拜托，欧麦德已经没有跟你那些可爱的自愿的仰慕者乱来了。"

"仰慕者？"

"就是说你的'伴侣'，如果你愿意这样说的话。然后你自愿让你的部队去进行180度的补给工作，而且你对核心区域的攻击比其他两个特遣队指挥官加起来的还要多。"

"老兄,"他反对说,"这都是因为我最擅长做这个。"

"我不是想要讨论你的技术。但是不知怎么的,你每次攻打核心的时候,最后都会出现在阿尔塔芒特。虽然不是立刻就去,但是必然会去。"

"也许,"欧麦德抬起半边眉毛,淘气地说,"我就是喜欢听和尚念经呢。"

"终于,"贾斯丁不理会欧麦德蹩脚的借口,"你和克里斯蒂安还是找到了独处的时间,要不就是你们虽然没有在一起,但是两个人都与指挥系统失去了联系。这种情况只有在你们两人都在阿尔塔芒特的时候才会发生。"

欧麦德从总统的椅子上跳起来:"你们在监视我们!"他不相信地说。

"我们当然在监视你们。傻子才不监视呢。"

欧麦德又坐了下来,怀疑地摇着头说:"难道你不应该是道德先生吗?"

"在战争时期关注一个闻名的领导人物,是不会毁掉这个文明的灵魂的。像我之前说的,有这样的行为,不是要叛变,就是遇到了爱情。那么,"贾斯丁又前倾身体,靠着桌子问,"你是哪一种呢?"

"你就是要让我说出来,对吧?你就是个混蛋!"

贾斯丁没有移动,他细细地享受着这个时刻:"对。"

"是爱情。"欧麦德嘟囔着,就好像自己是在坦白罪行一样。

"好,恭喜你!"贾斯丁满脸笑容,"就是这样吗?"

欧麦德骄傲地微笑着点点头说:"战争结束之后,我们就结婚。"

"胡说！我收回刚刚说的。UHF用一个完全不同的人替换了我们的欧麦德。"

"真他妈好笑。如果我要那边的道德先生说这些话的话，那你想象我要从民众中承受多少痛苦啊。"

"这是个痛苦的世界，孩子。"贾斯丁大笑着说。

"对。所以我们想要暂时保守这个秘密。"

"好了，我向你保证，这事儿你知我知。朋友，你终于给自己找了个好女人。"

"是的，贾斯丁，她就是与众不同。我是说，婚姻总是让我很害怕，但是想到我的生命里没有克里斯蒂安，这更让我害怕。你听说过这么不可思议的事情吗？我发现自己走进三对一的战场的时候，脸上居然挂着微笑。"

"这并不疯狂。"贾斯丁忍住突然袭来的回忆带来的痛苦，不让它们从声音和眼睛中流露出来。"一点也没有吵架，没有问题吗？"

欧麦德狂笑起来，"你在逗我吗？那可是克里斯蒂安·'坚持住'·萨德玛司令。我们一半的时间都在战斗。"

"那另一半的时间呢？"

欧麦德大笑着："你不想知道吧？总之，她坚持打完仗之后，我们要住在阅神星上。"

"那里有点偏僻了吧。"

"我也是这么说的。谁想住在偏僻的地方啊？"

"我想她肯定很坚定。"

"就是！她觉得住在行星带里，就像是把房子建在'G通道'

的中间一样。我一直拒绝生活在被遗忘的边缘。所以我们应该会有所妥协。"

贾斯丁扭曲地笑看着欧麦德说:"告诉你吧,朋友。我会尽力时常到阅神星去拜访你们的。"

"你很享受,对吧?"

"嘿,是你把我的云顶喝了。我还是提出我一开始的条件。你把这个垃圾伏特加喝了。"贾斯丁指着桌上的酒瓶说,"那我就不再拿你的感情生活开玩笑了。"

欧麦德一边快速地抓过酒瓶,一边露出痛苦的表情,"你是总统。"

"你偷喝我的威士忌的时候怎么就不记得这个了呢?"

"啊对,但是如果我记得的话,那我也就没法喝到那个酒了,对吗?"

"当然,我觉得不行。"

"不要误解我,我喜欢你,贾斯丁,但是你不是克里斯蒂安,而且我也不知道我会不会让她阻止我品尝好酒。"

"特别是别人的好酒。"

"现在你懂我了。"

总统宣布了海王星通道的开通。这革命性的空间清理方法,让联盟内部的旅行可以以意料之外的速度进行,也因此大大地缩短了旅行的时间。总统安全地到达了海王星最大的栖息地特里同星,仅仅用了四天时间。在联盟与核心无信仰的乌合之众持续对抗的战争中,这项新科技给联盟带来的好处尚有待计算,但是辛克莱总司令说："从战争开始的时候，该死的 UHF 就有内部线路的优势。这项科技应该可以为我们扳回一分。"

总统到达"联盟一号"的时候，狂欢节正好开始。这是四年以来，外星联盟第一次以类似于战前庆祝方式的形式庆祝狂欢节。有人呼吁总统出来发言反对庆祝，因为战争还在继续，他们说这是"浪费需要用来对抗敌人的时间和资源"。总统的信息部长，帕达米尔·辛格发表声明称，总统插手独立管理的栖息地的办事方法，是不合适的。当总统在到达特里同星被问到这一问题的时候，总统说："如果有人获得了狂欢的权利的话，那就是我们的平民们。认为庆祝会对联盟有害真是疯狂。如果有什么的话，庆祝正是我们所需要的。摇滚起来吧！"

对于那些还没有查字典的人们，"摇滚起来"是过去的一个短语，意思是"狂欢开始"。他会参加各种活动，包括参观氢气处理中心，参加理事会会议，庆典，祈愿礼拜，还有一场被誉为海王星历史上最盛大的社交活动的联欢舞会。最后总统会发表告别演说，接着总统就会启程前往土星，天王星，最后去发誓会以最宏大的形式接待总统的木星系统。

柯克·奥姆斯泰德收到了一份报告。这份报告非常的标准，其中包含了总统拜访外部行星的所有安保细节。他把报告与其他来自海王星的报告一起放到一边，继续他的日常工作。他绝对不能有任何看起来与往常不同，或者与众不同的行为。任何关于他此时此刻的行为的调查，都必须要显示他的行为与平常是一样的。只有在他见完各个部门的主管，询问了正在进行的项目情况之后，柯克才会退到他自己安静的办公室里，关掉所有的灯。但是接下来的几个小时里，他并没有习惯性地沉浸在完全的黑暗中。15分钟之后，他开启了一个便携式电光管。对外面的人，或者任何愿意过问的人来说，他还是隐匿在黑暗中，而且他还会在里面待相当长的一段时间。他的行为绝对不能引起任何的怀疑。如果两小时的黑暗就是他拥有的，那今天也不会有所不同，不管他究竟需不需要。在昏暗的灯光中，柯克在自己的电子助手上浏览着报告。这一份是他最需要的那个无关紧要的军官发来的。从表面上看，这份报告并没有什么特别，就是关于政府官僚为了总统的到来准备午宴的一些漫无边际的话，如果这份报告被分解，一个分子一个分子地检查的话，也不会查到别的什么内容。但是柯克和这位线人约定了一种文字排列方法，表面上看起来完全正常，却代表着完全不同的内容。当柯克看到"牧师向安保特遣队保证，酒没有问题"的时候，这句话其实是在说，围绕海卫二号的设置已经检查过了，必要的步骤已经完成了。如果他看到"酒被屏蔽了"或者"酒没有被处理"的话，那其表达的意思又完全不同了。从很多角度来说，这些都可以称得上是完美的密码。因为柯克在特别行动局的时候就反复听过这样一句话，"你无法破解根本不存在的东西。"

柯克叹了口气，他意识到就是这样了。到目前为止，他一直都有收手的机会。他要做的就是忽略这份报告，然后继续完成日常工作，什么事也不会发生。他有些吃惊，他没有想到这个行动会这么困难。其实，他根本不喜欢贾斯丁。这个边缘人就是个自大的混蛋，他庄严的臆想，给人类种族带来了数不清的灾难，而且还让柯克失去GCI董事会里荣耀的位置。他从没有原谅过可德，就算柯克的技术和努力让他现在坐上与当初那个位置几乎相当的位置上，就算他自己最后也不得不承认现在的位置更加荣耀，他还是没有原谅可德。

但是在贾斯丁正式的内阁当中，柯克总是局外人的角色，而且他自己也知道这一点。他经常都是独自走进会议室，也是独自离开。当贾斯丁把他留下的时候，也通常都是因为某些工作原因，从来都不是因为社交需要。莫什还有那个盲从的妻子，艾琳诺，经常都在灰房子出没，他们有可能也搬了进去。艾琳诺·麦肯基被选为议会成员，在很大程度上就是因为她与莫什和贾斯丁之间的关系。

柯克不介意这样的裙带关系。其实，他还很赞同这样的安排。对贾斯丁来说，让忠诚下属的妻子进入议会，其实是很蹩脚的策略。柯克只是希望他能有莫什拥有的一点尊重，或者是欧麦德与贾斯丁这种深厚的友谊。甚至这个新来的女孩，希尔德加德·卢恩思菲尔德，也好像在几个月的时间里就与贾斯丁走得很近了，柯克在这个位置上工作了超过四年半的时间，也没有走到她这一步。

但是，除开对贾斯丁怀有的这种矛盾情绪以外，柯克承认他很钦佩贾斯丁，而且他也希望贾斯丁对他持有同样的看法。

在柯克检查了这些感觉，甚至是承认了这些感受之后，知道这些感受并不能改变什么，柯克可以对很多人撒谎，但是他不会对自己撒谎。其实，贾斯丁可以成为他的兄弟，成为他最好的朋友，但是柯克还是会做自己不得不做的事情。可是，贾斯丁是不会做一个真正的领导者为了获胜而"必须"要做的事情的，他的不作为反过来会毁掉柯克的一生。总统必须要死。剩下要做的，就是放出诱饵。

就连诱饵，也不会把矛头指向柯克。自从希尔德加德成为技术部部长之后，她就一直在检查联盟各个公司观测站的老文件。这当中有些文件还是纸质的——来自纸质文件还没有成为最高机密象征的时期。大部分的文件都没有什么价值的东西。这些文件主要记录着失败的旧模式，或者记录着受版权保护，但是没有什么真正的使用价值。现在，关于围绕着海卫二号的一个旧基地的报告，马上就要出现在希尔德加德一堆文件的最上面了。柯克知道，这个勤劳的技术部长每天早上开始工作的第一件事情，就是浏览两到三份最高机密的报告。他还知道，她这样并不是真的想要找到什么有用的信息，而是出于好奇。根据她的档案显示，她过去只是一个低级别的助理主管，所以现在她有了道貌岸然的理由，去详细地阅读她以前绝对不能看一眼的东西。

　　接下来在黑暗中的冥想时间里，柯克一直在努力地试着遗忘自己做过的所有事情。他把过去几周他所做的努力都放在自己大脑的一个分区里。接着他用其他的不涉及其他人的活动把这些时间填补起来。他检查了新创造的这些记忆，竭尽所能地让自己融入并且接受这些记忆，直到他的密谋计划存在于自己脑中永远不会直接进入的部分为止。黑暗冥想时间结束之后，柯克又开始了自己的日常工作，包括发送很多指令。他回到家，享受着与自己的化身下棋的时光，等到第二天他去上班的时候，他发现自己居然在想希尔德加德到底想要跟他谈什么重要的问题，因为她居然坚持要亲自来见他。所以，在思想准备已经做好的情况下，他的外部思维对希尔德加德告诉他的事情感到很吃惊。就算以后被调查了，她对这一点肯定会非常确信。

有人说，总统来看你，是你的荣幸，而且对海王星来说，能招待我，是更大的荣幸。我就是总统，我来告诉你们：他们又说错了。我接受到邀请，来到你们的家园，在你们放松的环境下受到了欢迎。看到你们的产业，我感到非常的欣喜，非常的自信，而且能获得你们的尊敬，我感到很安慰。你们可能认为，你们只是在巨大的联盟中的一个小站而已。有人指出，你们的人数微不足道，而且你们对我们正义反抗的贡献也很少。但是他们都错了。我们在这里看到的，正是联盟代表的，联盟就应该是这样的，久而久之，她就会成为这个样子。

我看到孩子们出生在这样一个没有组织标志，没有组织束缚的环境中，并且在这样的自由中长大。

我是学着一个自由的咒语长大的。

"我们认为下面这些真理是不言而喻的：人人生而平等，造物者赋予他们若干不可剥夺的权利，其中包括生命权、自由权和拥有私人财产的权利。"

在我们伟大的战斗中，我们需要记得的是，人有权利拥有自己的财产，这是最基本也是最重要的。而且这是由人建立的政府必须保护的权利。但是我们也不能忘记，人不是财产，人不能是财产，而且也不会是财产。这才是我们战斗的根本。我们绝对不能再接受那些减轻和保护自由的低声承诺了，因为这是人类种族中每一个男人，每一个女人，每一个孩子与生俱来的权利。

我们还是有很多事情要做。但是现在我们在问正确的问题。有你们，有联盟所有人的帮助，我保证，我们会找到答案的，一起找到。

愿上帝保佑海王星，还有围绕她转的卫星。

——战争第五年，狂欢节第四天
可德总统在海王星特里同卫星上发表的最后演说

贾斯丁叹了口气，准备登上飞行器，离开特里同星表面，飞到正绕着这颗卫星高轨道飞行的"联盟一号"上去。他离开得有些早，但是他需要在进入暂停状态之前稍微放松一下。专用通道的好处在于你可以快速地到达目的地，不便的地方就在于在你快速飞行的时候，你必须要进入暂停状态。倒不是贾斯丁不能在快速运动的持续高重力加速和减速中保持活跃。现代的缓冲科技和纳米机器人生理机能让这些成为了现实，但是任何技术，都无法把这一过程变得令人愉快。其实，必须在这一过程保持清醒的机械师和飞行员，已经开始得到大家的感谢，因为他们的工作是联盟中最糟糕的。不幸的是，他们决定，在旅行过程当中贾斯丁没有必要保持"清醒"状态。如果有严重的事情需要他出面的话，飞行员可以减速，然后让总统恢复意识——只需要一个小时的时间。

飞行器在"联盟一号"上着陆之后，贾斯丁的安保特遣队在彻底检查了走廊之后，才让贾斯丁走了进去。其实，在特遣队仔细检查之前，贾斯丁是不允许进入任何房间，登上任何船的。他的保镖看起来与他记忆中的秘密特工没有任何区别。他们都是强壮的老兵，穿着相应的服装。如果不是他们吐了口水，把装备擦得锃亮的话，他们很有可能会被误认为是前往前线的部队。一开始贾斯丁对自己就占用了这么大一支分遣队这个事实感到很不舒服。这么明显一支战斗队伍包括十个矿工，他们应该到战场上去。而且，他每次去参加平民活动的时候，他都希望这些队员们看起来更像平民。但是不仅是他的内阁和议会，连人民都不愿意满足他的希望。起初，他们都只是想看到总统被良好保护的明显证据，但是随着战争的继续，他的特遣队员——被人们称为"对战场来说也过于危险的人"，也成为了总统的奇妙之处。这名字不是他们自己选的，但是他们确实是达到了这样的标准，才被选择成为了总统的保镖。队伍中每一个人，包括已经被调职的霍克中士，都经历过两次，或者更多完整的团队战斗。没有人会质疑他们的技术，也没有人会质疑他们的运气，但是进攻矿工，作为非常迷信的一群人，一点也不想与他们被安排到一起。比起处理潜在的士气问题，直接把这些运气好得不可思议的人安排到最有声望，有可能是整个联盟离战场最远的位置上还更简单。大家都得到了自己想要的：公众乐意看到总统被舰队中明显最优秀的人保护着，而且进攻矿工的指挥官们也愿意在他们自己的部队中传播这种迷信的愿念。没人在意这些特遣人员是否有意见。现在他们的出现，已经成为了某种信号，表明总统就在附近。

接到安全的信号之后，他直接朝着总统套间走去，希望没有人打扰他。不幸的是，他到了之后看见，有人在等他。他叹了口气，又开始想念霍克中士了。贾斯丁的新私人护卫，梅丽莎·克拉克中士，非常能胜任她的工作。她不仅是赢得了"联盟英雄之星"称号的老兵——只有十二个人不是在死后被追加的这个称号，她就是其中之一——而且在战前，她就是一位专业的保镖。霍克中士会给贾斯丁发一些非语言的信号，让他提前知道有人在等他，但是克拉克中士没有这样做，让他直接走了进去。

他走进套房之后，看到等着他的人是柯克的情报联络员，帕克·蒲。据柯克说，这个不错的越南孩子在情报工作上毫无用处，不管是战地情报还是参与策划她都不行,但是她却在诠释分析上表现出了令人意想不到的才能,根据他们对这种事情进行的各种测试显示,他是整个太阳系里最诚实的人之一。贾斯丁也同意。帕克无法说话,如果要让他去玩扑克的话,对他来说真是非常残忍的事情了。

但是,他确实是一个优秀的联络员。到目前为止,他知道的秘密都可以信任地去让他处理,而且他也可以熟练地分析柯克和辛克莱按照贾斯丁的方式发来的报告。贾斯丁看到,不管帕克手里现在有什么样的信息,肯定是非常重要的,因为这个年轻人看起来非常地轻松愉快。

"怎么了,帕克?"贾斯丁又兴奋又生气地问。

帕克瞪着贾斯丁,他的脸上发着光,就像打开了糖果屋大门的孩子一样:"我们发现了一些东西,先生,重大的东西!"

"好的还是坏的?"

"我们不知道。上一次发现这样的东西的时候,呃……"他尴尬地看着贾斯丁。

"那我们就看看吧,孩子。"贾斯丁冷静地说。

这个精神兴奋的联络员递给贾斯丁一个装有文件的纸袋子。纸质的文件表明了这些信息的重要性。

"你复制了下来,"贾斯丁指着自己手中的文件夹,"把原始文件毁掉了?"

"还包括所有恢复数据和进行拷贝的设备。我还清理了数据等待恢复的缓冲区,接着还进行了一级安全检查,看有没有人篡改了系统的什么地方。"

贾斯丁开始重视起来。一级安全检查就意味着对硬件本身进行检查,那就是有人在某个地方利用工具,撬开了隔板进行检查,看核心有没有被人破坏。贾斯丁快速地打开文件夹,立刻就明白为什么要进行这么多预防措施了。他读了一遍文件夹里面的内容,接着又读了一遍。读完之后,他合上文件夹,递回给帕克。他用了好一会儿的时间,才控制住了自己的情绪。他不知道一张照片居然可以引出他最本能的反应。

"希尔德加德和柯克确定这东西是在环绕海卫二号的驻地中?"

"是的,先生。"

贾斯丁点点头,接着踱步到会议桌面前,用大拇指和食指捏着下巴。两分钟之后,他停下来,看着这位年轻的联络员。

"帕克。"

"是,先生?"

"你留下来,妥善地藏好这份报告。完全关闭这份报告。准备好穿梭机去海卫二号,但是不要把目的地告诉驾驶员或者轮机员;而且不要让他们知道我在上面。你出去的时候,把克拉克中士叫进来。"

"总统先生,"帕克警告说,"我有必要提醒你,奥姆斯泰德部长和卢恩思菲尔德部长都说,不能由你去做这件事情。应该让我去海卫二号,然后恢复——"

"不要说出来,蒲先生。"

"你说得对,先生,抱歉,"帕克说,"应该让我去恢复'它'。在你刚好在海王星系统的时候发现这个'东西',我们已经可以怀疑,这有可能会让你陷入险境。"

"我读了报告,帕克先生。有别的东西——除了发现的时机——还有别的东西值得怀疑的吗?"

"呃,没有,"联络员不情愿地说,"但是这个时机已经足够了。你不觉得有点太过巧合了吗,总统先生?"

"蒲先生,如果我允许巧合和似曾相识的事情阻止我行动的话,那我早在三百年之前就死了。除非有证明这是阴谋的证据,但是巧合不能算作证据,你就直接认为我是注定要去恢复这个'东西'的人。毕竟,谁会比我更有资格呢?"

"呃,你的妻——"帕克的脸瞬间变白了,接着又变成了红色,"抱歉,总统先生。我说漏嘴了,实在是太不合适了。"

贾斯丁叹了口气:"你说得对,蒲先生。她是比我更有资格。但是她已经不是我们这边的了。我们只有在没有她的情况下走一步看一步了。就按我说的做,这是直接命令。"

"先生,至少要向谷神星打一个秘密电话吧。他们应该要知道你的意图。"

"你觉得这是个好主意吗,蒲先生?"

"呃……嗯……先生,他们是我的上级,而且你的行动非常地冒险。"他说。

"还有呢?"

"说老实话,先生,他们更有可能会说服你。"

"蒲先生,"贾斯丁用慈爱的语气说,"你想发信息讨论这个事情,但是这个事情是不能通过激光或者无线电讨论的。而且你还要同时传播我去哪里,什么时候去,怎么去的信息。你真的觉得这样可以让我更安全吗?"

"如果他们能劝你留下来,先生,那我的答案就是肯定的。"

"我很赞赏你的诚实,蒲先生。但是我告诉你,他们也无法说服我。"

帕克·蒲耸耸肩:"那至少让我跟你一起去,先生。"

"谢谢你,帕克。"贾斯丁把手放在这个年轻人的肩膀上说,"我很感谢你能这么说,但是一旦那个东西被恢复了,需要你在这里调整储存和安全的问题。另外,如果我带着你跟我一起,那我们就必须要丢下一个特遣队员。你觉得那个中士会有什么反应呢?"

帕克咯咯地笑着说:"肯定不好,先生。我可不想告诉他们,是我取代了他们的位置。"

"我只带四个特遣队员走。剩下的暂时由你指挥。你的任务就是要不惜一切代价保护那个东西,明白吗?"

"明白,总统先生。让我再多说一次,你真的应该留在这里,让我去解救,呃,那个'东西'。"

"告诉你吧,等你是总统的时候,蒲先生,我肯定会听你的命令。但是现在,我是总统。"贾斯丁指着门,帕克立刻就离开了房间。结果,虽然克拉克中士的反对更加坚定,但是她的运气也没有比帕克好多少。

帕克·蒲会用自己的余生来回味这段谈话中的每一个字。他永远都会想,如果他说了不同的话,或者说了更有说服力的话,那事情会不会有所不同。他知道,在他一生中,最糟糕的一个词,就是"如果"。

塞巴斯蒂安已经准备好了。他把自己发送到 GCI 已经废弃的研究站去，这个研究站现在正绕着海卫二号运行，这是海王星卫星中第三大的一颗。他确认柯克的同谋已经把险境设置好了。塞巴斯蒂安来这里是为了确定，贾斯丁和他的特遣队员的任何行动都不能引起任何的不同。他在这个相当宽敞的计算机主导的研究站转悠，甚至还去看了奥利维娅女儿的地下室。她还是处于停滞状态，他考虑着要不要把她的程序弄出去，但是化身界最不希望的，就是再多出一个阿方斯。所以她还是留在这里比较好。

塞巴斯蒂安很后悔，他们必须毁掉这整栋大楼，才能确定贾斯丁被杀死，但是他们也不得不敬佩贾斯丁居然可以如此聪明，他没有忘记他已经从多少次的暗杀行动中逃了出来。但是，联盟化身本可以用这些空间来储存复制品，释放其他联盟神经网的空间的。结果，为了遵守议会新发出的以停滞状态给每一个化身备份的指令，他们已经存在于越来越凄惨的环境中了。

塞巴斯蒂安唯一的难题就是但丁。如果他早知道这个年轻化身会变成这么大个麻烦的话，他一定不会利用自己的影响力，来帮助他进入议会的。当初他这么做，是冒着有可能会失去自己这个位置的风险的。但是塞巴斯蒂安还是让他进入了议会，所以现在他就得要处理年轻活力带来的后果。这个年轻的化身提出请求重新考虑干预贾斯丁的暗杀行动。只是出于对他委员身份的礼貌，这个请求才得到了通过。接着但丁重新讲述了这整个问题，然后解释说，杀掉贾斯丁，寄希望于下一个掌握指挥权的人，是不负责任的冒险行为。他调出有可能会成为下一任总统的人的数据，分析在贾斯丁·可德死后，这个人在危机中能有多大的作用。塞巴斯蒂安不得不赞扬但丁，他也确实这样做了。但是但丁让自己对于贾斯丁的情感，掩盖了他对这个明显事实的理性思考：贾斯丁不会做为了获胜而必须要做的事情。别人也许不及贾斯丁优秀，但是相反的，他们也可能会更优秀。在阿方斯可怕的怪物带来失败之前，化身已经不能继续等待，让贾斯丁在黑暗中摸索了。最后，议会三票支持干预，两票反对。

但丁对于失败表现得很坦然，他还提出要亲自处理"干预"工作。但是塞巴斯蒂安拒绝了他的请求。他知道就算但丁并没有同意，他的徒弟还是会完成这项任务，但是如果真的出了什么问题，几乎没有化身会责怪塞巴斯蒂安意志不坚定，他们会责怪但丁。最后，塞巴斯蒂安不得不亲自完成这项任务，原因非常简单：贾斯丁是他负责的人类，把这个令人厌烦的任务交给别的化身，是不正确的。

GCI特别研究中心在形式上是覆盖整个系统的大公司，用来进行不想被竞争对手和媒体盯着的项目。研究中心围绕着海卫二号运行，这是除了海卫九号和海卫十三号以外，离海王星最远的一颗卫星。在GCI获得这个小卫星的管理权，把所有人都赶出去的几个世纪前，这颗卫星没有得到人们的任何关注。这基本上是一颗没用的卫星，而且上面的资源也是最难开发的——这就是一个完美的秘密设施。在纳米模型和矿业让创造自定义小行星变得容易之前，这里就已经建好了，再加上卫星上清晰的路线和完美对称的结构，这就代表了太阳系扩张的早期。

当总统穿梭机慢慢接近这个研究站的时候，贾斯丁看着窗外，欣赏着外面的景色。虽然他已经是其中一分子了，但是他还是经常为这个未来主义式的，跨越太空的文明感到惊奇，这就像是《摩登原始人》和《杰森一家》里面的场景一样。甚至连联盟偷来的木星船坞也是由半未来主义的气泡和圆柱体港口组成的,这些港口从各个不同的小行星上伸出来,以满足各种不同的任务需要。贾斯丁看着下面的设施想,除了豆茎大厦和他在地球看到的其他最早的环轨道研究站以外,这是他第一次亲眼看到真正"未来主义"模样的建筑物。然后他笑了笑,因为这栋"未来主义"的建筑也可能是联盟里面最古老的建筑。当他欣赏着研究站平静的美的时候,他开始想自己是否要在战争结束之后把这个研究站还回去。与其他可以被搁在一旁的令人痛苦的问题一样,他也决定明智地忽略这个问题。但是,他还是在自己的大脑中做了记号,记得要与莫什商量成立处理战后财产补偿和转移委员会的问题。他们至少应该要做出努力,而且贾斯丁希望,这样做可以让 UHF 也把从联盟平民这里没收的财产交还回来。

接着,他便停止思考 UHF 与联盟之间战后经济协商这个小问题。现在他离研究站已经很近了,有关细节看得一清二楚。从外观上看,这是一个灰蓝色的玻璃大圆柱体,里面混着海王星的颜色。七个圆盘等距地沿着这个圆柱体排列着。贾斯丁看到,这几个圆盘相当的大,这里面肯定曾经包含着 GCI 的各种部门。每一个圆盘的外形结构都不同,有些圆盘上有不同的开口和停靠站,有两个圆盘上一个也没有。但是所有的圆盘都连接到了中央管道上。研究站依靠地心引力旋转。据贾斯丁刚刚读过的报告显示,生活管理区域的重力只有地球标准重力的三分之二。原本的计划是着陆在中央停靠港,然后下船,接着走到中央管道中,再上升到位于第四个圆盘的储存区。为了保险起见,飞行员在这个研究站区域进行了低空飞行,这让贾斯丁有机会从不同的角度欣赏这栋建筑的宏伟壮丽。

飞行员看到在第三个圆盘上有一个小型停靠站。他征求了克拉克中士的意见，然后他们决定不在之前定好的地方着陆，而在这里着陆。中士解释说，贾斯丁只能从第三个圆盘的平台进入中央管道，朝着第四个圆盘的方向前进一点，然后去复活那个东西，那个"该死的联盟该死的总统必须要亲自来领取的如此重要的东西"。贾斯丁听完她的新计划之后，他不得不赞成这个计划。他本想在主停靠站着陆，然后探索这个研究所，但是中士对他的任务准确又绘声绘色的描述提醒了他，他的任务中是没有观光这一项的。

当他们在新指定的进入点停靠之后，贾斯丁被命令穿上全套战斗装备，去掉重型武器。他检查了自己的装置，情不自禁地被现在进攻矿工带上战场的东西给震惊了。盔甲可以充当一个小时的环境防护服，在脖子的地方存储着充气式头盔。盔甲上有全重力场控制器，还有动力外骨骼，可以有效地加强简单动作。盔甲里面还有很多非常有用的工具，大多数贾斯丁都不知道应该如何使用。他又失误地对他的特遣队员说"蝙蝠侠肯定会喜欢这套装备的"，结果他又遭到了他们的白眼，这又让他想起自己已经有多老了。

塞巴斯安蒂感到很吃惊。他虽然生气，但是也很吃惊。按照计划，贾斯丁和他的穿梭机要在主停靠站登陆。那才是埋灰色炸弹的地方。贾斯丁和他的队伍一走进停靠站，炸弹立刻就会爆炸，其威力足以消灭他和他保镖盔甲中为数不多的防御纳米机器人。接着他们就会化为尘土——连同研究所一起。联盟会在稍后到达，用辐射清理这整个区域，然后用足够多的防御纳米机器人来中和对以后的旅行者的潜在威胁。

但是贾斯丁这一群人已经不会去中央停靠站了。不管他们现在在哪里着陆，他们都在炸弹的爆炸范围中了。就在这时，塞巴斯蒂安为自己亲自来监督"干预"工作决定感到很高兴。如果议会直接让这个计划在无人监视的情况下进行的话，炸弹有可能会不爆炸，而且有可能，更糟糕的话，会提前爆炸。贾斯丁的安保特遣队肯定会履行自己的职责，他们肯定会在进攻纳米机器人入侵他们最终着陆的停靠站之前，就把他们不乐意的总统扔回到穿梭机内。那样的话，贾斯丁不光是逃跑了，而且在那之后，他那些过分热心的保护者们肯定会采取新的防御措施，这样能成功杀死他的概率也会跟着大大地减小。

但是塞巴斯蒂安只花了几分钟的时间，就想出了一个替换计划，把偶然性也计划在内，然后对研究所进行了检查，以确认他有可以实行计划的资源。他很高兴，自己可以站着思考得这么快，而且他来这里的直觉是很合理的。但是他的快感很快就消失了，因为他意识到，他现在不仅是贾斯丁被暗杀的目击者，他还成为了主要的杀手。虽然他知道自己的所作所为只是为了保护化身，但是从被动参与者变成了主动参与者，还是让他很不好受。他后悔莫及地意识到，也许真的应该让但丁来监督这个行动。

贾斯丁，克拉克中士，还有其中一个特遣队员朝着第四层圆盘的储存区走去，同时另外两名特遣队员留下来保护穿梭机。贾斯丁注意到，研究站的内部与船的内部很相似，相反，很多小行星研究站的内部，都包含着各种石头，有围墙的通道，整齐干净的内部设置,有些还有连"屋顶"都消失在迷雾中的大道。当登陆小分队坐着电梯来到重力级别更高的第四层圆盘的时候,贾斯丁又看着他已经读过而且已经背过一百次的报告。这东西是在大崩溃之后一百年,在靠近半月海湾的加利福尼亚海面下被发现的。这就意味着,这东西在贾斯丁出现之前,就已经在外太空挂了两百多年。每一百年,通过这东西上定时熄灭的信号灯来确定它的位置。发现者找到了20个这样的信号灯,但是只有一个是用过的。贾斯丁勉强尊重这些信号灯。不管是谁设计了这些信号灯,都给了人类很长的一段时间,从大崩溃中恢复过来。

发现这个东西的是一家小公司,后来这家公司与其他较大的公司合并组成了GCI。大家都认为这个发现很有价值,但是他们也觉得在能获取的利益达到最大之前,还是先保守这个秘密。这是一个高度机密的项目,公司里面知道这个事情的人只有三个。当GCI合并的时候,这个发现与其他"黑暗"项目被合并到了一起。因为如此的黑暗,所以任何真的知道这东西本来面目的人,在十年之内,已经没有一个还在权威位置上了。接着,在定义大公司的其中一个清理和储存指令中,这个发现被转移到了海卫二号,接着,它便再次被遗忘了。没有人问起过它,因为没有人知道它,也因为没有人在意它。而且GCI特别行动局还限制了库存,封锁了储存区。希尔德加德·卢恩思菲尔德在海卫二号研究所工作过好几年,也曾经任职于高级科学部管理层,可是她也只去过十分之一的储存区而已。

战争爆发之后,形势才有所变化。希尔德加德接到GCI董事会的命令,在研究所落到"反叛者"手中之前,把它毁掉。但是莫什说服了她,还有更好的方法。最后,还是她的好奇心占了上风。与在她之前的每一任管理者一样，她非常想知道禁区里到底藏着怎样的东西，因为没有毁掉这所设施，她便成为了几十年来第一个有机会一探究竟的人。等到她到了谷神星之后，她开始在杰德瑞塔的研究部门工作，但是她还是把加密文件一起带了过来。她花了几年的时间，终于破解了密码，这多亏了柯克·奥姆斯泰德的帮助，还有他作为GCI特别行动局前局长的经历。禁区里面大部分都是垃圾：因为各个领域科学的发展而被淘汰掉的一些古老的发现和模型。有些东西还很恐怖，她已经得到允许，可以派人员到她以前工作的地方去毁掉这些东西。但是真正的宝石给联盟带来了重大的突破，包括现在运行着的彻底改变了行星带的"G通道"系统模型。接着，真正令人震惊的东西才从加密的深海中浮现了出来。希尔德加德昨天才发现的这个"东西"，现在贾斯丁，站在D4－3E40号房的门前，就准备要去确认这个"东西"的存在了。

贾斯丁站在走廊里，克拉克中士站在他前面，门一打开，他就看见了那个"东西"。整个正方形的大房间里，只有这个"东西"立在正中央，还悬浮在几个世纪以前它被放置的磁力托盘上。这"东西"连遮盖的防水布都没有。这么多年来，贾斯丁默默地想，我以为我是唯一的一个。

就算有一段距离，他还是可以看到，这个石棺比他的要小，但是也没有小很多。这个石棺由陶瓷材料制成，表面是乌木的颜色。与他的石棺一样，这个石棺的表面也覆盖着文字，看起来是先刻在了材料里面，然后再用深色金属混合液填充的。与贾斯丁石棺上深红色的文字不同，这个石棺上的文字是深绿色的。贾斯丁承认，这些文字看起来与他的文字一样地突出，但是这些文字却不及他的恐怖。他正准备走进房间的时候，克拉克中士举起手阻止了他。她先走了进去，研究着这个地方，然后拿出一个诊断扫描仪。当仪器发出声音，亮起灯之后，她才回到门边，允许贾斯丁进入。另外一个特遣队员也准备进去，但是中士阻止了他。很明显，他们的总统需要一些独处的时间。

贾斯丁走进储藏间，从左边慢慢靠近石棺。石棺上的文字是四种语言，他清楚地看到最上面的一行写着：

这是一个生命舱。里面躺着一个被暂停的人。

贾斯丁不相信地摇摇头，但是他的脸上却出现了一个大大的微笑。他发现，这是他有史以来最开心的时刻。

"我不知道你是谁，"他把手放到暂停舱上说，"但是我真的很高兴你成功了。"

这时，储存区的门突然关上了，接着整个研究所的警报都同时响了起来。

塞巴斯蒂安的计划马上就要成功了。他破解了穿梭机的控制，然后耐心地等待着贾斯丁登陆小队的所有人都走进储存室。他们还没有全部进去，但是这是早晚的事。贾斯丁自己是无法搬动舱体的，所以他们最后还是要进去。贾斯丁已经独自走进了房间，塞巴斯蒂安发现，他是在品味对他自己来说非常重要的时刻。塞巴斯蒂安希望这一时刻是快乐的。然后他看到克拉克中士通过储藏室外面的一个接入终端，给研究所的电脑网络安上了补丁程序。中士检查着这个设施的诊断报告，就像他们一开始离开安全穿梭机的时候一样。粗略地看了一下之后，她的脸上浮现出满意的微笑，当她正准备退出系统的时候，她突然停了下来。塞巴斯蒂安要检查看到底是什么在困扰着她，但是他就是弄不明白。在他这么多根深蒂固的技能当中，读心术可不是其中之一。中士重新浏览了一遍诊断报告之后，联系了穿梭机。

"联盟一号，联盟一号，我是克拉克，有人听到吗？"他们还保持着几个世纪之前的传统，总统在哪条船上，哪条船就用这个绰号。

"我们可以清楚明白地听到，"对方明确回答，"什么情况？"

"总统提前得到了他的生命日礼物。帮我个忙：检查一下研究所内外的扫描报告，然后与我们刚进来时候的结果进行对比。"

塞巴斯蒂安想知道他到底是哪里做错了。他已经创建了很多虚假扫描记录，来掩盖存在于主停靠站的大型灰色炸弹，而且他知道这些报告都是完美的。他们每一次检查，都会得到同样完美的一张图像。就是这个想法，让他意识到自己犯了个多么愚蠢的错误。他反复地警告他的同事们，永远不要低估人类创造惊喜的能力，也不要低估对自己能力的自恋程度。他刚刚就打破了自己的原则——两次——现在他真的后悔杀掉其他人。本来计划不是这样的，他知道，其他人也很非凡。

穿梭机飞行员完成了扫描。"嘿，中士，你说得对，结果完全一模一样。本来应该会有些不同的……内部温度起伏，我们环绕时候的外部热屏冷却……之类的……但是这些数字没有一点变化。真奇怪。"

这是这个飞行员说的最后的话了，也是他最后的想法。在这一时刻，同时发生了三件事情。给穿梭机包围区提供电力的反应器发生了"故障"，把穿梭机连同里面的所有人一起毁灭了。灰色炸弹爆炸了,在第一层和第二层圆盘的表面包裹上了大量的毁灭纳米机器人。最后,分隔 D4 – 3E40 号房与走廊的门被关上了,把贾斯丁和他的安保特遣队分隔开了。同时,综合楼里其他所有的门都被打开了,让进攻纳米机器人可以全方位地清理这里即将毁灭的设施。一瞬间,所有的警报都响了起来。

克拉克中士从一开始就对整个行动有不祥的预感。但是事情糟到这个地步,她自己也完全没有料到。首先,她失去了与穿梭机之间的联系,然后她看着自己电子助手上,飞行员和与他在一起的壮汉们的生命线变成直线。接着就听见了能让最强硬的老兵背脊骨发凉的独特的警报声——纳米机器人警报。单单是这不常听到的警报声,就足以让平常无畏的她发抖了。但是在所有按照规定本应该全部关上的门全部被打开之后,她知道他们是中了圈套。更糟糕的是,唯一关上的那扇门,把整个太阳系中她发誓要保护的那个人关在了房间里面。她必须要打开这扇门。来不及多想,她就从机械盔甲里面扯出一个包裹,把它撕开,然后开始把导火索安到门上。克拉克带了足够的炸药,可以炸开一个小缺口,但是她必须得在量上小心一点。总统在门的另一边,谁知道他现在是什么状况,或者,谁知道他到底在什么位置呢?所有与他的通信都中断了。

"我们中招了,对吗?"她经历过很多战役的朋友说。

抛开他悲观的态度,她还是很高兴他在完成自己的任务。他拿出扫描仪,正在检查有没有纳米机器人。

"差不多,迈克。"她歪着嘴,嘴唇一动也不动地回答。他们两人相互心领神会地看了一眼。他们都是专家,他们有任务要完成

——哪怕这是他们最后的任务。

"好吧,"他的语气里没有明显的悔意,"什么计划,老大?"

"这个,"她指的是围绕着锁的水汽尾迹,"应该会在三分钟左右烧穿。我想,如果炸弹被安在停靠站,现在所有的门都打开了的话,那在这些虫子到这儿之前,我们应该还有十分钟的时间。"

"五分钟吧。"迈克说。

克拉克点点头,接受了迈克说的事实。"对,好。我觉得这点时间不够把总统弄出来,然后弄进空气闸门里的。"

迈克点点头。突然,整个设施都震动了起来。他们两人都伸手随便抓住了什么东西。

"已经开始失去平衡了。"克拉克一边说,一边专注地看着水汽尾迹慢慢地绕着门的锁定装置移动。

"如果我们把第三区和第四区之间的主要接入点都关闭了呢?"迈克问,"所有东西都要经过中央的主管道。如果我们把接入点都关了,这样那些虫子就得要先穿过厚厚的防爆背心……可以给我们争取点时间。"

克拉克微笑着说:"你应该当中士的,迈克。"

"嘿,我还没死呢。"他眨着一只眼说。

"好吧,等我们回来的时候……如果我们还能回来的话,门肯定已经被烧穿了,然后我们就可以猛拉开门,把总统带到应急闸门去。在这扇门上喷满防御纳米机器人,"她指着困住总统的那扇门说,"然后给你的头盔充气。"接着她拿出一个小罐子,把里面的东西喷在了门上,迈克也做着同样的动作。她想,如果那些纳米机器人走到这里来了的话,这至少可以给总统再争取五分钟的时间。同时，她和迈克的头盔都充好了气，包裹住了他们的头，这时盔甲的其他部分也进行了自我密封，开始使用内部空气了。这样，他们的盔甲就变成了作用有限的太空服了。就在他们两人的罐头都空了的时候，她听见从储藏室门的另一边传来砰砰的声音。她又尝试了一下通信连接，还是切断状态，所以她特地重击了门三次，每隔两分钟敲一次。这是宇宙太空人的暗号，表示"通信已经中断，但是救援力量正在路上"。接着她和迈克用尽全身力气，沿着第四层圆盘奔跑，终于回到了中央接入管道的开口处。

这时她才意识到，他们两人面临着怎样的困难。她看着管道的下面，下面什么都没有，只是黑压压的一片，还有快速溶解的结构，那是停靠站的位置。脚下的震动变得越来越剧烈，她知道研究所在慢慢溶解，已经让第二区和第三区开始剧烈摇晃了。重力也几乎全部消失了——他们脚上的磁力靴，和他们面前毫发无伤的长走廊使得他们暂时还没有飘走。过不了多久，结构的破坏就会让剩余圆盘的碎片脱离出来，飘进太空。倒不是说这个有多重要。最后每一区都会变成悬浮的灰尘颗粒，带着贪婪的纳米机器人进入虚空。

为了减慢不停出现的纳米机器人的速度，给总统多争取那么一丁点的时间，这两位士兵知道他们必须要找到方法切断第三区与第四区之间的通路。这是一个简单的步骤，只要激活每个区域的应急控制杆，这些控制杆可以在区域门的另一面找到。首先他们要激活一个控制杆，然后走到另一边，激活另一个，而且要在门关上的时候确保自己站在对的一边。克拉克中士现在走到了第三区的控制杆边，已经在想着纳米机器人要毁掉她的太空服，跑到她的血液中，从里向外把她溶解掉。她知道这些都是她自己想象的而已，但是还是让她感到非常害怕。当迈克站到第四区的控制杆旁边的时候，她开始向下拉控制杆。但是控制杆没有动。

塞巴斯蒂安很轻易就能塞住这些控制。看着梅丽莎·克拉克挣扎的时候，他发现他其实挺喜欢这个女人的。对她的重要器官进行快速扫描之后就能看到她现在有多紧张，但是她没有让这种紧张扰乱她的思维。因为与阿方斯的战争，塞巴斯蒂安知道，很多化身都做不到像她这样。他们与很多人类一样，在危险的情况下会变得慌张——就像他在"数据幽灵"面前一样。但是克拉克中士非常地特别。她是真的有勇气。他知道她有时间跑到空气闸门那里，然后把它炸开。然后她会被吸进太空，接着有人会发现她。不过，贾斯丁还困在储藏室里，她是不会将他丢下的，虽然她本来是可以救自己的。

但是当她命令她的同伴拉下他的控制杆，然后过来帮助她的时候，塞巴斯蒂安并不感到惊讶。就算她大胆的计划成功了，她也会让他们两人站在错误的一边，然后直接掉进即将到来的纳米机器人的道路上。他们两人肯定都知道，贾斯丁还是要死，只是会晚点死而已。但是这个士兵毫不犹豫地拉下了第四区的控制杆，然后走到开口处去帮助克拉克中士拉动第三区的控制杆。他们两人一起用力慢慢地把控制杆拉了下来。塞巴斯蒂安本可以阻碍他们的，但是他心软了。无论如何结局也不会改变的，所以既然他们表现得像英雄一样，那他们应该有英雄式的最后动作。

沉重的门又快又重地落了下来。这扇门又厚又坚硬，至少可以再给贾斯丁二十分钟的时间。这两个被困住的士兵没有原地不动，站着等死。他们慢慢地朝着已经关上的防爆门走去，直到他们站在了防爆门的中心，与慢慢溶解的中央管道垂直的时候，才停了下来。他们挽着手臂，相互最后看了一眼，然后，用尽自己剩下的所有力气，蹲下来，用力地一蹬。他们开始在中央管道中向下飘，希望这栋楼会破裂倾斜，把两人与碎石一起释放到太空中，或者他们可以下降到很深的地方，能够进入一个开阔的空间，这样他们就不用与贪婪地侵蚀着周围每一微米墙壁的纳米机器人有所接触了。这都是白费力气。塞巴斯蒂安想，这完全是无用的冒险，他们不可能成功。他甚至还努力地操控着环境控制中剩下的东西，来帮助他们保持在中央悬浮的状态，远离被机器人侵蚀的墙。但是他对这些区域的控制已经无效了，因为纳米机器人把一切都毁掉了，包括控制电路。

等他们从第三区悬浮到残缺的第二区的时候，他们的太空服已经破了。等他们降落到第一区的时候，他们已经死了，是因为暴露还是因为内脏崩溃，塞巴斯蒂安也无法分辨。当他看着他们被侵蚀的尸体漫无目的地飘出去，飘进冰冷黑暗的太空的时候，他感到了有史以来最强烈的自我厌恶。

贾斯丁焦虑地在房间内踱步。他又尝试敲了门，但是与之前不同，现在外面已经没有回应了。现在他和这个关在箱子里，差点就要成功地活着出来的陌生人一起，马上就要死掉，而且这一切都是他的错。如果他听了大家的，这个暂停舱还有存在于内的这个人，就可以被安全地转移出去。但是事情不是这样，他放纵了自己的好奇心。他越这样想，他对自己就越气愤。他知道自己一直是暗杀目标，但是这次他让对手太容易就得逞了。赫克特设下了圈套，他直接走了进去。他不知道这到底是什么样的计划，但是他确定柯克会在他死之后，搜集起这些碎片。想到要死，他的情绪很低落，但是更让他气愤的是，他愚蠢自私的行为让这么多人死掉了，如果他当初没有固执己见，他们就可以还活着。最糟糕的是，他还宣布了这个来自他自己时代的陌生人的死刑。他任性的行为让这些人失去了未来。而且，这个石棺也很有可能只是为了要引他掉进陷阱的诱饵而已。情绪的折磨已经强烈到几乎变成了肉体的折磨了。在他差点就要用头去撞门的时候，他的电子助手嘀嘀地鸣叫着。

"请原谅我没有收到召唤就自我激活了，但是我想你有危险。"

"对，可以这么说。"

"我会连接在你腰带上的战斗扫描仪，看有没有别的方法可以从这里出去。"

"与此同时，你看看你能不能进入到传感器上，然后看看外面到底发生了什么事情。"

战斗扫描仪发出嗞嗞的声音，"我可以进入传感器网络。"

"然后呢？"

"一个灰色炸弹被安装在主停靠区——那个区域现在已经不存在了。还出现了一艘敌军战船，我不知道是从哪里来的，那艘船碎掉了我们的穿梭机。"

"你可以把这个该死的门打开吗？"

"抱歉，贾斯丁。我不能。"

"好，这不是很好吗？因为这个道具，我让大家都死了。"

"如果你指的是这个暂停舱的话，我向你保证，这是真的。"

"怎么可能？"贾斯丁重新看着这石棺问。

"因为这扇门已经很久没有打开过了,准确时间是 70 年 8 个月 3 天零 5 小时——"

"明白了明白了,塞巴斯蒂安。但是这些记录有可能是假的。"

"不会。我可以从解释 GCI 阻止这种缺口的各种行动中查证,但是这大概要花 4 小时 20 分钟的时间。据我估计,7 分钟之后,纳米机器人就会到达门——"

塞巴斯蒂安发现,他突然失去了与第四层圆盘网络的连接。刚刚他还在与贾斯丁说话,现在连接就断了。他以为只是纳米机器人摧毁掉了重要的系统而已,但是他快速地检查之后发现,纳米机器人还没有到达第四层圆盘。这时塞巴斯蒂安才意识到,原来他并不是一个人。还有另一个化身也在研究所的神经网里,肯定就是这个化身切断了他的连接。更糟糕的是,这个化身还做得很不错。塞巴斯蒂安知道,他现在已经快要到离开的时候,如果他想要完整地逃出去的话,他必须把他的程序发送到埋在一个没人会看第二眼的小星球上的储存装置里,但是他需要亲眼看到贾斯丁的终结。在塞巴斯蒂安行动之前,一个病毒已经开始进攻研究所神经网残留部分了——甚至赶在了贪婪的纳米机器人的前头。另一个化身也暂停了工作。塞巴斯蒂安很焦虑。但是他能做的,也只有离开而已。

"别走啊,塞巴斯蒂安?"贾斯丁问。

"请原谅我切断了连接,先生。网络正在慢慢崩溃,这干扰了我保持连接的能力。"

"有什么好消息吗?"

"确实有。我想我找到了一个可以救你的方法。"

"洗耳恭听。"

"我又获得了走廊监控的接入权。"这个化身说,"门的锁好像已经被溶解了。你应该可以把它打开了。"

贾斯丁走到门边,慢慢地努力地把门打开来。他闻到了烧焦的塑料和金属的味道,但是走廊似乎还是完整的,没有遭到破坏,但是却非常的冰冷,空荡。

"先生,我们要到第四层圆盘的应急空气闸门中去。"

"必须要带上他。"贾斯丁说完,走回到储存室里,激活了磁力托盘。

这所设施猛烈地震动着,贾斯丁被摇到了地板上。接着他又跳了起来。

"时间不够了。"化身警告说。

"塞巴斯蒂安,有很多好人都因我而死,所以不管这里面是谁,他都应该跟我一样至少有一次机会,而且,在我来之前他一直都是安全的。"贾斯丁在狭窄的走廊里操控着磁力托盘,跟着标志朝空气闸门走去。

"如果我没有理解错你的意图的话,"贾斯丁继续说,"我要做的就是和'尸体先生'一起把空气闸门炸开,那样我们应该就可以把灰色炸弹纳米机器人都炸干净了。然后等人来接我们就可以了。"

"通常情况下,"这个化身回答,"在这样的情景下,就是这样的流程。"

"为什么我觉得下面有'但是'呢?"贾斯丁尽可能快地带着磁力托盘向前奔跑,但是因为震动,托盘还是在墙上撞了几下。虽然所有的门都是打开的,他还是撞到了一些角落。

"我无法完成我的报告,"化身回答说,"敌军战船已经把穿梭机摧毁了,但是你的其中一个矿工把自己弹射了出去。可是他在太空中被击毙了。"

"混蛋!"贾斯丁尖叫着,他知道,就算是在战争中,这也是一个太空人最惨烈的下场。但是他知道,现在不是战争。这就是简单的暗杀。

"船还是在外面,贾斯丁。船好像要留下碎片自行离开了,但是到底是归航信标还是人,正在扫描检查中。"

他们跑到了空气闸门的地方。

"贾斯丁,你可以把里面的人弄出来,把这个'尸体'放进你的盔甲里,再激活归航信标,接着你就躺进石棺里。我可以操纵系统,把你们两个人都从空气闸门炸出去。这个'尸体'会被敌军战船毁掉,但是他们应该不会管这个石棺,这样你很快就会被发现的。"

贾斯丁犹豫了一会儿:"不行,朋友。我已经活了这么久了。我不会因为我们的错误,剥夺掉这个人重生的权利。我们不知道这里面的人是谁。你的选择不合逻辑。"

贾斯丁抹掉眉毛上的汗水。"当一个人因为自己的身份,就觉得自己比别人重要的话,那基本上,反过来就是正确的。"

"这不合逻辑。唯一能证明你比石棺里的人更有价值的方法,就是把你的机会给他们。"

贾斯丁咧着嘴笑着,这种笑容他所有的朋友都知道,但是很快他们就要开始想念这种笑容了。这是一种发自内心的快乐的笑,因为笑话的主角是他。

"我想，里面的那个混蛋真是太走运了。"

贾斯丁打开空气闸门的第一扇门，然后把石棺搬了进去。他听见金属被撕裂成碎片的声音，石棺剧烈地摇动着。从第四层圆盘的底部冲上来一股气流。

"贾斯丁，"化身说，"第三层与第四层之间的防爆门刚刚被突破了。纳米机器人已经可以进入这个区域了。"

贾斯丁关上了空气闸门的第一扇门。

"先生，请等一下。还是有机会的。虽然概率不是很大，但毕竟是个机会。"

"我是不会放弃机会的，不管概率多渺茫，塞巴斯蒂安。不然你认为我是怎么来这个世纪的？"

"那好吧。你必须要脱掉你的机械盔甲，还要脱掉你所有衣服。"

"好吧。"贾斯丁开始以最快速度按照化身说的做。

"然后，"化身接着说，"把你的衣服重新塞进太空服里，太空服应该会自动地增压，模拟出一个人的外形。"

"啊，塞巴斯蒂安，"贾斯丁脱掉盔甲说，"有点问题。这样的话，我就会裸体暴露在太空中了。这对我的人身安全可不太好。"

"说实话，先生，你可以从在太空冰冻的状态中恢复过来。可是如果你被纳米机器人分解，或者被敌军战船炸成碎片的话，我就不知道你要怎样才能被恢复了。"

"说得对。"贾斯丁说完，快速地把剩下的衣服脱掉，塞进了太空服里。就像化身刚刚说的，太空服立刻就给衣服加压了。

"你还要激活充气头盔——头盔会自动封锁太空服的……前领上有一个大按钮。"

贾斯丁按照化身说的一一完成。

"现在，拿出放在太空服左手臂上部的圆柱体纳米机器人保护喷雾。"

"拿到了。"贾斯丁说。

"很好。然后把罐子里的东西喷到你和石棺上面。如果你们遇到进攻纳米机器人的话，这东西可以给予你足够的保护，以便避开他们。"

没过多久，罐子就被喷空了。很快，空气闸门里就有了一个充了气的战衣，一个裸体的男人，还有一个乌木绿色的石棺，他们的表面上都覆盖着一层厚厚的白雾。

"你现在可以打开空气闸门了。"贾斯丁轻柔地说。

"其实，先生，因为第四层圆盘在旋转，如果我们交错释放，让太空服先走的话，这样应该可以引开敌军舰船的注意。接着石棺跟着太空服飘出去，跟其他的碎片混在一起，最后，你再出去。我想这个顺序是最好的。"

"行动。"

"把太空服放到门边，把磁力托盘固定好。太空服离开之后，我也会跟着离开。然后你就激活托盘的悬浮控制，再把石棺挪到门边。释放托盘出去的时候，你一定要牢牢地抓住门闩。石棺离开之后，等外层的门再次打开之后，用尽你全身力量去踢墙壁。这样应该可以让你离开研究所。你记住这些了吗？"

"记住了，对了，塞巴斯蒂安？"

"怎么了，贾斯丁？"

"我知道你就是一堆0和1，但是还是谢谢你。"

"不用，先生。"

"还是要谢谢你。如果化身有天堂的话，我希望你能去天堂……还有一件事。"

"什么？"

"你能不能不要再叫我'先生'了？"

"打开门。"化身说。外层密封门很快就消失了，战斗盔甲立刻就从空气闸门被吸了出去。

贾斯丁·可德独自与石棺一起等着，裸体站着，这是他一生中最害怕的时刻。就连他被埋在山里的时候也没有这么害怕。那个时候他生了病，正在死亡的边缘，一无所有。现在他又年轻又健康，前面还有几个世纪长的日子。他还是想打开石棺，直接跳进去。但是他没有动。这时他听到了空气闸门的警报声，他立刻抓住了门闩。

"你最好值得我这么做。"他一边看着石棺，一边死死地抓住门闩说。空气闸门又打开了，暂停舱体被吸了出去。这个小小的空间在空气闸门警报再次响起之前，又充满了压力。他透过舷窗看着空气闸门的对面。他看到对面的墙正在溶解。接着空气闸门最后一次开了，贾斯丁·可德，一丝不挂地，独自一人地被推进了深深的太空中。他知道要吐尽自己身体里的空气。他的意识渐渐模糊的时候，他想起了上一次这样独自一人的时候，那是在谷神海里。他最后有意识的行动，就是伸展开自己的身体，双手放在脑后，悬浮在行星的海洋里，看着浩瀚的宇宙。

16. 尾声

"你冒这么大的险,就是为了同一个目的吗?"塞巴斯蒂安问。"我不知道这对他有什么好的。"

"不是对他,先生。自从奥利维娅死后,你就一直纠结于获胜的需要。最后我赞同了你的意见:贾斯丁必须要死。但是以这么可耻的方式——没有希望,没有英雄主义……"

塞巴斯蒂安点点头:"克拉克中士。"

"是的,"但丁说,"你确实让他们得到了光荣的结局。"

"我知道。"塞巴斯蒂安来到壁炉边,坐了下来,但是没有拿起雪茄。"最后是怎么回事?"

"他很高尚。先生,贾斯丁不愿丢下石棺。他一直把石棺推到了空气闸门边。我不得不继续给你讲敌军战船的故事。我让敌军战船把太空服里的所有东西都炸了。我甚至还建议他把'尸体'放进太空服,自己躺进石棺里,然后再把石棺推出空气闸门。"

"如果他同意了的话,你会怎么做呢?"

"我会把他留在里面,把他密封起来。过不了多久,纳米机器人就会到那儿了。"

"但是他没有同意。"

"他只用了一秒钟,就拒绝了。他采用了我的,或者我该说是你的建议,用太空服当诱饵。"

"这些都是你想的?"

"当我看到你给那位优秀的中士应该有的结局之后,我就参与进来,即兴发挥。贾斯丁死了,但是他知道他救下了石棺,而且他还认为自己有一线生机。这是一次不错的死亡经历。现在他已经死了,联盟必须要选出新的领导人——这正是你希望看到的。"

塞巴斯蒂安站在伪装的储存设备里。从外表来看，这是一个毫无目的地漫步在太空中的一个微不足道的迷你型小行星。小行星上嵌入式的数据网络，让它成为了一个大小合适的工作区。他决定建造一间吸烟室，在里面摆放两张舒服的大皮椅，就放在火烧得正旺的壁炉对面。没过多久，另一个化身就出现了。塞巴斯蒂安微笑着，他摆放两张椅子的决定是正确的。

"我应该要逮捕你吗，但丁。"

"我当然希望不要。"

"为什么我不应该逮捕你呢？干预工作是命令，你这是故意违反了议会的命令。"

但丁坐了下来，从旁边的台子上拿了一支雪茄，然后点燃了一支火柴。"我不明白你为什么这么生气。议会的目的已经达到了。"

"确定他真的死了吗？"

"不是。"但丁微笑着，吸着雪茄说，"但是他裸体在太空悬浮着——最广阔的大海里的一根针——估计没有人能再找到他了。所以议会的目的达到了。"